TRANZLATY

Sprache ist für alle da

Language is for everyone

Volksmärchen aus Bengalen

Folk Tales of Bengal

Teil Eins
Part One

1/2

Lal Behari Day

Deutsch / English

Published by Tranzlaty

ISBN: 978-1-80572-840-5

Original text by Reverend Lal Behari Day

Folk Tales of Bengal

First published in 1912

www.tranzlaty.com

Volksmärchen aus Bengalen
Folk Tales of Bengal

Das Geheimnis des Lebens
Life's Secret

Es war einmal ein König.

Once upon a time there was a king.

Dieser König hatte zwei Königinnen geheiratet.

This King had married two Queens.

Die beiden Königinnen hießen Duo und Suo.

The two queens were called Duo and Suo.

Beide Königinnen blieben kinderlos.

Both of the queens were childless.

Eines Tages kam ein Faquir zum Palasttor.

One day a Faquir came to the palace gate.

Der Faquir war gekommen, um um Almosen zu bitten.

The Faquir had come to ask for alms.

Königin Suo ging zur Tür.

Queen Suo went to the door.

Und sie gab ihm eine Handvoll Reis.

And she gave him a handful of rice.

Der Bettelmönch stellte ihr eine Frage.

The mendicant asked her a question.

„Haben Sie Kinder?"

"Do you have any children?"

Die Königin hatte keine Kinder.

The queen had no children.

„Ich wünschte, ich hätte Kinder, aber ich habe keine"

"I wish had children, but I have none"

Der heilige Mann weigerte sich, Almosen von ihr anzunehmen.

The holy man refused to take alms from her.

Zu dieser Zeit gab es verschiedene Traditionen.

In these times there were different traditions.

Und die Menschen glaubten viele verschiedene Dinge.

And the people believed many different things.

Nehmen Sie keine Almosen aus den Händen einer kinderlosen Frau an.

Don't take charity from the hands of a childless woman.

Solche Hände waren zeremoniell unrein.
Such hands were ceremonially unclean.
Der Bettelmönch bot ihr eine Droge an.
The mendicant offered her a drug.
Dieses Medikament sollte ihre Unfruchtbarkeit beseitigen.
This drug was to remove her barrenness.
Sie äußerte ihre Bereitschaft, das Medikament einzunehmen.
She expressed her willingness to take the drug.
Der Bettelmönch erklärte ihr, wie sie das Medikament einnehmen sollte.
The mendicant told her how to take the drug.
„Das ist der Trank, den du schlucken musst"
"This is the potion you must swallow"
„Bereiten Sie den Saft einer Granatapfelblüte vor"
"Prepare the juice of a pomegranate flower"
„Das Medikament mit dem Saft schlucken"
"Swallow the drug with the juice"
„Wenn du das tust, wirst du bald einen Sohn haben"
"If you do this, you will soon have a son"
„Ihr Sohn wird außerordentlich gut aussehen"
"Your son will be exceedingly handsome"
„Sein Teint wird wunderschön sein"
"His complexion will be beautiful"
„Er wird die Farbe von Granatapfelblüten haben"
"He will have the colour of pomegranate flowers"
„Und du sollst ihn Dalim Kumar nennen."
"And you shall call him Dalim Kumar"
„Aber er wird auch Feinde haben"
"But he will also have enemies"
„Sie werden versuchen, Ihrem Sohn das Leben zu nehmen"
"They will try to take your son's life"
„Aber sein Leben birgt ein Geheimnis"
"But there is a secret to his life"
„Und ich werde dir dieses Geheimnis verraten"
"And I will tell you this secret"
„Vor deinem Palast ist ein Teich"

"In front of your palace is a pond"
„In diesem Teich gibt es einen großen Boal-Fisch"
"In that pond there is a big Boal fish"
„Das Leben Ihres Sohnes ist mit diesem Fisch verbunden"
"Your son's life is connected to that fish"
„Im Herzen des Fisches ist eine kleine Schachtel"
"In the heart of the fish is a small box"
„Diese kleine Kiste ist aus Holz"
"This small box is made of wood"
„In der Holzkiste ist eine Halskette aus Gold"
"In the box of wood is a necklace of gold"
„Diese Halskette ist das Leben Ihres Sohnes"
"That necklace is the life of your son"
Der Bettelmönch gab ihr die Medikamente.
The mendicant gave her the drugs.
Und sie verabschiedeten sich.
And they said their farewells.

Bald flüsterte man im ganzen Palast von einem Erben.
Soon all in the palace whispered of an heir.
Groß war die Freude des Königs.
Great was the joy of the King.
Er hatte Visionen von einem Thronfolger.
He had visions of an heir to the throne.
Eine nicht enden wollende Abfolge mächtiger Monarchen.
A never-ending succession of powerful monarchs.
Er träumte davon, wie sie seine Dynastie fortführten.
He dreamt of how they perpetuated his dynasty.
Diese Ideen gingen ihm durch den Kopf.
These ideas floated before his mind.
Es machte ihn glücklicher als je zuvor.
It made him the happiest he had ever been.
Zu diesem Anlass wurden zahlreiche Zeremonien
durchgeführt.
Many ceremonies were performed for the occasion.
Die Menschen des Königreichs spielten laute Musik.
The people of the kingdom played loud music.

Die Geburt eines Prinzen war ein wirklich besonderes Ereignis.
The birth of a prince was a truly special event.
Bald darauf brachte Königin Suo einen Sohn zur Welt.
Soon queen Suo gave birth to a son.
Er war schöner, als sich irgendjemand vorgestellt hatte.
He was more beautiful than anyone had imagined.
Der König sah das Gesicht seines Sohnes.
The King saw his son's face.
Und sein Herz machte einen Freudensprung.
And his heart leaped with joy.
Bald aß das Kind seinen ersten Reis.
Soon the child ate his first rice.
Mukhe Bhaat wurde mit großer Freude gefeiert.
Mukhe bhaat was celebrated with great joy.
Und das ganze Königreich war voller Freude.
And the whole kingdom was filled with gladness.

Dalim Kumar wuchs zu einem feinen Jungen heran.
Dalim Kumar grew up to be a fine boy.
Es gab eine Aktivität, die ihm besonders gefiel.
There was one activity he particularly liked.
Er liebte es, mit den Tauben zu spielen.
He loved playing with the pigeons.
Allerdings flogen die Tauben oft zu Queen Duo.
However, the pigeons often flew to Queen Duo.
Niemand weiß, warum sie das getan haben.
Nobody knows why they did this.
Und sie flogen in ihre Wohnung.
And they flew into her apartment.
Deshalb traf Dalim Kumar oft Königin Duo.
So Dalim Kumar often met Queen Duo.
Zunächst gab sie die Tauben gerne zurück.
At first, she happily gave the pigeons back.
Später war sie jedoch nicht mehr so bereit, die Tauben zurückzugeben.
But later she wasn't as willing to return the pigeons.

Sie gab die Tauben nur widerwillig auf.
She gave the pigeons up with some reluctance.
Sie hatte das Gefühl, dass sie dies zu ihrem Vorteil nutzen könnte.
She felt she could use this to her advantage.
Natürlich hasste sie das Kind.
She naturally hated the child.
Seit Dalims Geburt hatte der König sie vernachlässigt.
Since Dalim's birth the king had neglected her.
Und der König vergötterte Dalims Mutter.
And the King idolized the mother of Dalim.
Irgendwie hatte sie von dem Bettelmönch gehört.
Somehow, she had heard of the mendicant.
Sie hörte, dass er Königin Suo eine Medizin gegeben hatte.
She heard he had given queen Suo a medicine.
Sie hatte auch gehört, was er gesagt hatte.
She had also heard about what he had said.
Es gab ein Geheimnis im Leben des Prinzen.
There was a secret to the prince's life.
Sie hatte gehört, dass sein Leben an etwas gebunden war.
She had heard his life was bound to something.
Aber sie wusste nicht, woran sein Leben gebunden war.
But she did not know what his life was bound to.
Sie war entschlossen, das Geheimnis zu lüften.
She was determined to get the secret.

Natürlich kamen die Tauben zu ihr zurück.
Of course, the pigeons came back to her.
Und die Tauben flogen wieder in ihr Zimmer.
And the pigeons flew into her room again.
Diesmal weigerte sie sich, die Tauben zurückzugeben.
This time she refused to give the pigeons back.
„Ich gebe dir deine Taube nicht einfach zurück"
"I won't just give you your pigeon back"
„Zuerst musst du mir etwas erzählen"
"First, you have to tell me something"
„Was willst du, Tante?", fragte der Junge.

"What do you want, aunty?" the boy asked.

„Oh, mein Liebling, mach dir keine Sorgen"

"Oh, my darling, do not worry"

„Es ist nur eine Kleinigkeit, die ich will"

"It's just a small thing I want"

„Ich möchte wissen, wo dein Leben verborgen ist"

"I want to know where your life is hidden"

Der Junge war darüber sehr verwirrt.

The boy was very confused by this.

„Was ist das, Tante?"

"What is that, aunty?"

„Wo kann mein Leben sein, außer in mir?"

"Where can my life be, except in me?"

„Nein, Kind, das habe ich nicht gemeint."

"No, child, that is not what I meant"

„Ein heiliger Bettelmönch hat deiner Mutter ein Geheimnis verraten"

"A holy mendicant told your mother a secret"

„Dein Leben ist mit etwas verbunden"

"Your life is bound up with something"

„Ich möchte wissen, was das ist."

"I wish to know what that thing is"

Der Junge war verwirrt über das, was sie sagte.

The boy was confused by what she said.

„So etwas habe ich noch nie gehört "

"I never heard of any such thing"

Aber Queen Duo bestand darauf, dass es wahr sei.

But Queen Duo insisted it was true.

„Versprich mir, es bei deiner Mutter zu erfragen"

"Promise to find out from your mother"

„Frag sie, wo dein Leben verborgen ist"

"Ask her where your life is hidden"

„Dann überlasse ich dir die Tauben"

"Then I will let you have the pigeons"

„Ansonsten behalte ich die Tauben"

"Otherwise, I will keep the pigeons"

Der Junge wollte seine Tauben zurück.

The boy wanted his pigeons back.
Also stimmte er zu, die Informationen zu besorgen.
So he agreed to get the information.
Aber zuerst musste sie ihm ein Versprechen geben.
But first she made him promise.
„Versprich mir, dass du es deiner Mutter nicht erzählst."
"Promise me you won't tell your mother"
Und der Junge versprach, es ihr nicht zu sagen.
And the boy promised not to tell her.
„Ich verspreche, ich erzähle es meiner Mutter nicht."
"I promise I won't tell my mum"
Königin Duo ließ die Tauben des Prinzen frei.
Queen Duo freed the prince's pigeons.
Dalim war überglücklich, seine Vögel wieder zu haben.
Dalim was overjoyed to have his birds again.
Und er vergaß das gesamte Gespräch.
And he forgot the entire conversation.

Am nächsten Tag spielte Dalim wieder.
The next day Dalim was playing again.
Sie können sich vorstellen, was wieder passiert ist.
You can imagine what happened again.
Die Tauben flogen zur Wohnung von Königin Duo.
The pigeons flew to Queen Duo's apartment.
Und sie flogen wieder in ihr Zimmer.
And they flew into her room again.
Dalim ging in die Wohnung seiner Stiefmutter.
Dalim went in to his stepmother's apartment.
Und er bat sie um die Tauben.
And he asked her for the pigeons.
Natürlich fragte sie ihn nach den Informationen.
Of course she asked him for the information.
Dalim konnte ihr nicht sagen, wo sein Leben verborgen war.
Dalim could not tell her where his life was hidden.
„Ich verspreche, dass ich sie heute fragen werde."
"I promise I will ask her today"
„Aber kann ich bitte meine Tauben haben?"

"But please can I have my pigeons"
Sie gab die Tauben nicht so schnell zurück.
She didn't give the pigeons back so quickly.
Aber am Ende bekam er seine Tauben wieder.
But, in the end, he got his pigeons again.

Nach dem Spielen ging Dalim zu seiner Mutter.
After playing, Dalim went to his mother.
„Mama, bitte sag mir, wo mein Leben verborgen ist"
"Mamma, please tell me where my life is hidden"
„Was meinst du, Kind?", fragte die Mutter.
"What do you mean, child?" asked the mother.
Sie war über die Frage erstaunt.
She was astonished at the question.
Warum sollte ihr Kind sie das fragen?
Why would her child ask her this?
„Ja, Mama", antwortete das Kind.
"Yes, mamma," replied the child.
„Ich habe von einem heiligen Bettelmönch gehört"
"I have heard of a holy mendicant"
„Er hat dir etwas über mein Leben erzählt"
"He told you something about my life"
„Er sagte, mein Leben sei in etwas verborgen"
"He said my life is hidden in something"
„Sag mir, was das ist"
"Tell me what that thing is"
„Mein Kind, mein Liebling, mein Schatz"
"My child, my darling, my treasure"
„Mein goldener Mond", flehte seine Mutter.
"My golden moon," his mother pleaded.
„Stellen Sie eine solche Frage nicht"
"Do not ask such a question"
„Bedecke den Mund meiner Feinde mit Asche"
"Cover my enemies' mouths with ashes"
„Lass meinen Dalim ewig leben", flehte sie.
"Let my Dalim live forever," she begged.
Aber das Kind bestand darauf, das Geheimnis zu kennen.

But the child insisted knowing the secret.

Er weigerte sich zu essen oder zu trinken, bis er es wusste.

He refused to eat or drink until he knew.

Königin Suo hatte keine andere Wahl, als es ihm zu sagen.

Queen Suo had no choice but to tell him.

Schließlich erzählte sie ihm das Geheimnis seines Lebens.

Eventually she told him the secret of his life.

Am nächsten Tag spielte Dalim wieder.

The next day Dalim was playing again.

Sie können sich vorstellen, wohin die Tauben geflogen sind.

You can imagine where the pigeons flew.

Dalim jagte den Vögeln in die Wohnung hinterher.

Dalim chased after the birds into the apartment.

Seine Stiefmutter sagte viele süße Worte zu ihm.

His stepmother told him many sweet words.

Und schließlich erfuhr sie sein Geheimnis von ihm.

And finally, she got his secret from him.

Sie verschwendete keine Zeit und begann mit ihrem bösen Plan.

She wasted no time to start her wicked plan.

Und sie gab ihren Dienern Befehle.

And she gave orders to her servants.

„Holen Sie sich ein paar getrocknete Stängel von der Hanfpflanze"

"Get some dried stalk from the hemp plant"

„Achten Sie darauf, dass die Stiele sehr brüchig sind"

"Make sure the stalks are very brittle"

Brüchige Hanfstängel machen ein knackendes Geräusch.

Brittle hemp stalks make a cracking sound.

Das Geräusch ähnelt dem Knacken von Gelenken.

The sound is similar to the cracking of joints.

Und es klingt wie die Knochen alter Menschen.

And it sounds like the bones of old people.

Sie legte die brüchigen Hanfstängel unter ihr Bett.

She put the brittle hemp stalks under her bed.

Und dann legte sie sich auf ihr Bett.

And then she lied on her bed.

Sie wollte die Hanfstängel testen.

She wanted to test the hemp stalks.

Die Stängel knackten genau so stark, wie sie wollte.

The stalks cracked just as much as she wanted.

Sie war mit dem Verlauf ihres Plans zufrieden.

She was satisfied with how her plan was going.

Sie gab ihren Dienern weitere Befehle.

She gave more orders to her servants.

„Sagen Sie dem König, ich bin sehr krank"

"Tell the King I am very ill"

„Er muss sofort zu mir kommen"

"He must come to see me immediately"

Der König liebte diese Königin nicht.

The king did not love this queen.

Aber er hatte immer noch die Pflicht, für sie zu sorgen.

But he still had a duty to care for her.

Wenn sie krank war, musste er sich um sie kümmern.

If she was ill, he had to look after her.

Der König kam in ihr Schlafzimmer.

The King came to her bedroom.

Sie wälzte sich vor Schmerzen auf dem Bett.

She rolled on the bed in pain.

Der König hörte das Knacken ihrer Knochen.

The King heard the cracking of her bones.

Er beauftragte seinen besten Arzt, sich um sie zu kümmern.

He ordered his best physician to attend her.

Aber die Königin hatte daran gedacht.

But the queen had thought of this.

Sie hatte bereits mit dem Arzt gesprochen.

She had already spoken with the physician.

„Es gibt nur ein Heilmittel", sagte er dem König.

"There is only one remedy," he told the king.

„Vor dem Palast ist ein Teich"

"There's a pond in front of the palace"

„Im Teich gibt es einen großen Boal-Fisch"

"In the pond there's a large Boal fish"

„Das Heilmittel liegt in diesem Fisch"
"The remedy is in that fish"
Also ließ der König den Arzt den Fisch fangen.
So the king let the physician catch the fish.
In der Zwischenzeit war Dalim mit Spielen beschäftigt.
Meanwhile Dalim was busy playing.
Er wusste nichts von der Krankheit seiner Tante.
He knew nothing of his aunt's illness.
Der Fisch wurde aus dem Wasser genommen.
The fish was taken out the water.
sofort zu Boden .
Dalim fell to the ground immediately.
Er ließ sich auf dem Boden herumflattern.
He flopped around on the floor.
Und er konnte nicht atmen.
And he could not breathe.
Die Wachen bemerkten es sofort.
The guards immediately noticed.
Dalim wurde in das Zimmer seiner Mutter gebracht.
Dalim was taken to his mother's room.
Und der König wurde über seinen Sohn informiert.
And the King was informed of his son.
Er konnte die Krankheit seines Sohnes nicht glauben.
He couldn't believe his son's illness.
Der Fisch wurde zu Queen Duo gebracht.
The fish was taken to Queen Duo.
Queen Duo wurde gerettet.
Queen Duo was being saved.
Zur gleichen Zeit lag Dalim im Sterben.
At the same time Dalim was dying.
Der Fisch wurde aufgeschnitten.
The fish was cut open.
Und sie fanden die Holzkiste.
And they found the wooden box.
In der Schachtel lag eine goldene Halskette.
In the box lay a necklace of gold.
Queen Duo legte die Halskette an.

Queen Duo put on the necklace.
Und Dalim starb im selben Moment.
And Dalim died at the very same moment.

Die Nachricht von der Tragödie erreichte den König.
News of the tragedy reached the king.
Er wurde in einen Ozean der Trauer gestürzt.
He was plunged into an ocean of grief.
Die Nachricht von Queen Duos Genesung war keine große Hilfe.
News of Queen Duo's recovery did not help.
Er weinte schmerzliche und bittere Tränen.
He wept painful and bitter tears.
Niemand glaubte, dass er sich erholen würde.
No one thought he would recover.
Er konnte es nicht ertragen, seinen Sohn zu begraben.
He could not bear to bury his son.
Er ließ auch nicht zu, dass sein Körper verbrannt wurde.
Nor did he allow his body to be burned.
Er konnte den Tod seines Sohnes nicht akzeptieren.
He could not accept that his son had died.
Sein Tod war so plötzlich und sinnlos.
His death was so sudden and senseless.
Er ließ die Leiche in ein Gartenhaus überführen.
He had the dead body moved to a garden-houses.
Dieses Gartenhaus stand in einem Vorort.
This garden-house was in the suburbs.
Hier wurde sein Sohn aufgebahrt.
Here his son was laid in state.
Dort wurden allerlei Vorräte gelagert.
All sorts of provisions were put there.
Obwohl jeder wusste, dass es unnötig war.
Although everyone knew it was unnecessary.
Der kleine Junge brauchte keine Nahrung mehr.
The young boy did not need food anymore.
Das Haus war Tag und Nacht verschlossen.
The house was kept locked day and night.

Dalim hatte einen sehr engen Freund.
Dalim had had one very close friend.
Nur dieser Freund durfte zu Besuch kommen.
Only this friend was allowed to visit.
Er war der Sohn des Premierministers.
He was the son of the prime minister.
Ihm wurde der Schlüssel des Hauses anvertraut.
He was entrusted with the key of the house.
Einmal am Tag konnte er seinen toten Freund besuchen.
Once a day he could visit his dead friend.

Königin Suo zog sich nach dem Verlust ihres Sohnes zurück.
Queen Suo retired after the loss of her son.
Nun verbrachte der König die Nächte mit Königin Duo.
Now the King spent the nights with Queen Duo.
Die Königin wollte jeden Verdacht vermeiden.
The Queen wanted to avoid suspicion.
Also nahm sie die Halskette nachts ab.
So she took the necklace off at night.
Doch Dalims Leben war an die Halskette geknüpft.
But Dalim's life was tied to the necklace.
Und sein Tod war nicht so einfach.
And his death was not so simple.
Er war tot, als die Königin die Halskette trug.
He was dead when the queen wore the necklace.
Doch als sie die Halskette abnahm, kehrte er ins Leben zurück.
But when she took the necklace off, he returned to life.
Und so kehrte er jede Nacht ins Leben zurück.
And so he returned to life every night.
Jeden Morgen legte sie die Halskette wieder an.
Every morning she put the necklace on again.
Und so starb er jeden Morgen erneut.
And so, he died again every morning.
Abends aß er, was immer er mochte.
At night he ate whatever food he liked.

Denn es gab reichlich zu essen für ihn.
Because there was plenty of food for him.
Er ging auf dem Gelände umher.
He walked around in the premises.
Und er dachte über die Merkwürdigkeit seines Lebens nach.
And he meditated on the strangeness of his life.
Dalims Freund besuchte ihn nur tagsüber.
Dalim's friend only visited him during the day.
Deshalb sah er ihn immer als leblose Leiche.
So he always saw him as a lifeless corpse.
Aber sein Körper schien sich nie zu verändern.
But his body never seemed to change.
Es gab keine Anzeichen von Fäulnis.
There was no sign of putrefaction.
Der Körper war leblos und blass.
The body was lifeless and pale.
Es gab jedoch keine Todessymptome.
But there were no symptoms of death.
Das alles kam ihm zu fremd vor.
It all seemed too strange for him.
Also beschloss er, die Leiche genauer zu beobachten.
So he decided to watch the corpse more closely.
Und er besuchte seinen Freund nachts.
And he visited his friend at night.
Er war erstaunt über das, was er in dieser Nacht sah.
He was astonished at what he saw that night.
Sein toter Freund lief im Garten umher.
His dead friend was walking about in the garden.
Zuerst dachte er, Dalim könnte ein Geist sein.
At first he thought Dalim might a ghost.
Also ging er hin, um zu sehen, ob er ihn berühren konnte.
So he went to see if he could touch him.
Und dann sah er, dass es wirklich sein Freund war.
And then he saw it was really his friend.
Dalim erzählte seinem Freund alles, was passiert war.
Dalim told his friend everything that had happened.
Er erzählte ihm alle Umstände seines Todes.

He told him all the circumstances of his death.
Und bald lösten sie das Rätsel.
And soon they solved the mystery.
Sie verstanden, warum er nur nachts wieder zu sich kam.
They understood why he revived only at night.
Jede Nacht kam der König, um Königin Duo zu sehen.
Every night the king came to see Queen Duo.
Als der König zu Besuch kam, nahm sie ihre Halskette ab.
When the King visited, she took off her necklace.
Das Leben des Prinzen hing von der Halskette ab.
The life of the prince depended on the necklace.
Also schmiedeten die beiden Freunde einen Plan.
So the two friends worked on a plan.
Nacht für Nacht berieten sie sich.
Night after night they consulted together.
Aber ihnen fiel kein durchführbarer Plan ein.
But they could not think of any feasible scheme.

Irgendwann müssen die Götter Mitleid gehabt haben.
Eventually the Gods must have taken pity.
Und sie beschlossen, Dalim freizulassen.
And they decided to free Dalim.
Aber wir müssen verstehen, wie die Götter wirken.
But we must understand how the Gods work.
Diese Dinge werden lange im Voraus geplant.
These things are planned long before.
Die Schwester von Bidhata-Purusha hatte eine Tochter gehabt.
The sister of Bidhata-Purusha had had a daughter.
Bidhata-Purusha war ein großartiger Wahrsager.
Bidhata-Purusha was a great fortune teller.
Er hatte dem Kind etwas auf die Stirn geschrieben.
He had written something on the child's forehead.
„Dieses Kind wird den toten Bräutigam heiraten"
"This child will marry the dead bridegroom"
Ihre Mutter war darüber sehr traurig.
Her mother was very saddened by this.

Dieses Schicksal wollte sie ihrer Tochter nicht zumuten.
She did not want this destiny for her daughter.
Aber sie konnte nicht mit ihm streiten.
But she could not argue with him.
Er hat nie geändert, was er geschrieben hatte.
He never changed what he had written.
Das Kind ist überaus schön geworden.
The child became exceedingly beautiful.
Doch die Mutter konnte daran keine Freude haben.
But the mother could not take any pleasure in this.
Weil sie das Schicksal ihres Kindes kannte.
Because she knew the destiny of her child.
Schließlich erreichte das Mädchen das heiratsfähige Alter.
Eventually the girl came to marriageable age.
Sie musste einen Weg finden, ihrem Schicksal zu entgehen.
She had to find a way to avoid her fate.
Daher floh die Mutter mit ihrem Kind aus dem Land.
So the mother fled the country with her child.
**Vielleicht könnte sie ihrem schrecklichen Schicksal
entgehen.**
Perhaps she could avoid her dreadful destiny.
Aber was geschrieben wurde, wurde geschrieben.
But what was written was written.
**Und das Schicksal lässt sich auf diese Weise nicht außer
Kraft setzen.**
And fate cannot be overruled like this.
Gemeinsam reisten sie durch das Land.
Together they journeyed through the land.
Sie können sich vorstellen, wie das Schicksal gewirkt hat.
You can imagine how fate was working.
Sie wanderten an Dalims Ruhestätte vorbei.
They wandered past Dalim's resting place.
Der Abend brach herein.
The shade of the evening was approaching.
„Mutter, ich habe Durst", sagte ihr Kind.
"Mother, I am thirsty," said her child.
„Setz dich an dieses Tor", antwortete ihre Mutter.

"Sit at this gate," replied her mother.

„Ich werde im Dorf nach Wasser suchen"

"I will search for water in the village"

Das Mädchen war neugierig auf den Garten.

The girl was curious about the garden.

Und im Garten sah sie ein fremdes Haus.

And in the garden she saw strange house.

Sie drückte das Tor auf, das sich von selbst öffnete.

She pushed the gate, which opened itself.

Als sie hineinging, sah sie einen wunderschönen Palast.

When she went in, she saw a beautiful palace.

Doch sie hatte ein ungutes Gefühl in Bezug auf den Palast.

But she had an uneasy feeling about the palace.

Allerdings hatte sich die Tür von selbst geschlossen.

However, the door had shut itself.

Sie hatte also keine Möglichkeit herauszukommen.

So she had no way of getting out.

Als die Nacht hereinbrach, kam der Prinz wieder zu sich.

When night came the prince revived.

Wie üblich lief er im Garten umher.

As usual, he walked around in the garden.

Doch dieses Mal sah er eine weibliche Gestalt.

But this time he saw a female figure.

Die Gestalt stand in der Nähe des Tores.

The figure was standing near the gate.

Bald sah er, dass es ein Mädchen war.

Soon he saw that it was a girl.

Und er sah, dass sie von unübertroffener Schönheit war.

And he saw she was of unsurpassed beauty.

„Wer bist du?", fragte er sie.

"Who are you?" he asked her.

Sie erzählte Dalim alles, was passiert war.

She told Dalim everything that had happened.

Alle Einzelheiten ihrer kleinen Geschichte.

All the details of her little history.

„Mein Onkel ist der göttliche Bidhata-Purusha"

"My uncle is the divine Bidhata-Purusha"
„Er hat mir bei der Geburt auf die Stirn geschrieben"
"He wrote on my forehead at birth"
„Dieses Kind wird den toten Bräutigam heiraten"
"This child will marry the dead bridegroom"
„Meine Mutter wollte dieses Leben nicht für mich"
"My mother did not want that life for me"
„Also verließen wir unser Haus und unsere Stadt"
"So we left our house and city"
„Und wir zogen durch das Land"
"And we wandered through the country"
„Wir waren am Tor deines Palastes angekommen"
"We had come to the gate of your palace"
„Nach unserer Reise hatte ich Durst"
"After our journey I was thirsty"
„Also ging meine Mutter Wasser suchen"
"So my mother went to look for water"
„Und nun stehe ich hier vor Ihnen"
"And now I am standing here before you"
Dalim Kumar kannte die Bedeutung der Geschichte.
Dalim Kumar knew the meaning of the story.
„Ich bin der tote Bräutigam", sagte er dem Mädchen.
"I am the dead bridegroom," he told the girl.
„Ich bin es, den du heiraten wirst"
"It is me who you will marry"
„Komm mit mir zum Haus", bat er sie.
"Come with me to the house," he asked of her.
Aber das Mädchen ließ sich nicht so leicht überreden.
But the girl wasn't so easily persuaded.
„Du stehst da und sprichst mit mir"
"You are standing and speaking to me"
„Wie kannst du der tote Bräutigam sein?"
"How can you be the dead bridegroom?"
Der Prinz verstand ihren Einwand.
The prince understood her objection.
„Du wirst es später verstehen"
"You will understand it afterwards"

Das Mädchen folgte dem Prinzen ins Haus.
The girl followed the prince into the house.
Sie hatte den ganzen Tag gefastet.
She had been fasting the whole day.
Also gab der Prinz ihr wunderbares Essen.
So the prince gave her wonderful food.
**Inzwischen war die Mutter des Mädchens
zurückgekommen.**
Meanwhile, the girl's mother had come back.
Sie stand am Tor des Gartens.
She was standing at the gates of the garden.
Doch ihre Tochter war nicht mehr da.
But her daughter was not there anymore.
Sie schrie nach ihrer Tochter.
She cried out for her daughter.
Aber sie bekam keine Antwort von ihrer Tochter.
But she got no reply from her daughter.
Also machte sie sich im Dorf auf die Suche nach ihr.
So she went looking for her in the village.

Wie üblich kam Dalims Freund an diesem Abend.
As usual, Dalim's friend came that night.
Dalim unterhielt seinen Gast noch immer.
Dalim was still entertaining his guest.
Er hatte nicht damit gerechnet, einen Fremden zu sehen.
He was not expecting to see a stranger.
Und das Mädchen erzählte ihm ihre Geschichte erneut.
And the girl retold him her story.
**Sie können sich seine Überraschung vorstellen, als sie es
ihm erzählte.**
You can imagine his surprise when she told him.
Er konnte Dalims Geschichte bestätigen.
He was able to confirm Dalim's story.
Bald hatten sie alle ihr Schicksal akzeptiert.
Soon they had all accepted destiny.
In dieser Nacht erfüllte sich ihr Schicksal.
That night they fulfilled their fates.

Sie beschlossen, das Paar zu vereinen.
They decided to unite the couple in matrimony.
Es wäre unmöglich gewesen, einen Priester zu bekommen.
It was going to be impossible to get a priest.
Also führte Dalims Freund die Jungfernzeremonie durch.
So Dalim's friend performed the hymeneal rites.
Der Freund des Bräutigams verließ den Palast.
The friend of the bridegroom left the palace.
Das frisch vermählte Paar hatte den Palast für sich allein.
The newly-weds had the palace to themselves.
Das glückliche Paar schlief in dieser Nacht nicht viel.
The happy couple did not sleep much that night.
Sie wachten also erst lange nach Sonnenaufgang auf.
So it was long after sunrise that they woke up.
Natürlich war es nur die junge Frau, die aufwachte.
Of course it was only the young wife that woke up.
Der Prinz war wieder zu einer kalten Leiche geworden.
The prince had become a cold corpse again.
Die Königin hatte ihre Halskette angelegt.
The queen had put on her necklace.
Und das Leben hatte ihn wieder verlassen.
And life had departed from him again.
Sie können sich vorstellen, wie sich die junge Frau fühlte.
You can imagine how the young wife felt.
Sie schüttelte ihren Mann, um ihn aufzuwecken.
She shook her husband to try and wake him.
Sie küsste ihn auf seine kalten Lippen.
She kissed him on his cold lips.
Doch alle ihre Bemühungen waren vergeblich.
But all her efforts were in vain.
Er war so leblos wie eine Marmorstatue.
He was as lifeless as a marble statue.
Die junge Frau war entsetzt.
The young wife was stricken with horror.
Sie schlug sich mit den Fäusten auf die Brust.
She smote her breast with her fists.
Sie schlug sich mit den Handflächen gegen die Stirn.

She struck her forehead with her palms.
Und sie riss sich die Haare aus dem Kopf.
And she tore her hair from her head.
Sie rannte wie eine Verrückte durch den Garten.
She ran through the garden like a mad woman.
Dalims Freund kam tagsüber nicht.
Dalim's friend did not come during the day.
Er wollte seinen Freund nicht so sehen.
He did not want to see his friend this way.
Das arme Mädchen wusste nicht, was es tun sollte.
The poor girl did not know what to do.
Die Zeit konnte nicht schnell genug vergehen.
Time could not pass quickly enough.
Der Tag kam mir so lang vor wie ein Jahr.
The day seemed as long as a year.
Doch auch der längste Tag hat einmal ein Ende.
But the even longest day has its end.
Die Schatten des Abends senkten sich herab.
The shades of evening were descending.
Ihr toter Ehemann wurde aus dem Bewusstsein geweckt.
Her dead husband was awakened into consciousness.
Er stand wieder aus seinem Bett auf.
He rose up from his bed again.
Und er umarmte seine neue Frau.
And he embraced his new wife.
Wieder aßen und tranken sie und wurden fröhlich.
Again they ate, drank, and became merry.
Sein Freund erschien wie üblich.
His friend made his usual appearance.
Und die ganze Nacht wurde gefeiert.
And the whole night was spent celebrating.

So verbrachten sie die nächsten sieben Jahre.
They spent the next seven years this way.
Tagsüber war Dalim leblos.
During the day Dalim was lifeless.
Doch nachts erwachte er zum Leben.

But at night he came to life.
Und ihr Leben war ganz normal.
And their life was quite usual.
Die Prinzessin schenkte ihrem Mann zwei reizende Jungen.
The princess gave her husband two lovely boys.
Sie waren das genaue Ebenbild ihres Vaters.
They were the exact image of their father.
Natürlich wussten der König und die Königinnen nichts davon.
Of course the king and Queens did not know.
Sie wussten nicht, dass sie Großeltern waren.
They did not know they were grandparents.
Und sie wussten nicht, dass Dalim am Leben war.
And they did not know Dalim was alive.
Genauer gesagt würde ich sagen, dass er nachts am Leben war.
To be precise I should say he was alive at night.
Sie alle dachten, er sei schon lange tot.
They all thought he had long been dead.
Sie gingen davon aus, dass seine Leiche inzwischen verschwunden sei.
They assumed his corpse would now be gone.
Doch das Herz von Dalims Frau sehnte sich.
But the heart of Dalim s wife was yearning.
Sie wollte nichts sehnlicher als ihre Schwiegermutter.
She wanted nothing more than her mother-in-law.
Im Laufe der Jahre hatte sie einen Plan entwickelt.
Over the years she had come up with a plan.
Vielleicht könnte sie ihre Schwiegermutter sehen.
Perhaps she could see her mother-in-law.
Vielleicht könnten sie die Halskette ergattern.
Maybe they could get hold of the necklace.
Sie bat ihren Mann um sein Einverständnis.
She asked for the consent of her husband.
Und er erlaubte ihr, sich zu verkleiden.
And he allowed her to disguise herself.
Sie nahm das Aussehen einer Friseurin an.

She took on the appearance of a female barber.
Wie jede Friseurin brauchte sie eine entsprechende Ausrüstung.
Like every female barber, she needed equipment.
Sie nahm die folgenden Werkzeuge mit;
She took the following tools;
Ein Eiseninstrument zur Vorbereitung der Fingernägel.
An iron instrument for preparing finger nails.
Ein weiteres Eiseninstrument zum Schaben der Füße.
Another iron instrument for scraping the feet.
Ein Stück gebrannter Jhama- Ziegel.
A piece of burnt jhama brick.
Zum Einreiben der Fußsohlen.
For rubbing the soles of the feet.
Und Farbe für die Kanten der Füße.
And paint for the edges of the feet.
Sie nahm alle ihre Werkzeuge mit.
She took all her tools with her.
Und sie stand am Tor des Königspalastes.
And she stood at the gate of the King's palace.
Ich habe noch etwas vergessen, das sie mitgebracht hat.
I forgot something else she brought.
Sie war mit ihren beiden Söhnen gekommen.
She had come with her two sons.
Sie sprach mit den Wachen.
She spoke with the guards.
„Ich arbeite als Friseur"
"I work as a barber"
„Ich bin gekommen, um meine Dienste anzubieten"
"I have come to offer my services"
„Ich möchte Königin Suo sehen"
"I desire to see Queen Suo"
Königin Suo gab ihr schnell ein Interview.
Queen Suo quickly gave her an interview.
Die Königin hatte die beiden kleinen Jungen sehr gern.
The queen was quite fond of the two little boys.
Sie erinnerten sie seltsamerweise an ihren eigenen Sohn.

They strangely reminded her of her own son.
Und sie erinnerte sich an ihren verlorenen Schatz.
And she remembered her lost treasure.
Tränen flossen ihr in Strömen aus den Augen.
Tears fell profusely from her eyes.
Sie hatte nicht die geringste Ahnung, wer sie waren.
She had not the remotest idea who they were.
Natürlich wissen wir, wer sie sind.
Of course we know who they are.
Die beiden kleinen Jungen sind ihre Enkel.
The two little boys are her grandsons.
Sie hat mit dem Friseur gesprochen.
She spoke to the barber.
„Mein Sohn starb, als er noch klein war"
"My son died when he was young"
„Ich habe diese Eitelkeiten aufgegeben"
"I have given up these vanities"
„Ich habe aufgehört, mir zeremoniell die Füße färben zu lassen"
"I stopped having my feet ceremoniously dyed"
„Aber ich würde mich freuen, Ihre beiden tollen Jungs zu sehen."
"But I would be glad to see your two fine boys"
Der Barbier erlaubte Königin Suo, ihre Jungen zu sehen.
The barber agreed to let Queen Suo see her boys.
Aber bevor sie ging, hatte sie noch eine Frage.
But she had one question before she went.
„Gibt es noch andere Damen im Palast?
"Are there other ladies in the palace?
„Jemand anderes, dem ich meine Dienste anbieten könnte"
"Someone else I could provide my service to"
Ihr wurde gesagt, dass es eine andere Königin gäbe.
She was told there was another queen.
Und sie durfte auch zu dieser Königin gehen.
And she was also allowed to go to that queen.
Queen Duo erlaubte ihr, ihre Nägel vorzubereiten.
Queen Duo allowed her to prepare her nails.

Und sie durfte ihre Füße scharren.
And she was allowed to scrape her feet.
Sie bemalte ihre Füße mit Alakta .
She painted her feet with alakta.
Und die Königin war mit ihrem Können sehr zufrieden.
And the queen was very pleased with her skill.
Sie genoss auch die Süße ihres Wesens.
She also enjoyed the sweetness of her disposition.
Also buchte sie weitere ihrer Dienste.
So she booked to have more of her services.
Die Friseurin war aus einem anderen Grund gekommen.
The female barber had come for something else.
Und ihr fiel schnell die Halskette auf.
And she quickly noticed the necklace.
Die Halskette lag um den Hals der Königin.
The necklace was around the Queen's neck.

Der Tag ihres zweiten Besuchs war gekommen.
The day of her second visit had come.
Sie gab ihrem ältesten Sohn die Anweisungen.
She gave her eldest son the instructions.
„Wir gehen wieder in den Palast"
"We are going into the palace again"
„Im Palast muss man weinen"
"When in the palace you have to cry"
„Sag, du hättest gerne die Halskette der Königin"
"Say you would like the queen's necklace"
„Hör nicht auf zu weinen, bis du ihre Halskette hast"
"Don't stop crying until you have her necklace"
Die Friseurin ging in die Wohnung von Königin Duo.
The female barber went to queen Duo's apartment.
Bald begann der ältere Junge zu weinen.
Soon the elder boy started to cry.
Der Junge hat seine Rolle gut gespielt.
The boy acted his role well.
Nichts konnte den Jungen trösten.
Nothing would console the boy.

„Was ist los?", fragte Königin Duo.

"What is wrong?" Queen Duo asked.

Der Junge konnte kaum sprechen.

They boy could hardly speak.

„Deine Halskette ist so schön "

"Your necklace is so beautiful"

Und er schluchzte weiter.

And he continued to sob.

„Kann ich bitte die Halskette halten?"

"Can I please hold the necklace?"

Queen Duo wollte ihn nicht lassen.

Queen Duo did not want to let him.

„Ich kann mich nicht von meiner Halskette trennen"

"I cannot part with my necklace"

„Es ist mein wertvollstes Juwel"

"It is my most valuable jewel"

Aber der Junge hörte nicht auf zu weinen.

But the boy did not stop crying.

Also nahm sie die Halskette ab.

So she took the necklace off her neck.

Und sie legte dem Jungen die Halskette in die Hand.

And she put the necklace into the boy's hand.

Der Junge hörte schnell auf zu weinen.

The boy quickly stopped crying.

Und er hielt die Halskette in seiner Hand.

And he held the necklace in his hand.

Die Friseurin hatte ihre Arbeit beendet.

The female barber had finished her work.

Sie packte ihre Werkzeuge zusammen.

She was packing up her tools.

Und sie war im Begriff, den Palast zu verlassen.

And she was about to leave the palace.

Also wollte die Königin die Halskette zurück.

So the queen wanted the necklace back.

Aber der Junge wollte ihr die Halskette nicht geben.

But the boy would not let her have the necklace.

Seine Mutter versuchte, ihm die Halskette zu entreißen.

His mother attempted to snatch the necklace from him.
Aber er weinte bitterlich, als sie es versuchte.
But he wept bitterly when she tried.
Und er weinte, als würde ihm das Herz brechen.
And he cried as if his heart would break.
Die Barbierin fragte die Königin höflich:
The female barber politely asked the queen;
„Bitte lass den Jungen die Halskette mit nach Hause nehmen"
"Please let the boy take the necklace home"
„Er wird einschlafen, nachdem er seine Milch getrunken hat."
"He will fall asleep after drinking his milk"
„Und dann bringe ich dir deine Halskette zurück."
"And then I will bring your necklace back"
Sie sah, dass sie keine Wahl hatte.
She could see she had no choice.
Der Junge erlaubte ihr nicht, die Halskette anzunehmen.
The boy would not allow her to take the necklace.
Also stimmte sie dem Vorschlag zu.
So she agreed to the proposal.
„Dalim muss schon lange tot sein", dachte sie.
"Dalim must now be long dead," she thought.
Und sie hatte keinen Grund zur Sorge.
And she had nothing to worry about.

Die Prinzessin hatte die wertvolle Halskette.
The princess had the prized necklace.
Der Schatz, der mit dem Leben ihres Mannes verbunden ist.
The treasure bound to her husband's life.
Sie eilte zurück zum Gartenhaus.
She rushed back to the garden-house.
Und sie gab Dalim die Halskette.
And she gave the necklace to Dalim.
Dalim war den ganzen Morgen am Leben gewesen.
Dalim had been alive all morning.
Es war das erste Mal, dass er die Sonne wieder sah.

It was the first time he saw the sun again.
Ihre Freude über sein Leben kannte keine Grenzen.
Their joy of his life knew no bounds.
Ihr Freund riet ihnen, zum Palast zu gehen.
Their friend advised them to go to the palace.
„Geh morgen zum Palast"
"Go to the palace tomorrow"
„Stellt euch dem König und der Königin vor"
"Present yourselves to the King and Queen"
„Lassen Sie sie wissen, dass es Ihnen gut geht"
"Let them know you're alive and well"
Das Paar nahm den Rat seines Freundes an.
The couple accepted their friend's advice.
Und sie haben alles für ihre Ankunft vorbereitet.
And they prepared everything for their arrival.
Für den Prinzen wurde ein Elefant gebracht.
An elephant was brought for the prince.
Für die Jungen wurden zwei Ponys mitgebracht.
A pair of ponies were brought for the boys.
Und es gab eine große Chaturdala.
And there was a grand chaturdala.
Es war mit Vorhängen aus goldener Spitze ausgestattet.
It was furnished with curtains of gold lace.
Dem König und Königin Suo wurde eine Nachricht zukommen lassen.
Word was sent to the king and the Queen Suo.
„Prinz Dalim Kumar ist gesund und munter"
"Prince Dalim Kumar is alive and well"
„Und er kommt, um dich zu besuchen"
"And he is coming to visit you"
„Jetzt hat er eine Frau und zwei Söhne"
"Now he has a wife and two sons"
König und Königin Suo konnten es kaum glauben.
The King and Queen Suo could hardly believe it.
Aber man versicherte ihnen, dass alles wahr sei.
But they were assured that it was all true.
Königin Duo erkannte schnell ihre missliche Lage.

Queen Duo quickly realized her predicament.
Und sie wurde von Trauer überwältigt.
And she became overwhelmed with grief.
Eine Musikkapelle folgte dem Prinzen.
A band of musicians followed the prince.
Prinz Dalim Kumar näherte sich dem Palasttor.
Prince Dalim Kumar approached the palace-gate.
König und Königin Suo gingen zu den Toren.
The King and Queen Suo went to the gates.
Und sie hießen ihren lange vermissten Sohn willkommen.
And they welcomed their long-lost son.
Sie können sich vorstellen, wie glücklich sie waren.
You can imagine how happy they were.
Dalim erzählte seinen Eltern von seinem Tod.
Dalim told his parents of his death.
Er erzählte ihnen von dem Teich beim Palast.
He told them of the pond by the palace.
Und er erzählte ihnen von den Fischen im Teich.
And he told them of the fish in the pond.
Er erzählte ihnen von der Holzkiste im Fisch.
He told them of the wooden box in the fish.
Er erzählte ihnen von der Halskette in der Holzkiste.
He told them of the necklace in the wooden box.
Und er erzählte ihnen das Geheimnis seines Lebens.
And he told them the secret of his life.
Er erzählte ihnen, wie er jede Nacht starb.
He told them how he died each night.
Natürlich erwähnte er auch seine neue Frau.
Of course he also mentioned his new wife.
Der König war über diese Nachricht außer sich vor Wut.
The king was inflamed with rage at the news.
Er befahl Königin Duo, zu ihm zu kommen.
He ordered Queen Duo into his presence.
Ein großes Loch wurde in den Boden gegraben.
A large hole was dug in the ground.
Das Loch war mannshoch.
The hole was as deep as the height of a man.

Königin Duo musste in dem Loch stehen.
Queen Duo was made to stand in the hole.
Um sie herum türmten sich stachelige Dornen.
Prickly thorns were heaped around her.
Die Dornen reichten ihr bis zum Scheitel.
The thorns went up to the crown of her head.
Und auf diese Weise wurde sie lebendig begraben.
And in this manner she was buried alive.

Phakir Chand
Phakir Chand

Es war einmal ein König, der hatte einen Sohn.
There was once a king, who had a son.
Der Minister des Königs hatte auch einen Sohn.
The king's minister also had a son.
Die beiden Söhne liebten sich innig.
The two sons loved each other dearly.
Und sie haben alles zusammen gemacht.
And they did everything together.
Die beiden Söhne saßen und standen gemeinsam auf.
The two sons sat and stood up together.
Sie gingen zusammen zu denselben Orten.
They walked together to the same places.
Sie nahmen ihre Mahlzeiten gemeinsam ein.
They ate their meals together.
Sie schliefen und standen gemeinsam auf.
They slept and got up together.
Sie verbrachten Jahre in der Gesellschaft des anderen.
They spent years in each other's company.
Eines Tages verspürten beide ein neues Verlangen.
One day they both felt a new desire.
Sie wollten fremde Länder sehen.
They wanted to see foreign lands.
Und so machten sie sich auf die Reise.
And so they set out on their journey.
Einer von ihnen war der Sohn eines Königs.
One of them was the son of a king.
Einer von ihnen war der Sohn seines Ministerpräsidenten.
One of them was the son of his chief minister.
Natürlich waren sie beide ziemlich reich.
So of course they were both quite rich.
Aber sie nahmen keine Bediensteten mit.
But they did not take any servants with them.
Sie gingen alleine, zu Pferd.
They went by themselves, on horseback.

Die Pferde waren wunderschön anzusehen.
The horses were beautiful to look at.
Es waren Pakshirajes -Pferde.
They were Pakshirajes horses.
Solche Pferde sind als Könige der Vögel bekannt.
Such horses are known as the kings of birds.
Die beiden Söhne ritten viele Tage lang zusammen.
The two sons rode together for many days.
Sie durchquerten ausgedehnte Ebenen.
They passed through extensive plains.
Und die Ebenen waren mit Reis bedeckt.
And the plains were covered with paddy.
Und sie kamen durch fremde Städte.
And they passed through strange cities.
Und sie zogen durch Städte und Dörfer.
And they passed through towns, and villages.
Sie durchquerten baumlose Wüsten.
They passed through treeless deserts.
Und sie gingen durch Wälder.
And they passed through forests.
Und die Wälder waren dicht mit Bäumen bewachsen.
And the forests were dense with trees.
Diese Wälder waren die Heimat des Tigers.
These forests were the abode of the tiger.
Und auch der Bär lebte in diesen Wäldern.
And the bear also lived in these forests.
Eines Abends wurden sie von der Nacht überrascht.
One evening they were overtaken by the night.
Sie hatten keine menschlichen Behausungen gesehen.
They had not seen any human habitations.
Doch es wurde immer dunkler.
But it was getting darker and darker.
Also stiegen sie unter einem hohen Baum ab.
So they dismounted beneath a lofty tree.
Sie banden ihre Pferde an den Baum.
They tied their horses to the tree.
Und dann kletterten sie auf den Baum.

And then they climbed up the tree.
Sie bedeckten die Zweige mit dichtem Laub.
They covered the branches with thick foliage.
Damit sie auf den Ästen sitzen konnten.
So that they could sit on the branches.
Der Baum war in der Nähe eines großen Gewässers gewachsen.
The tree had grown near a large body of water.
Das Wasser war so klar wie das Auge einer Krähe.
The water was as clear as the eye of a crow.
Die beiden Freunde machten es sich bequem.
The two friends made themselves comfortable.
Natürlich war es auf einem Baum nicht sehr bequem.
Of course it wasn't very comfortable in a tree.
Aber auch im Baum war es nicht unangenehm.
But it wasn't uncomfortable in the tree either.
Sie hatten beschlossen, die Nacht dort zu verbringen.
They had decided to spend the night there.
Manchmal unterhielten sie sich flüsternd miteinander.
They sometimes chatted together in whispers.
Sie waren der Meinung, dass Flüstern besser sei als Reden.
They felt whispering was better than talking.
Denn die Region kam ihnen sehr fremd vor.
Because the region seemed very strange to them.
Und bald fielen sie in einen Dämmerzustand.
And soon they were falling into a doze.
Doch ihre Aufmerksamkeit wurde plötzlich geweckt.
But their attention was suddenly jolted.
Aus dem Wasser hörten sie ein Geräusch.
From the water they heard a noise.
Es klang wie das Rauschen von Wasser.
It sounded like the rushing of water.
Vor ihnen bot sich ein schrecklicher Anblick!
In front of them was a terrible sight!
Eine riesige Schlange kam aus dem Wasser.
A huge serpent came from under the water.
Die Schlange schwamm an Land und glitt umher.

The snake swam ashore and slithered around.
Aber etwas anderes erregte ihre Aufmerksamkeit.
But something else attracted their attention.
Die Haube der Schlange glänzte.
The crested hood of the serpent was shining.
In die Schlange war eine leuchtende Manikya eingebettet.
The snake had a brilliant manikya embedded.
Das Juwel glänzte wie tausend Diamanten.
The jewel shone like a thousand diamonds.
Der Kristall brachte das Wasser im Tank zum Leuchten.
The crystal lit up the water in the tank.
Die Böschungen und Bäume wurden bestrahlt.
The embankments and trees were irradiated.
Die Schlange nahm das Juwel von ihrem Kamm.
The serpent doffed the jewel from its crest.
Und die Schlange warf den Edelstein auf den Boden.
And the serpent threw the jewel on the ground.
Und dann machte sich die Schlange auf die Suche nach Nahrung.
And then the serpent went in search of food.
Sie konnten nicht glauben, was sie gesehen hatten.
They could not believe what they had seen.
Sie blieben in der Sicherheit des Baumes.
They stayed in the safety of the tree.
Aber sie bewunderten das Juwel sehr.
But they greatly admired the jewel.
Der Rubin strahlte unbeschreiblich.
The ruby shed an ineffable luster.
Alles war von einem magischen Glanz umgeben.
Everything had a magical glow around it.
So etwas hatten sie noch nie gesehen.
They had never seen anything like it.
Obwohl sie von diesem Schatz gehört hatten.
Although, they had heard of this treasure.
Das Juwel entsprach dem Schatz von sieben Königen.
The jewel equaled the treasures of seven kings.
Doch ihre Bewunderung verwandelte sich bald in Angst.

But their admiration soon changed to fear.
Die Schlange kam zum Fuß ihres Baumes.
The serpent came to the foot of their tree.
Die Schlange hatte ihre Pferde gefunden!
The serpent had found their horses!
Die armen Pferde waren an den Baum gebunden.
The poor horses had been tied to the tree.
Die Tiere hatten keine Möglichkeit zu entkommen.
The animals had no way of escaping.
Ein Pferd nach dem anderen wurde von der Schlange gefressen.
One by one the serpent ate their horses.
Doch der Appetit der Schlange schien nicht gestillt.
But the serpent's appetite did not seem satisfied.
Sie befürchteten, sie könnten die nächsten Opfer sein.
They feared they would be the next victims.
Doch ihre Ängste wurden bald zerstreut.
But their fears were soon relieved.
Die riesige Kobra hatte sie nicht gesehen.
The gigantic cobra had not seen them.
Und irgendwann verschwand die Schlange wieder.
And eventually the snake left again.
Der Sohn des Ministers sah eine Chance.
The minister's son saw an opportunity.
Dies war seine Chance, den Edelstein zu nehmen.
This was his chance to take the gem.
Aber sie hatten ein Problem.
But there was one problem they had.
Das Juwel leuchtete unglaublich hell.
The jewel shone incredibly bright.
Die Schlange würde wissen, was passiert ist.
The serpent would know what had happened.
Aber es gab eine Möglichkeit, dieses Problem zu lösen.
But there was a way to overcome this problem.
Und der Sohn des Ministers kannte die Lösung.
And the minister's son knew the solution.
Er musste den Stein mit Pferdemist bedecken.

He had to cover the stone with horse-dung.
Und neben dem Baum lag etwas Pferdemist.
And there was some horse-dung by the tree.
Er kam leise vom Baum herunter.
He quietly came down from the tree.
Er hob den Pferdemist vom Boden auf.
He picked up the horse-dung off the floor.
Und er warf den Mist auf den Edelstein.
And he threw the dung upon the precious stone.
Und dann kletterte er wieder auf den Baum.
And then he climbed up into the tree again.
Die Schlange bemerkte, dass etwas passiert war.
The serpent noticed something had happened.
Das Licht des Juwels war verschwunden.
The light of the jewel had vanished.
Die Schlange kam mit großer Wut zurück.
The serpent rushed back with great fury.
**Die Schlange kehrte dorthin zurück, wo sie den Stein
zurückgelassen hatte.**
The serpent returned to where it had left the stone.
Die Schlange stieß ein furchtbares Zischen in die Nacht aus.
The serpent let out a frightful hiss at the night.
**Das Stöhnen und die Krämpfe der Schlange waren
schrecklich.**
The snake's groans and convulsions were terrible.
Die Schlange wand sich immer wieder um das Juwel.
The snake went round and round the jewel.
Aber der Stein war mit Pferdemist bedeckt.
But the stone was covered with horse-dung.
**Auf diese Weise konnte die Schlange ihren Schatz nicht
sehen.**
This way the serpent could not see its treasure.
Schließlich tat die Schlange ihren letzten Atemzug.
Finally, the serpent breathed its last breath.

Die beiden Freunde schliefen in dieser Nacht nicht viel.
The two friends did not sleep much that night.

Am Morgen kamen sie vom Baum herunter.
In the morning they came down from the tree.
Sie gingen dorthin, wo das Wappenjuwel war.
They went to where the crest-jewel was.
Die mächtige Schlange lag immer noch dort.
The mighty serpent was still laying there.
Doch nun war der Körper der Schlange vollkommen leblos.
But now the snake's body was perfectly lifeless.
Der Freund des Prinzen stieg über die tote Schlange.
The friend of the prince stepped over the dead snake.
Und er hob das mit Mist bedeckte Juwel auf.
And he picked up the dung covered jewel.
Beide gingen zum Ufer des Wassers.
Both of them went to the bank of the water.
Und sie wuschen den Edelstein.
And they washed the precious stone.
Schließlich war der ganze Mist abgewaschen.
Finally, all the dung had been washed off.
Und das Juwel glänzte genauso hell wie zuvor.
And the jewel shone as brilliantly as before.
Das Juwel erleuchtete den gesamten Grund des Wassertanks.
The jewel lit up the entire bed of the tank of water.
Jetzt konnten sie die unzähligen Fische sehen.
Now they could see the innumerable fishes.
Aber das Licht enthüllte auch etwas anderes.
But the light also revealed something else.
Dies erstaunte sie mehr als alle Fische.
This astonished them more than all the fishes.
Auf dem Grund des Wassers war etwas.
In the bottom of the water there was something.
Sie konnten sehen, dass es hohe Mauern gab.
They could see there were lofty walls.
Die Mauern stammten von einem prächtigen Palast.
The walls were from a magnificent palace.
Der Freund des Prinzen war abenteuerlustig.
The prince's friend was feeling venturesome.

Er überzeugte den Königssohn, ihm zu folgen.
He convinced the king's son to follow him.
Und dann wollten sie zum Palast unten schwimmen.
And then they wanted to swim to the palace below.
Der Freund des Prinzen nahm das Juwel in die Hand.
The prince's friend took the jewel in his hand.
Und beide tauchten ins Wasser.
And they both dived into the waters.
Bald standen sie am Tor des Palastes.
Soon they stood at the gate of the palace.
Zu ihrer Überraschung war das Tor offen.
To their surprise the gate was open.
Sie sahen kein Wesen, weder menschlich noch übermenschlich.
They saw no being, human or superhuman.
Also beschlossen sie, sich durch das Tor zu wagen.
So they decided to venture inside the gate.
Innerhalb der Mauern befand sich ein wunderschöner Garten.
Inside the walls there was a beautiful garden.
Mitten im Garten stand ein Haus.
In the middle of the garden was a house.
Niemand hatte jemals so viele Blumen gesehen.
No one had ever seen so many flowers.
Es gab Rosen aller erdenklichen Sorten.
There were roses of all imaginable varieties.
Es gab unzählige gelbe Jasminsträucher.
There were endless numbers of yellow jessamine.
Und es gab zahlreiche weiße Glockenblumen.
And there were numerous white bell flowers.
Diese Blumen waren die Könige der Gerüche.
These flowers were the king of smells.
Das am stärksten duftende Maiglöckchen.
The most scented lily of the valley.
Da waren die Blüten des Champaka- Baums.
There were the flowers from the champaka tree.
Und tausend andere süß duftende Blumen.

And a thousand other sweet-scented flowers.
Hektarweise mit dem köstlichen Jasmin bedeckt.
Acres covered with the delicious jessamine.
Alle Pflanzen waren mit Blüten geschmückt.
All the plants were gemmed with flowers.
Und alle Blumen standen in voller Blüte.
And all the flowers were in full bloom.
Die Luft war erfüllt von einem reichen Duft.
So the air was loaded with rich perfume.
Überall eine Wildnis süßer Düfte.
A wilderness of sweet scents everywhere.
Sie durchquerten dieses Paradies der Parfümerie.
They went through this paradise of perfumery.
Und schließlich erreichten sie das Haus.
And eventually they reached the house.
Das Haus war von hohen Bäumen umgeben.
The house was surrounded by lofty trees.
Bald standen sie vor der Haustür.
Soon they stood at the door of the house.
Jetzt konnten sie sehen, dass es ein Feenpalast war.
Now they could see it was a fairy palace.
Die Wände waren aus poliertem Gold.
The walls were of burnished gold.
Hier und da glänzten Diamanten in schillernden Farben.
Here and there shone diamonds of dazzling hue.
Aber sie sahen keine Lebewesen.
But they did not see any beings.
Also gingen sie in den Palast.
So they went inside the palace.
Der Palast war reich ausgestattet.
The palace was richly furnished.
Sie gingen von Zimmer zu Zimmer.
They went from room to room.
Aber sie sahen niemanden.
But they did not see anyone.
Es schien ein verlassenes Haus zu sein.
It seemed to be a deserted house.

Schließlich fanden sie jedoch einen besonderen Raum.
At last, however, they found a special room.
In diesem Zimmer lebte eine junge Dame.
In this room there was a young lady.
Sie schlief auf einem goldenen Bett.
She was sleeping on a golden bed.
Die junge Dame war von erlesener Schönheit.
The young lady was of exquisite beauty.
Ihr Teint war eine Mischung aus Rot und Weiß.
Her complexion was a mixture of red and white.
Sie schien etwa sechzehn Jahre alt zu sein.
She seemed to be about sixteen years of age.
Die beiden Freunde sahen sie an.
The two friends gazed upon her.
Sie waren von ihrer Schönheit verzaubert.
They were enchanted by her beauty.
Aber sie konnten sie nicht lange bewundern.
But they could not admire her for long.
Denn die junge Dame öffnete die Augen.
Because the young lady opened her eyes.
Ihre Augen sahen aus wie die Augen einer Gazelle.
Her eyes seemed like the eyes of a gazelle.
Als sie die Fremden sah, sagte sie:
On seeing the strangers she said;
„Wie seid ihr hierher gekommen, ihr Unglücklichen?"
"How have you come here, ye unfortunate men?"
„Verschwindet, verschwindet! Ich flehe euch beide an."
"Be gone, be gone! I beg of you two"
„Dies ist die Wohnstätte einer mächtigen Schlange"
"This is the abode of a mighty serpent"
„Die Schlange, die meine Eltern verschlungen hat"
"The serpent which has devoured my parents"
„Und meine Brüder und alle meine Verwandten "
"And my brothers, and all my relatives"
„Ich bin der Einzige, den er verschont hat"
"I am the only one that he has spared"
„Flieht um euer Leben, solange ihr noch könnt"

"Flee for your lives while you still can"
„Sonst frisst die Schlange euch beide"
"Or else the serpent will eat you both"
Der Freund des Prinzen erzählte ihr, was passiert war.
The prince's friend told her what had happened.
„**Die Schlange hat ihren letzten Atemzug getan"**
"The serpent has breathed his last breath"
„**Der Körper der Schlange liegt leblos auf dem Boden"**
"The snake's body lies lifeless on the floor"
„**Wir nahmen den Kopfschmuck der Schlange"**
"We took the head-jewel of the serpent"
„**Das Licht des Juwels zeigte uns den Palast.**
"The jewel's light showed us to the palace.
Sie dankte den Fremden für ihren Mut.
She thanked the strangers for their bravery.
„**Du hast mich von der Höllenschlange befreit"**
"You have freed me from the infernal serpent"
„**Bitte lebe mit mir in meinem Palast"**
"Please live with me in my palace"
„**Aber bitte versprich mir, mich nie im Stich zu lassen."**
"But please promise never to desert me"
Sie nahmen die Einladung gerne an.
They gladly accepted the invitation.
Der Königssohn war in die Prinzessin verliebt.
The king's son was smitten with the princess.
Er betete den Charme der unvergleichlichen Prinzessin an.
He adored the charms of the peerless princess.
Und er heiratete sie nach kurzer Zeit.
And he married her after a short time.
Im Palast gab es keinen Priester.
There was no priest at the palace.
**Der Jungfernknoten wurde also auf andere Weise
geschlossen.**
So the hymeneal knot was tied by other means.
Ein einfacher Austausch von Blumengirlanden.
A simple exchange of garlands of flowers.
Der Königssohn war unsagbar glücklich.

The king's son became inexpressibly happy.
Er genoss die Gesellschaft der Prinzessin.
He delighted in the company of the princess.
Auch der Freund des Prinzen hatte eine Frau.
The prince's friend also had a wife.
Natürlich lebte sie in der Oberwelt.
Of course she was living in the upper world.
Aber er hatte Anteil am Glück seines Freundes.
But he participated in his friend's happiness.
Die gemeinsame Zeit verging fröhlich.
The time they spent together passed merrily.
Aber sie konnten nicht für immer hier leben.
But they could not live here forever.
Der Prinz musste in sein Königreich zurückkehren.
The prince had to return to his kingdom.
Aber er wusste, dass die Rückkehr einige Planung erfordern würde.
But he knew the return would require some planning.
Der Anlass würde mit viel Pomp einhergehen.
The occasion would come with a lot of pomp.
Es sollte viele Zeremonien geben.
There were going to be many ceremonies.
Denn es gab viel zu feiern.
Because there was a lot to be celebrated.
Zuerst sollte der Freund des Prinzen gehen.
First the prince's friend was going to go.
Und dann wollte er mit den Begleitern zurückkehren.
And then he was going to return with the attendants.
Pferde und Elefanten für das glückliche Paar.
Horses, and elephants for the happy pair.
Der Prinz begleitete seinen Freund.
The prince accompanied his friend.
Gemeinsam kehrten sie an die Oberfläche zurück.
Together they went back to the surface.
Und sie sahen die Oberwelt wieder.
And they saw the upper world again.
Die beiden Freunde verabschieden sich voneinander.

The two friends bid each other adieu.
Der Prinz kehrte zu seiner lieblichen Frau zurück.
The prince returned to his lovely wife.
Vor der Abreise war alles organisiert.
Before leaving everything had been organized.
Der Freund des Prinzen arrangierte seine Rückkehr.
The prince's friend arranged his return.
Er sagte, wann er zum Bahndamm gehen würde.
He said when he was going to go the embankment.
Er würde die Pferde haben, die sie brauchten.
He was going to have the horses that they needed.
Auch Elefanten und Begleiter würden dort sein.
Elephants were going to be there too, and attendants.
Sie wollten den Prinzen und die Prinzessin aufsuchen.
They were going to wait upon the prince and princess.
Das Schlangenjuwel gab ihnen die Rechte hierzu.
The snake-jewel gave them the rights to this.
Der Freund des Prinzen kehrte in sein Land zurück.
The prince's friend went back to his country.
Um die Rückkehr seines Freundes vorzubereiten.
To prepare for the return of his friend.

Eines Tages schlief der Prinz.
One day the prince was sleeping.
Er hatte gerade zu Mittag gegessen.
He had just had his midday meal.
Die Prinzessin hatte die oberen Regionen noch nie gesehen.
The princess had never seen the upper regions.
Sie verspürte den Wunsch, die Oberwelt zu sehen.
She felt the desire to see the upper world.
Dafür brauchte sie das Schlangenjuwel.
For this she needed the snake-jewel.
Nur das konnte ihr durch das Wasser helfen.
Only this could help her through the water.
Das Juwel strahlte sein helles Licht in den Raum.
The jewel was shining its bright light in the room.
Sie nahm das Schlangenjuwel in die Hand.

She took the snake-jewel into her hand.
Und dann verließ sie den Palast und den Garten.
And then she left the palace and the garden.
Es gelang ihr, in die Oberwelt zu schwimmen.
She successfully swam to the upper world.
Kein Sterblicher hatte sie zu Gesicht bekommen.
No mortal had caught sight of her.
Am Rand des Wassers waren einige Stufen.
At the edge of the water were some steps.
Die Stufen dienten der Bequemlichkeit der Badenden.
The steps were for the convenience of bathers.
Und hier saß sie auch.
And this is also where she sat.
Sie schrubbte ihren Körper mit dem Sand.
She scrubbed her body with the sand.
Sie wusch ihr Haar mit Süßwasser.
She washed her hair with the fresh water.
Und sie spielte zum Spaß mit dem Wasser.
And she played with the water for fun.
Sie ging am Wasserrand entlang.
She walked about on the water's edge.
Und sie bewunderte die Landschaft ringsum.
And she admired all the scenery around.
Doch schließlich kehrte sie in ihren Palast zurück.
But finally she returned back to her palace.
Ihr Mann schlief noch tief und fest.
Her husband was still deep in sleep.
Aber irgendwann hatte er genug geschlafen.
But eventually he had slept enough.
Sie erzählte ihm nichts von ihren Abenteuern.
She did not tell him about her adventures.
Am nächsten Tag schlief ihr Mann wieder ein.
The next day her husband fell asleep again.
Und wieder stattete sie der Oberwelt einen Besuch ab.
And again she paid a visit the upper world.
Und sie blieb vom sterblichen Menschen unbemerkt.
And she remained unnoticed by mortal man.

Ihr Erfolg begann ihr Mut zu geben.
Her success was starting to give her courage.
Also wiederholte sie ihr Abenteuer ein drittes Mal.
So she repeated her adventure a third time.
Der Sohn des Raja war an diesem Tag auf der Jagd.
The rajah's son was out hunting that day.
Er hatte sein Zelt nicht weit vom Wasser entfernt.
He had his tent not far from the water.
Seine Diener kochten sein Essen.
His attendants were cooking his meal.
Also wanderte er am Wasser entlang.
So, he wandered about along the water.
In der Nähe sammelte eine alte Frau Stöcke.
Nearby an old woman was gathering sticks.
Sie sammelte getrocknete Zweige von Bäumen.
She was collecting dried branches of trees.
Sie brauchte die Stöcke als Anzündholz.
She needed the sticks for kindling wood.
In diesem Moment kam die Prinzessin aus dem Wasser.
This was when the princess came out the water.
Sie blickte sich um und sah einen Mann.
She gazed around and she saw a man.
Und dann sah sie, dass da auch eine Frau war.
And then she saw there was also a woman.
Die Prinzessin wusste, dass sie nicht gesehen werden wollte.
The princess knew she didn't want to be seen.
Also ging sie zurück in ihren Palast.
So she went back down to her palace.
Aber der Sohn des Raja hatte einen Blick auf sie erhascht.
But the rajah's son had caught a glimpse of her.
Und die alte Frau, die Stöcke sammelte, sah sie auch.
And the old woman gathering sticks saw her too.
Der Sohn des Raja stand da und blickte auf das Wasser.
The rajah's son stood gazing on the waters.
Er hatte noch nie eine so schöne Frau gesehen.
He had never seen such a beautiful woman.
Sie erschien ihm als eine Devakanyas .

She seemed to him to be a deva-kanyas.
**Himmlische Göttinnen, von denen er in alten Büchern
gelesen hatte.**
Heavenly goddesses he had read of in old books.
Man sagt, dass sie die Oberwelt besuchen.
They are said to visit the upper world.
Und die Oberwelt fühlt sich geehrt, sie zu haben.
And the upper world is honored to have them.
Es soll aber nur selten vorkommen.
But it is said to happen only rarely.
So wie Engel nur selten zu Besuch kommen.
The way that angels only visit rarely.
Er hatte die überirdische Schönheit der Prinzessin gesehen.
He had seen the princess' unearthly beauty.
**Sie hatte einen tiefen Eindruck in seinem Herzen
hinterlassen.**
She had made a deep impression on his heart.
Obwohl er sie nur einen kurzen Moment gesehen hatte.
Although he had seen her only for a moment.
Aber ihre Schönheit lenkte seine Gedanken ab.
But her beauty distracted his mind.
Er stand dort stundenlang wie eine Statue.
He stood there like a statue, for hours.
Er konnte nur ins Wasser starren.
All he could do was gaze into the waters.
In der Hoffnung, die schöne Figur wiederzusehen.
In the hope of seeing the lovely figure again.
Aber er hat seine ganze Zeit vergeblich verbracht.
But all his time was spent in vain.
Die Prinzessin erschien nicht wieder.
The princess did not appear again.
Der Sohn des Raja wurde verrückt vor Liebe.
The rajah's son became mad with love.
Er murmelte immer wieder: „Jetzt hier, jetzt weg!"
He kept muttering, "now here, now gone!"
Er weigerte sich, den Wasserrand zu verlassen.
He refused to leave the water's edge.

Seine Begleiter mussten ihn gewaltsam entfernen.
His attendants had to forcibly remove him.
Sie brachten ihn zum Palast seines Vaters.
They took him to his father's palace.
Aber er befand sich in einem Zustand hoffnungslosen Wahnsinns.
But he was in a state of hopeless insanity.
Er konnte nicht gezwungen werden, mit irgendjemandem zu sprechen.
He couldn't be made to speak to anyone.
Und er verbrachte seine Tage damit, heftig zu schluchzen.
And he spent his days sobbing heavily.
Aus seinem Mund kamen keine weiteren Worte.
No others words came out of his mouth.
„Jetzt hier, jetzt weg!"
"Now here, now gone!"
„Jetzt hier, jetzt weg!"
"Now here, now gone!"
Sie können sich die Trauer des Raja vorstellen.
You can imagine the rajah's grief.
„Was könnte den Verstand meines Sohnes gestört haben?"
"What could have deranged my son's mind?"
„‚Jetzt hier, jetzt weg', was bedeutet das?"
"'Now here, now gone,' what does it mean?"
Er konnte die Bedeutung der Worte nicht entschlüsseln.
He could not unravel the words' meaning.
Auch seine Begleiter konnten die Worte nicht entziffern.
His attendants couldn't decipher the words either.
Die besten Ärzte des Landes wurden konsultiert.
The land's best physicians were consulted.
Doch ihre Beratung blieb wirkungslos.
But their consultation had no effect.
Die Söhne des Äskulap konnten nicht helfen.
The sons of æsculapius were not able to help.
Niemand konnte die Ursache des Wahnsinns feststellen.
No one could ascertain the cause of the madness.
Ohne Kenntnis der Ursache gab es keine Heilung.

Without knowing the cause there was no cure.
Die Ärzte versuchten, den Prinzen zu fragen.
The physicians tried to ask the prince.
Aber alles, was er sagte, war: „Jetzt hier, jetzt weg!"
But all he said was, "now here, now gone!"
Der Raja war außer sich vor Kummer.
The rajah was distracted with grief.
Tag und Nacht sorgte er sich um seinen Sohn.
Day and night he worried for his son.
Er wünschte sich, dass der Verstand seines Sohnes zurückkehrte.
He wished for his son's intellects to return.
In der Hauptstadt wurde eine Proklamation herausgegeben.
A proclamation was made in the capital.
Es wurden Ausrufer in die Stadt geschickt.
Town criers were sent into the city.
Und sie schlagen ihre Trommeln, um Aufmerksamkeit zu erregen.
And they beat their drums for attention.
„Der Sohn des Raja hat seine geistigen Fähigkeiten verloren"
"The rajah's son has lost his mental faculties"
„Der Raja sucht Heilung für seinen Sohn"
"The rajah seeks a cure for his son"
„Für die Heilung wird eine Belohnung ausgesetzt"
"A reward is offered for the cure"
„Die Hand der Raja-Tochter"
"The hand of the rajah's daughter"
„Ihre Hand kommt mit der Hälfte seines Königreichs"
"Her hand comes with half his kingdom"
In der ganzen Stadt wurde die Trommel geschlagen.
The drum was beaten around the city.
Aber niemand hatte das Gefühl, die Trommel berühren zu können.
But no one felt they could touch the drum.
Niemand kannte den Grund für seinen Wahnsinn.
No one knew the cause of his madness.

Schließlich trat eine alte Frau vor.
At last an old woman came forward.
Und sie trat vor, um die Trommel zu berühren.
And she stepped up to touch the drum.
„Ich werde die Ursache seines Wahnsinns herausfinden"
"I will discover the cause of his madness"
„Und ich werde ihn von seiner Krankheit heilen"
"And I will cure him from his disease"
Sie hatte gesehen, was mit dem Jungen passiert war.
She had seen what happened to the boy.
Sie war an diesem Tag am Wasser.
She was at the water's edge that day.
Sie war es, die Stöcke aufsammelte.
It was her who was gathering up sticks.
Diese Frau hatte einen verrückten Sohn.
This woman had a crack-brained son.
Ihr Sohn hieß Phakir -Chand.
Her son was named of Phakir-Chand.
Deshalb wurde sie Phakirs Mutter genannt.
So she was called Phakir's mother.
Die Frau wurde vor den Raja gebracht.
The woman was brought before the rajah.
Und es fand folgendes Gespräch statt.
And the following conversation took place.
„Du bist die Frau, die die Trommel berührt hat"
"You are the woman that touched the drum"
„Kennen Sie den Grund für den Wahnsinn meines Sohnes?"
"You know the cause of my son's madness?"
„Ja, oh Inkarnation der Gerechtigkeit!"
"Yes, oh incarnation of justice!"
„Ich kenne die Ursache für den Wahnsinn Ihres Sohnes"
"I know the cause of your son's madness"
„Aber ich werde nicht sagen, was der Grund für seinen Wahnsinn ist."
"But I will not say the cause of his madness"
„Zuerst werde ich Ihren Sohn von seinem Wahnsinn heilen"
"First I will cure your son of his madness"

„Wie kann ich glauben, dass Sie dazu in der Lage sind?"
"How can I believe you are able to?"
„Die besten Ärzte des Landes haben versagt"
"The best physicians of the land have failed"
„Du brauchst jetzt nicht zu glauben, mein König"
"You need not now believe, my king"
„Warten Sie, bis ich die Heilung durchgeführt habe"
"Wait till I have performed the cure"
„Manche alte Frau kennt viele Geheimnisse"
"Many an old woman knows many secrets"
„Geheimnisse, die weise Männer nicht kennen"
"Secrets wise men are unacquainted with"
„Also gut, lassen Sie mich sehen, was Sie tun können."
"Very well, let me see what you can do"
„In welcher Zeit werden Sie die Kur durchführen?"
"In what time will you perform the cure?"
„Es ist unmöglich, die Zeit festzulegen"
"It is impossible to fix the time"
„Natürlich werde ich sofort mit der Arbeit beginnen."
"Ff course I will begin work immediately"
„Aber ich brauche die Hilfe Eurer Lordschaft."
"But I need your lordship's assistance"
„Welche Hilfe benötigen Sie von mir?"
"What help do you require from me?"
„Eure Lordschaft wird bitte eine Hütte bestellen"
"Your lordship will please order a hut"
„Lass die Hütte auf dem Ufer des Wassers errichten"
"Have the hut raised on the embankment of the water"
„Wo sich Ihr Sohn zum ersten Mal angesteckt hat"
"Where your son first caught the disease"
„Ich habe vor, ein paar Tage in dieser Hütte zu leben."
"I mean to live in that hut for a few days"
„Und bitte befehlen Sie einigen Ihrer Diener"
"And please order some of your servants"
„Sie müssen auf Distanz anwesend sein"
"They have to be in attendance at a distance"

„Sagen Sie ihnen, sie sollen etwa hundert Meter entfernt sein.“

"Tell them to be about a hundred yards away"

„So kann ich sie rufen, wenn wir sie brauchen.“

"That way I can call them over when we need them"

Der König hatte aufmerksam zugehört.

The king had listened attentively.

„Ich werde anordnen, dass das sofort geschieht.“

"I will order that to be immediately done"

„Möchten Sie noch etwas?“

"Do you want anything else?"

„Das sind alle Vorbereitungen, die ich brauche“

"Those are all the preparations I need"

„Aber lassen Sie mich Sie an die Vereinbarung erinnern.“

"But let me remind you of the agreement"

„Du hast die Hand deiner Tochter versprochen“

"You promised the hand of your daughter"

„Und du hast die Hälfte deines Königreichs versprochen“

"And you promised half your kingdom"

„Aber ich kann Ihre Tochter nicht heiraten“

"But I can't marry your daughter"

„Weil Ihre Tochter einen Mann heiraten muss“

"Because your daughter has to marry a man"

„Aber ich habe auch einen Sohn im heiratsfähigen Alter“

"But I also have a son of marriageable age"

„Erlauben Sie meinem Sohn, Ihre Tochter zu heiraten“

"Allow my son to marry your daughter"

„Gebt ihm die Hälfte eures Königreichs“

"Allow him to have half of your kingdom"

Der König war mit den Bedingungen einverstanden.

The king was agreed with the terms.

„Wenn Sie ein Heilmittel finden, heiratet er meine Tochter“

"If you find a cure, he marries my daughter"

„Und die Hälfte meines Königreichs soll ihm gehören“

"And half of my kingdom shall be his"

Schnell wurde eine provisorische Hütte errichtet.

A temporary hut was quickly erected.

Die Hütte wurde am Ufer des Wassers errichtet.
The hut was built on the embankment of the water.
Und Phakirs Mutter nahm ihren Wohnsitz.
And Phakir's mother took up her abode.
In einiger Entfernung wurde außerdem ein Außenposten errichtet.
An outpost was also erected at some distance.
Weil die Frau möglicherweise etwas Pflege benötigt.
Because the woman might require some attendance.
Phakirs Mutter gab strenge Anweisungen .
Strict orders were given by Phakir's mother.
Niemand durfte sich dem Wasser nähern.
No one was allowed to go near the water.
Nur ihr war der Aufenthalt am Wasser gestattet.
Only she was allowed to stay by the water.

Aber lassen wir Phakirs Mutter am Wasser zurück.
But let us leave Phakir's mother at the water.
Lasst uns schnell in den unterirdischen Palast hinabsteigen.
Let us hasten down the subterranean palace.
Um zu sehen, was der Prinz und die Prinzessin machen.
To see what the prince and the princess are doing.
Die Prinzessin wollte unbedingt wieder hinauf.
The princess did want to go up again.
Aber sie wusste jetzt, dass es gefährlich sein würde.
But she now knew that it would be dangerous.
Und sie hatte die Idee eines vierten Besuchs aufgegeben.
And she had given up the idea of a fourth visit.
Aber Frauen sind im Allgemeinen neugieriger.
But women generally have greater curiosity.
Und die Prinzessin war keine Ausnahme von der Regel.
And the princess was no exception to the rule.
Eines Tages schlief ihr Mann.
One day her husband was asleep.
Nach seinem Mittagessen schlief er immer.
He always slept after his noonday meal.
Sie nahm das Schlangenjuwel in die Hand.

She took the snake-jewel in her hand.
Und sie eilte aus dem Palast.
And she rushed out of the palace.
Und sie kam in die Oberwelt hinauf.
And she came up to the upper world.
Es kam zu einer Aufruhr im Wasser.
There was an upheaval in the waters.
Und Phakirs Mutter war in höchster Alarmbereitschaft.
And Phakir's mother was on high alert.
Sie versteckte sich in der Hütte.
She was hiding in the hut.
Und sie schaute durch die Ritzen.
And she was looking through the chinks.
Die Prinzessin sah keinen Menschen in der Nähe.
The princess saw no human being nearby.
So kam sie zum Ufer des Wassers.
So she came to the bank of the water.
Phakirs Mutter zeigte sich außerhalb der Hütte.
Phakir's mother showed herself outside the hut.
Und sie sprach die Prinzessin höflich an.
And she addressed the princess politely.
„Komm, mein Kind, du Königin der Schönheit"
"Come, my child, thou queen of beauty"
„Komm zu mir, ich helfe dir beim Baden."
"Come to me, and I will help you to bathe"
Mit diesen Worten näherte sie sich der Prinzessin.
So saying, she approached the princess.
Die Prinzessin erkannte, dass sie nur eine alte Frau war.
The princess saw she was just an old woman.
Sie leistete ihrem Angebot also keinen Widerstand.
So she made no resistance to her offer.
Die alte Frau wusch der Prinzessin die Haare.
The old woman was washing the princess' hair.
Und sie bemerkte das helle Juwel in ihrer Hand.
And she noticed the bright jewel in her hand.
„Leg das Juwel hier raus, bis du gebadet bist"
"Out the jewel here till you are bathed"

Nun war das Juwel in den Händen von Phakirs Mutter.
Now the jewel was in the hands of Phakir's mother.
Sie wickelte das Juwel in ein Tuch ein.
She wrapped the jewel up in a cloth.
Und sie wickelte das Tuch um ihre Taille.
And she wrapped the cloth around her waist.
Nun war es der Prinzessin nicht mehr möglich zu entkommen.
Now the princess was unable to escape.
Und Phakirs Mutter gab das Signal.
And Phakir's mother gave the signal.
Die Wärter eilten zum Wasser.
The attendants rushed to the water.
Und sie nahmen die Prinzessin gefangen.
And they took the princess captive.
Die Nachricht erreichte bald die Stadt.
The news soon reached the city.
„ Phakirs Mutter hatte eine Wassernymphe gefangen"
"Phakir's mother had captured a water-nymph"
Und die Leute freuten sich über die Neuigkeiten.
And the people rejoiced at the news.
Alle kamen, um die „Tochter der Unsterblichen" zu sehen
All came to see the"daughter of the immortals"
Sie wurde zum Palast gebracht.
She was brought to the palace.
Und sie wurde zum Sohn des Raja gebracht.
And she was brought to the rajah's son.
Der Sohn des Raja war immer noch geistig behindert.
The rajah's son was still of impaired intellect.
Doch die Wolke in seinem Kopf löste sich bald auf.
But that cloud on his brain soon dissipated.
„Ich habe dich gefunden! Ich habe dich gefunden!"
"I have found you! I have found you!"
Sein Blick war leer und glanzlos.
His eyes had been vacant and lusterless.
Doch jetzt strahlte in seinen Augen das Feuer der Intelligenz.

But now his eyes had the fire of intelligence.
Er hatte beinahe die Fähigkeit verloren, seine Zunge zu benutzen.
He had almost lost the use of his tongue.
„Jetzt hier, jetzt weg!" war alles, was er sagen konnte.
"Now here, now gone!" was all he had been able to say.
Aber auch dieses Gefühl wurde wiederhergestellt.
But this sense too was restored.
Die Freude des Raja kannte keine Grenzen.
The joy of the rajah knew no bounds.
In der Stadt herrschte ein großes Fest.
There was great festivity in the city.
Die Leute lobten Phakir -Chands Mutter.
The people praised Phakir-Chand's mother.
Und alle erwarteten bald die Hochzeit.
And everyone soon expected the marriage.
Der Sohn des Raja sollte die Wassernymphe heiraten.
The rajah's son was to wed the water-nymph.
Die Prinzessin hatte jedoch ein Versprechen gegeben.
The princess, however, had made a promise.
Sie erzählte Phakirs Mutter von ihrem Versprechen.
She told Phakir's mother of her promise.
„Ich werde keinen anderen Mann auch nur ansehen"
"I won't as much as look at another man"
„Ein Jahr lang sollen meine Gelübde gelten"
"For one year my vows shall last"
„Die Hochzeit kann in dieser Zeit nicht stattfinden"
"The marriage cannot happen in that time"
Der Sohn des Raja war etwas enttäuscht.
The rajah's son was somewhat disappointed.
Aber er stimmte der Verzögerung bereitwillig zu.
But he readily agreed to the delay.
„Verzögerung steigert die Süße des Vergnügens"
"Delay enhances the sweetness of the pleasure"
Natürlich verbrachte die Prinzessin ihre Zeit in Trauer.
Of course the princess spent her time in sorrow.
Sie verbrachte ihre Tage und Nächte seufzend.

She spent her days and nights sighing.
Und sie beklagte ihre müßige Neugier.
And she lamented her idle curiosity.
Die Neugier, die sie in die Oberwelt führte.
The curiosity that led her to the upper world.
Die Neugier, die sie von ihrem Mann trennte.
The curiosity that separated her from her husband.
Sie dachte an ihren unglücklichen Ehemann.
She thought of her unfortunate husband.
Sie hatte ihn ganz allein unter Wasser zurückgelassen.
She had left him all alone below the waters.
Und sie weinte jeden Tag bittere Tränen.
And she wept bitter tears each day.
Sie wünschte, sie könnte weglaufen.
She wished that she could run away.
Aber das wäre unmöglich gewesen.
But that would have been impossible.
Weil sie in Mauern eingemauert war.
Because she was immured within walls.
Und es gab Mauern innerhalb der Mauern.
And there were walls within the walls.
Und welchen Sinn hatte es, den Palast zu verlassen?
And what use was getting out the palace?
Zu ihrem Mann kam sie ohnehin nicht.
She couldn't get to her husband anyway.
Sie hatte das Schlangenjuwel nicht.
She didn't have the serpent jewel.
Die Damen des Palastes versuchten, sie zu trösten.
The ladies of the palace tried to comfort her.
Und Phakirs Mutter versuchte, sie abzulenken.
And Phakir's mother tried to divert her mind.
Doch ihre Bemühungen waren vergeblich.
But their efforts were in vain.
Sie hatte an nichts Freude.
She took pleasure in nothing.
Sie sprach kaum mit jemandem.
She hardly spoke to anyone.

Sie weinte den ganzen Tag.
She wept throughout the day.
Und sie weinte die ganze Nacht.
And she wept through the night.

Das Jahr ihres Gelübdes neigte sich dem Ende zu.
The year of her vow was drawing to a close.
Aber sie war immer noch untröstlich.
But she was still disconsolate.
Die Hochzeit musste jedoch gefeiert werden.
The marriage, however, had to be celebrated.
Der Raja konsultierte die Astrologen.
The rajah consulted the astrologers.
Tag und Stunde waren entschieden.
The day and the hour had been decided.
Der Bund der Ehe sollte geschlossen werden.
The nuptial knot was to be tied.
Es wurden großartige Vorbereitungen getroffen.
Great preparations were made.
Die Konditoren waren Tag und Nacht beschäftigt.
The confectioners were busy day and night.
Sie bereiteten alle möglichen Süßigkeiten zu.
They prepared all sorts of sweetmeats.
Milchmänner versorgten den Palast mit Tanks voller Quark.
Milkmen supplied the palace with tanks of curds.
Es wurden große Mengen Schießpulver hergestellt.
Great quantities of gunpowder were manufactured.
Es sollte ein großes Feuerwerk geben.
There were going to be grand fireworks.
Überall wurden Bühnen aufgebaut.
Stages were erected everywhere.
Und es wurden Musiker ausgewählt, die Musik spielen sollten.
And musicians were selected to play music.
In der ganzen Stadt herrschte eine fröhliche Stimmung.
All the city assumed an air of mirth.
Alle freuten sich auf das Fest.

All looked forward to the festivities.

Wir müssen unsere Aufmerksamkeit wieder dem Sohn des Ministers zuwenden.
We must return out attention to the minister's son.
Er hatte seinen Freund im unterirdischen Palast zurückgelassen.
He had left his friend in the subterranean palace.
Und er war in sein Land gegangen.
And he had gone to his country.
Er brachte Pferde und Elefanten mit.
He was bringing horses and elephants.
Und er hatte viele Begleiter bei sich.
And he had with him many attendants.
Für die Rückkehr des Königssohns.
For the return of the king's son.
Und auf die Rückkehr seiner lieblichen Prinzessin.
And for the return of his lovely princess.
Damit die Zeremonie den gebührenden Pomp hatte.
So that the ceremony had due pomp.
Die Vorbereitungen dauerten viele Monate.
The preparations took him many months.
Aber letztendlich war alles vorbereitet.
But eventually all was prepared.
Und der Sohn des Pfarrers machte sich auf die Reise.
And the minister's son started on his journey.
Er wurde von einer langen Elefantenkolonne begleitet.
He was accompanied by a long train of elephants.
Und hinter den Elefanten waren Pferde.
And behind the elephants were horses.
Und alle Pferde hatten ihre eigenen Betreuer.
And all the horses had their own attendants.
Er erreichte das Wasser vorzeitig.
He reached the water ahead of schedule.
Er hatte also zwei oder drei Tage Zeit.
So he had two or three days to spare.
An den Mangohängen wurden Zelte aufgeschlagen.

Tents were pitched in the mango slopes.
So hatten die Menschen und das Vieh eine Unterkunft.
So the men and cattle had accommodation.
Der Sohn des Pfarrers hielt seinen Blick auf das Wasser gerichtet.
The minister's son kept his eyes on the water.
Die Sonne des bestimmten Tages sank unter den Horizont.
The sun of the appointed day sank below the horizon.
Doch vom Prinzen fehlte jede Spur.
But there was no sign of the prince.
Auch die Prinzessin kam nicht an die Oberfläche.
Nor did the princess come to the surface.
Er wartete noch zwei oder drei Tage.
He waited two or three days longer.
Der Prinz erschien immer noch nicht.
Still the prince did not make his appearance.
Was könnte mit seinem Freund passiert sein?
What could have happened to his friend?
Und wo war seine schöne Frau?
And where was his beautiful wife?
Hatte eine andere Schlange sie zu Tode geprügelt?
Had another serpent beaten them to death?
Möglicherweise der Partner des Verstorbenen.
Possibly the mate of the one that had died.
Hatten sie das Schlangenjuwel irgendwie verloren?
Had they somehow lost the serpent-jewel?
Oder hatten sie vielleicht die Oberwelt besucht?
Or had they perhaps visited the upper world?
Und waren sie in der Oberwelt gefangen genommen worden?
And had they been captured in the upper world?
Dies waren die Überlegungen des Freundes des Prinzen.
Such were the reflections of the prince's friend.
Der Freund des Prinzen war von Trauer überwältigt.
The prince's friend was overwhelmed with grief.
Das Gewässer war ganz in der Nähe der Stadt.
The waters were quite close to the city.

Und oft war auch Musik zu hören.
And often the sound of music could be heard.
Er fragte Passanten, was diese Musik bedeute.
He asked passers-by what that music meant.
Ihm wurde vom Sohn des Raja erzählt.
He was told about the rajah's son.
Und ihm wurde von einer wundervollen jungen Dame erzählt.
And he was told of a wonderful young lady.
Und ihm wurde gesagt, dass sie heiraten würden.
And he was told they were going to marry.
Und ihm wurde mehr über die wundervolle Dame erzählt.
And he was told more about the wonderful lady.
Sie war aus dem Wasser gekommen, an dem er gewartet hatte.
She had come out of the waters he was waiting by.
Die Hochzeitszeremonie fand in zwei Tagen statt.
The marriage ceremony was in two days.
Der Sohn des Pfarrers stellte die Verbindung her.
The minister's son made the connection.
Die wundervolle junge Dame war die Frau seines Freundes.
The wonderful young lady was the wife of his friend.
Er beschloss daher, in die Stadt zu gehen.
He resolved, therefore, to go into the city.
Und er würde alles herausfinden, was er konnte.
And he was going to find out all he could.
Wenn er könnte, würde er die Prinzessin retten.
If he could, he would rescue the princess.
Er forderte die Wärter auf, nach Hause zu gehen.
He told the attendants to go home.
Und er sagte ihnen, sie sollten die Elefanten nehmen.
And he told them to take the elephants.
Und er sagte ihnen, sie sollten die Pferde nehmen.
And he told them to take the horses.
Und er selbst ging in die Stadt.
And he himself went to the city.
Und er nahm seinen Wohnsitz im Haus eines Brahmanen.

And he took up his abode in the house of a Brahman.
Zunächst ruhte er sich von seiner Reise aus.
First, he rested from his journey.
Dann aß der Freund des Prinzen zu Abend.
Then the prince's friend had his dinner.
Und dann sprach er zum Brahmanen.
And then he spoke to the Brahman.
„Überall in der Stadt gibt es Musiker und Bands"
"Throughout the city there are musicians and bands"
„Was ist der Grund für all die Feierlichkeiten?
"What is the cause of all the celebrations?
Der Brahmane war ziemlich überrascht.
The Brahman was rather surprised.
„Aus welchem Teil der Welt kommen Sie?"
"From what part of the world have you come?"
„Unter welchem Stein haben Sie gelebt?"
"What rock have you been living under?"
„Haben Sie die wunderbaren Neuigkeiten nicht gehört?"
"Have you not heard the wonderful news?"
„Eine junge Dame von himmlischer Schönheit"
"A young lady of heavenly beauty"
„Sie stieg aus dem Wasser"
"She rose out of the waters"
„Und sie geht zum Sohn unseres Raja"
"And she is going to the son of our rajah"
Der Freund des Prinzen wollte mehr wissen.
The prince's friend wanted to know more.
Die Informationen könnten nützlich sein.
The information could be useful.
„Ich habe von dieser Nachricht nichts gehört"
"I have not heard of this news"
„Ich komme aus einem fernen Land"
"I have come from a distant country"
„Die Geschichte ist noch nicht bis zu uns vorgedrungen"
"The story has not reached us yet"
**„Wären Sie so freundlich, mir die Einzelheiten
mitzuteilen?"**

"Will you kindly tell me the particulars?"
Der Brahmane erzählte die Geschichte gern weiter.
The Brahman was happy to relay the story.
„Der Sohn des Raja ging auf die Jagd"
"The rajah's son went out hunting"
„Es muss letztes Jahr um diese Zeit gewesen sein"
"It must have been about this time last year"
„Sie schlugen ihre Zelte am Wasser in den Vororten auf"
"They pitched their tents by the waters in the suburbs"
„Eines Tages ging der Sohn des Raja am Wasser entlang"
"One day, the rajah's son was walking near the water"
„An diesem Tag sah er eine junge Frau"
"On this day, he saw a young woman"
„Ich muss erwähnen, dass sie von außergewöhnlicher Schönheit war."
"I have to mention she was of uncommon beauty"
„Sie war aus der Tiefe des Wassers aufgestiegen"
"She had risen from the depth of the waters"
„Sie schaute ein oder zwei Minuten lang umher."
"She gazed about for a minute or two"
„Und dann verschwand die schöne Dame"
"And then the beautiful lady disappeared"
„Der Sohn des Raja hatte sie jedoch gesehen"
"The rajah's son, however, had seen her"
„Er war von ihrer himmlischen Schönheit beeindruckt"
"He had been struck by her heavenly beauty"
„Und so verliebte er sich unsterblich in sie"
"And so he became desperately enamored by her"
„Tatsächlich hatte sie großen Einfluss auf ihn"
"Indeed, she had affected him greatly"
„Und seine geistigen Fähigkeiten wichen der Leidenschaft"
"And his mental faculties gave way to passion"
„Er wurde wie ein Verrückter nach Hause getragen"
"He was carried home as a mad man"
„Er sprach keine Worte außer ein paar"
"He spoke no words except a few"
„'Jetzt hier, jetzt weg!' war alles, was er sagte."

"'now here, now gone!' was all he said"
„Der Raja ließ die besten Ärzte kommen"
"The rajah sent for all the best physicians"
„Sie versuchten, seinen Sohn wieder zur Vernunft zu bringen"
"They tried to restore his son to reason"
„Aber die Ärzte waren machtlos"
"But the physicians were powerless"
„Endlich erließ der Raja eine Proklamation"
"At last the rajah made a proclamation"
„Und er ließ die Trommel im ganzen Königreich schlagen"
"And he had the drum beat around the kingdom"
„Wer seinen Sohn heilte, bekam eine Belohnung"
"There was a reward for anyone who cured his son"
„Sie würden der Schwiegersohn des Raja werden"
"They would become the rajah's son-in-law"
„Und sie würden das halbe Königreich bekommen"
"And they would get half the kingdom"
„Eine alte Frau folgte dem Ruf der Trommel"
"An old woman answered the call of the drum"
„ Alle kannten sie als Phakirs Mutter"
"All knew her as Phakir's mother"
„Sie sagte, sie könne den Sohn des Raja heilen"
"She said she could cure the rajah's son"
„Sie ließ eine Hütte außerhalb der Stadt bauen"
"She had a hut built outside the town"
„In den Vororten, neben dem Wasser"
"In the suburbs, next to the waters"
„Und in der Hütte nahm sie ihren Wohnsitz"
"An in the hut she took her abode"
„Sie ließ auch einige Hütten in der Nähe errichten"
"She also had some huts erected close by"
„Und in diesen Hütten warteten Diener"
"And in those huts attendants waited"
„Falls sie ihre Hilfe brauchen könnte"
"In case she might need their help"
„Es scheint, als sei die Göttin aus dem Wasser gestiegen"

"It seems the goddess rose from the waters"
„ Phakirs Mutter und die Diener ergriffen sie“
"Phakir's mother and the attendants seized her"
„Und sie trugen sie in einem Palki zum Palast.“
"And they carried her in a palki to the palace"
„Der Sohn des Raja sah die Wassernymphe“
"The rajah's son saw the water-nymph"
„Und er kam bald wieder zur Besinnung“
"And he was soon restored to his senses"
„Sie hätten sofort geheiratet“
"They would have married there and then"
„Aber die Wassergöttin hatte ein Gelübde abgelegt“
"But the water goddess had made a vow"
„Sie hat ein Jahr lang keinen Mann angesehen“
"She wouldn't look at a man for one year"
„Das Jahr des Gelübdes ist nun vorbei“
"The year of the vow is now over"
„Die Musik kommt aus dem Palast des Raja“
"The music is from the rajah's palace"
„Das ist, kurz gesagt, die Geschichte“
"This, in brief, is the story"
Der Freund des Prinzen konnte die Geschichte
zusammensetzen.
The prince's friend could put the story together.
„Eine wirklich wundervolle Geschichte!“
"a truly wonderful story!"
„Also, wo ist Phakirs Mutter?“
"So where is Phakir's mother?"
„Und wo ist Phakir -Chand selbst?“
"And where is Phakir-Chand himself?"
„Hat er die Hand der Tochter des Raja erhalten?“
"Has he received the hand of the rajah's daughter?"
„Und hat er das halbe Königreich erhalten?“
"And has he received half the kingdom?"
Auch diese Fragen könnte der Brahmane beantworten.
The Brahman could also answer these questions.
„Nein, sie haben noch nicht geheiratet“

"No, they have not married yet"
„Und er hat noch nicht einmal die Hälfte des Königreichs"
"And he doesn't yet have half the kingdom"
„Und ich muss sagen, er ist ein dämlicher Junge."
"And, I should say, he is a dimwitted lad"
„Tatsächlich weiß niemand, wo der Junge ist"
"In fact, no one knows where the lad is"
„Er ist seit über einem Jahr von zu Hause weg"
"He has been away from home for more than a year"
„Das ist seine Art", erklärte er.
"That is his manner," he explained.
„Er bleibt lange weg"
"He stays away for a long time"
„Und dann kommt er plötzlich nach Hause"
"And then suddenly he comes home"
„Und dann geht er plötzlich wieder"
"And then suddenly he leaves again"
„Ich glaube, seine Mutter erwartet, dass er bald kommt."
"I believe his mother expects him to come soon"
Das waren sehr nützliche Informationen.
This was very useful information.
„Wie ist er?", fragte er.
"What is he like?" he asked.
„Und was macht er, wenn er nach Hause zurückkehrt?"
"And what does he do when he returns home?"
Auch diese Fragen konnte der Brahmane beantworten.
These questions the Brahman could also answer.
„Na ja, er ist ungefähr so groß wie du."
"Well, he is about your height"
„Obwohl er etwas jünger ist als du"
"Though he is somewhat younger than you"
„Er trägt ein kleines Stück Stoff um die Taille"
"He wears a small piece of cloth round his waist"
„Und er reibt seinen Körper mit Asche ein"
"And he rubs his body with ashes"
„Er trägt den Ast eines Baumes in seiner Hand"
"He carries the branch of a tree in his hand"

„Und es gibt eine Melodie, nach der er tanzt"
"And there is a tune to which he dances"
„Er kommt zur Tür der Hütte seiner Mutter"
"He comes to the door of the hut of his mother"
„Und er singt , Dhoop ! Dhoop ! Dhoop !'"
"And he sings 'dhoop! dhoop! dhoop!'"
„Seine Artikulation ist sehr undeutlich"
"His articulation is very indistinct"
„Komm, bleib bei deiner Mutter", sagt sie.
"'Come, stay with your mother,' she says"
„Und er gibt immer die gleiche Antwort"
"And he always gives the same answer"
„, Nein, ich werde nicht bleiben', sagt er unverständlich"
"'No, I won't remain,' he says unintelligibly"
„Man sollte ihm zuhören, wenn er Ja sagen will"
"You should hear him when he wants to say yes"
„Um dies zu bejahen, sagt er , hoom '."
"To answer in the affirmative he says 'hoom'"
Eine Flut von Licht durchflutete den Freund des Prinzen.
A flood of light entered the prince's friend.
Er sah jetzt sehr gut, wie die Dinge lagen.
He now saw very well how matters stood.
Die Prinzessin muss das Schlangenjuwel genommen haben.
The princess must have taken the snake-jewel.
Und sie muss den Palast allein verlassen haben.
And she must have left the palace alone.
Und sie wurde ohne den Königssohn gefangen genommen.
And she was captured without the king's son.
Phakirs Mutter muss das Schlangenjuwel haben.
Phakir's mother must have the snake-jewel.
Sein Freund war noch immer unter Wasser.
His friend was still below the water.
Der Prinz hatte keine Möglichkeit zu entkommen.
The prince had no means of escape.
Er konnte sich den desolaten Zustand seiner Freunde
vorstellen.
He could imagine his friends desolate state.

Und er konnte sich vorstellen, wie hoffnungslos er sein musste.
And he could imagine how hopeless he must be.
Der Freund des Prinzen war voller Trauer.
The prince's friend was filled with grief.
Aber das war kein Grund, die Hoffnung aufzugeben.
But that was not cause to give up hope.
Vielleicht könnte er seinen Freund retten.
Perhaps he could rescue his friend.
„Ich muss das Juwel von der alten Frau holen"
"I must get the jewel from the old woman"
„Kann ich das nicht tun, indem ich Phakir -Chand verkörpere?"
"Can I not do it by personating Phakir-Chand?"
„Seine Mutter erwartet ihn bald"
"His mother is expecting him soon"
„Vielleicht kann ich die Prinzessin auf die gleiche Weise retten."
"Maybe I can rescue the princess the same way"

Phakir -Chand zu spielen .
He resolved to act the role of Phakir-Chand.
Am Morgen verließ er das Haus des Brahmanen.
In the morning he left the Brahman's house.
Und er ging an den Stadtrand.
And he went to the outskirts of the city.
Er legte seine übliche Kleidung ab.
He divested himself of his usual clothing.
Um seine Taille legte er ein schmales Stück Stoff.
Around his waist he put a narrow piece of cloth.
Der Stoff reichte ihm kaum bis zu den Knien.
The cloth scarcely reached his knees.
Und er rieb seinen Körper gründlich mit Asche ein.
And he rubbed his body well with ashes.
Und schließlich brach er ein paar Zweige von einem Baum ab.
And finally he broke some twigs off a tree.

Und so war er bereit, seine Rolle zu spielen.
And thus he was ready to play his role.
Er ging zur Tür der Hütte von Phakirs Mutter.
He went to the door of the hut of Phakir's mother.
Und er begann die Operation mit Tanzen.
And he commenced the operation by dancing.
Er tanzte auf äußerst wilde Weise.
He danced in a most violent manner.
Und er sang die Melodie „Dhoop ! Dhoop ! Dhoop !"
And he sung to the tune of "dhoop! dhoop! dhoop!"
Der Tanz erregte die Aufmerksamkeit der alten Frau.
The dancing attracted the notice of the old woman.
Der kritische Moment war gekommen.
The critical moment had come.
Die alte Frau schaute zu ihrer Tür.
The old woman looked to her door.
„ Phabir -Chand, mein Sohn, bist du gekommen?"
"Phakir-Chand, my son, have you come?"
„ Mein Liebling, die Götter sind uns gnädig geworden."
"my darling; the gods have become propitious to us"
Ihr angeblicher Sohn stieß das einsilbige „ Humm " aus.
Her supposed son uttered the monosyllable, "hoom"
Und er tanzte heftiger als zuvor.
And he danced more violent than before.
Und er wedelte mit dem Zweig in seiner Hand.
And he waved the twig in his hand.
„ Dieses Mal darfst du nicht weggehen"
"this time you must not go away"
„ Du musst bei mir bleiben"
"you must remain with me"
„ Nein , ich werde nicht bleiben", sagte der Freund des Prinzen.
"no, I won't remain," said the prince's friend.
„ Bleib bei mir", versuchte die Mutter erneut.
"remain with me," the mother tried again.
„ Ich werde dich mit der Tochter des Raja verheiraten."
"i'll get you married to the rajah's daughter"

„ Willst du heiraten, Phakir -Chand?"
"will you marry, Phakir-Chand?"
Der Sohn des Ministers antwortete : „ Huhu , Huhu "
The minister's son replied—"hoom, hoom"
Und er tanzte noch mehr wie ein Verrückter.
And he danced even more like a madman.
„ Kommst du mit mir zum Haus des Raja?"
"will you come with me to the rajah's house?"
„ Ich zeige dir eine Prinzessin von außergewöhnlicher
Schönheit"
"I'll show you a princess of uncommon beauty"
„Sie stieg aus dem Wasser"
"She rose from the waters"
„ Hum , hum ", war die Antwort von seinen Lippen.
"hoom, hoom," was the answer from his lips.
Und seine Füße stampften heftig „dhoop ! dhoop !"
And his feet stomped violently to"dhoop! dhoop!"
„Möchtest du ein Juwel sehen, Phakir ?"
"Do you wish to see a jewel, Phakir?"
„Das Kronjuwel der Schlange"
"The crest jewel of the serpent"
„Der Schatz der sieben Könige"
"The treasure of seven kings"
„ Humm , humm ", war die Antwort.
"hoom, hoom," was the reply.
Die alte Frau ging zurück in die Hütte.
The old woman went back into the hut.
Und sie holte das Schlangenjuwel heraus.
And she brought out the snake-jewel.
Sie legte das Juwel in die Hand ihres vermeintlichen
Sohnes.
She put the jewel into the hand of her supposed son.
Der Sohn des Pfarrers nahm das Schlangenjuwel.
The minister's son took the snake-jewel.
Er wickelte das Juwel in das Stück Stoff ein.
He wrapped the jewel up in the piece of cloth.
Und er wickelte das Tuch um seine Taille.

And he wrapped the cloth around his waist.
Phakirs Mutter war über alle Maßen erfreut.
Phakir's mother was delighted beyond measure.
Ihr Sohn war genau zur richtigen Zeit gekommen.
Her son had come at just the right time.
Sie ging zum Haus des Raja.
She went to the rajah's house.
Sie verkündete die Neuigkeit von Phakirs Auftritt.
She announced the news of Phakir's appearance.
Und auch, um Phakir die Prinzessin zu zeigen.
And also in order to show Phakir the princess.
Ihnen wurde Zugang zum Palast des Raja gewährt.
They were given access to the rajah's palace.
Und alle Teile des Palastes standen ihnen offen.
And all parts of the palace were open to them.
Die alte Frau hatte den Sohn des Raja gerettet.
The old woman had saved the rajah's son.
Sie war also die wichtigste Person im Königreich.
So she was the most important person in the kingdom.
Sie führte ihren vermeintlichen Sohn durch den Palast.
She took her supposed son around the palace.
Und sie brachte ihn in das Zimmer der Prinzessin.
And she took him to the princess' room.
Phakirs Mutter stellte ihren Sohn der Prinzessin vor.
Phakir's mother introduced her son to the princess.
**Sie können sich vorstellen, dass die Prinzessin nicht gerade
beeindruckt war.**
You can imagine the princess was not best impressed.
Sie schätzte die Gesellschaft eines Verrückten nicht.
She did not appreciate the company of a madman.
Ein Verrückter, halbnackt und mit Asche bedeckt.
A madman, half naked, and covered in ash.
Und er tanzte wild weiter.
And he kept dancing in a wild manner.

Die drei hatten den Tag zusammen verbracht.
The three had spent the day together.

Bald würde die Sonne untergehen.
It was soon going to be sunset.
Die Frau bat ihren Sohn, mitzukommen.
The woman asked her son to come with her.
Doch der vermeintliche Phakir -Chand weigerte sich, dem nachzukommen.
But the supposed Phakir-Chand refused to comply.
Er sagte, er würde die Nacht dort bleiben.
He said he would stay there that night.
Seine Mutter versuchte ihn zu überreden, mit ihr zu kommen.
His mother tried to persuade him to come with her.
Aber er blieb seiner Entschlossenheit treu.
But he persisted in his determination.
Er sagte, er würde bei der Prinzessin bleiben.
He said he would remain with the princess.
Phakirs Mutter ging ohne ihn nach Hause.
Phakir's mother went home without him.
Und sie sagte den Wachen, sie sollten auf ihren Sohn aufpassen.
And she told the guards to look after her son.
Schließlich zog sich der gesamte Palast zur Ruhe zurück.
Eventually all the palace retired to rest.
Der vermeintliche Phakir sprach erneut mit der Prinzessin.
The supposed Phakir spoke to the princess again.
Aber dieses Mal sprach er mit seiner eigenen Stimme.
But this time he spoke in his own voice.
„Prinzessin! Erkennst du mich nicht?"
"Princess! do you not recognize me?"
„Ich bin der Freund des Prinzen"
"I am the prince's friend"
„Ich bin der Freund Ihres fürstlichen Gemahls"
"I am the friend of your princely husband"
Die Prinzessin war einen Moment lang erstaunt.
The princess was astonished for a moment.
„Wer? Der Freund des Prinzen?"
"Who? the prince's friend?"

„Oh, der beste Freund meines Mannes"
"Oh, my husband's best friend"
„Bitte befreie mich aus dieser schrecklichen
Gefangenschaft"
"Please rescue me from this terrible captivity"
„ Das ist schlimmer als der Tod"
"This is worse than death"
„Das alles ist meine eigene Schuld"
"All of this is my own fault"
„Rette mich, oh bitte, du bester Freund!"
"Rescue me, oh please, thou best of friends!"
Dann brach sie in Tränen aus.
She then burst into tears.
Der Freund des Prinzen sprach erneut.
The prince's friend spoke again.
„Seid nicht trostlos"
"Do not be disconsolate"
„Ich werde mein Bestes tun, um dich zu retten."
"I will try my best to rescue you"
„Ich werde versuchen, Sie heute Abend hier rauszuholen."
"I will try to have you out of here tonight"
„Aber du musst alles tun, was ich dir sage."
"But you must do whatever I tell you"
Die Prinzessin vertraute dem Freund des Prinzen.
The princess trusted the prince's friend.
„Ich werde alles tun, was du mir sagst"
"I will do anything you tell me"
Danach verließ der vermeintliche Phakir den Raum.
After this the supposed Phakir left the room.
Er ging durch den Hof des Palastes.
He passed through the courtyard of the palace.
Einige der Wachen forderten ihn heraus.
Some of the guards challenged him.
„ Huh Humm !", antwortete er.
"hoom hoom!" he replied.
„Ich gehe nur kurz raus"
"I'm just going out for a minute"

„Und dann komme ich wieder"
"And then I will come back again"
Sie verstanden, dass es der verrückte Phakir war .
They understood that it was the madcap Phakir.
Er hielt sein Wort und kam tatsächlich bald zurück.
True to his word he did come back shortly.
Und wieder ging er zur Prinzessin.
And again he went to the princess.
Eine Stunde später ging er wieder hinaus.
An hour afterwards he again went out.
Und wieder wurde er von den Wachen herausgefordert.
And again he was challenged by the guards.
Er gab die gleiche Antwort wie beim ersten Mal.
He made the same reply as at the first time.
Die Wachen begannen, miteinander zu reden.
The guards began to talk among themselves.
„Dieser Phakir hat sicher keinen Verstand"
"This Phakir surely has no sense"
„Er wird die ganze Nacht aus- und wieder eingehen"
"He will go out and come in all night"
„Lassen wir ihn tun, was er will"
"Let us leave him to do what he likes"
„Es hat keinen Sinn, ihn die ganze Nacht zu bewachen"
"There's no use guarding him all night"
Der Sohn des Ministers hatte die Wachen zermürbt.
The minister's son had worn down the guards.
Und er suchte nach einem Fluchtweg.
And he was looking for a way to escape.
Er ging bis drei Uhr nachts ein und aus.
He kept going in and out until three at night.
Diesmal waren keine Wachen da.
This time there were no guards there.
Weil alle Wachen eingeschlafen waren.
Because all the guards had fallen asleep.
Er war überglücklich über diesen glückverheißenden
Umstand.
He was overjoyed at the auspicious circumstance.

Dann ging er zurück zur Prinzessin.
Then he went back to the princess.
„Jetzt, Prinzessin, ist es Zeit zu fliehen"
"Now, princess, is the time for escape"
„Die Wachen schlafen alle"
"The guards are all asleep"
„Du musst auf meinen Rücken steigen"
"You must mount on my back"
„Binde deine Haarsträhnen um meinen Hals"
"Tie the locks of your hair round my neck"
„Und halte mich fest"
"And keep tight hold of me"
Die Prinzessin tat, was von ihr verlangt wurde.
The princess did what she was asked of.
Er passierte den Hof ungehindert.
He passed unchallenged through the courtyard.
Und er hatte eine schöne Last auf seinem Rücken.
And he had a lovely burden on his back.
Schließlich erreichte er das Tor des Palastes.
Eventually he got to the gate of the palace.
Und er hat es geschafft, ohne dass jemand dagegen protestierte.
And he went through without being challenged.
Dann gingen sie an den Stadtrand.
Then they went to the outskirts of the city.
Schließlich erreichte er die Außenbezirke.
Eventually he reached the outer suburbs.
Sie erreichten das Wasser, aus dem die Prinzessin aufgestiegen war.
They reached the water from which the princess had risen.
Die Prinzessin freute sich über ihre Flucht.
The princess rejoiced at her escape.
Aber sie zitterte immer noch vor Angst.
But she was still trembling with fear.
Der Freund des Prinzen löste das Schlangenjuwel.
The prince's friend untied the snake-jewel.
Und gemeinsam stiegen sie ins Wasser.

And together they ascended into the water.
Und bald fanden sie zurück zum unterirdischen Palast.
And soon they found back to the subterranean palace.
Sie können sich vorstellen, wie glücklich der Prinz war.
You can imagine how happy the prince was.
Er wäre vor Kummer fast gestorben.
He had nearly died of grief.
Und Sie können sich auch die Freude der Prinzessin vorstellen.
And you can imagine the princess' happiness too.
Alle drei waren außer sich vor Freude.
All the three of them were mad with joy.
Drei Tage lang blieben sie im Palast.
For three days they remained in the palace.
Und sie erzählten dem Prinzen die ganze Geschichte.
And they retold the prince the whole story.
Sie erzählten, wie die Prinzessin entführt wurde.
They told of how the princess was seized.
Sie erzählten ihm von ihrer Gefangenschaft im Palast.
They told him of her captivity in the palace.
Sie beschrieben die geplante Hochzeit.
They described the marriage that was planned.
Sie erzählten ihm von der alten Frau.
They told him of the old woman.
Und sie erzählten ihm alles über ihren Phakir -Chand.
And they told him all about her Phakir-Chand.
Sie erzählten ihm, wie er sich als er ausgegeben hatte.
They told him how he had impersonated him.
Und sie erzählten ihm, wie er die Prinzessin befreit hatte.
And they told him how he freed the princess.
Ich muss Ihnen nicht sagen, wie dankbar sie waren.
I don't need to tell you how grateful they were.
Der Freund des Prinzen war wirklich ein guter Freund.
The prince's friend truly was a good friend.
Sie dankten ihm aufs Herzlichste.
They thanked him in the warmest terms.
Und sie schworen, seinem Rat stets zu folgen.

And they vowed to always follow his counsel.

Sie waren alle entschlossen, nach Hause zurückzukehren.
They were all resolved to return home.
Sie wollten in ihr Heimatland zurückkehren.
They wanted to return to their native country.
Der Königssohn, der Ministersohn und die Prinzessin.
The king's son, the minister's son, and the princess.
Gemeinsam verließen sie den unterirdischen Palast.
They left the subterranean palace together.
Sie beleuchteten den Durchgang mit dem Schlangenjuwel.
They lighted the passage with the snake-jewel.
Und sie machten sich auf den Weg in die Oberwelt.
And they made their way to the upper world.
Es warteten weder Elefanten noch Pferde auf sie.
They had neither elephants nor horses waiting for them.
**Ihnen blieb also nichts anderes übrig, als zu Fuß
weiterzugehen.**
So they had no choice but to travel on foot.
Die beiden Freunde waren im Luxus aufgewachsen.
The two friends had been bred in the lap of luxury.
Beiden fiel das Gehen schwer.
Both of them found walking troublesome.
Aber die Prinzessin fand es unendlich viel lästiger.
But the princess found it infinitely more troublesome.
Sie war eine noch feinere Behandlung gewohnt.
She was used to even finer treatment.
Die Steine der Straße waren zu rau für sie.
The stones of the road were too rough for her.
Und die rauen Steine verletzten ihre zarten Füße.
And the rough stones wounded her tender feet.
Schließlich wurden ihre Füße sehr wund.
Eventually her feet became very sore.
Manchmal trug der Königssohn sie auf seinen Schultern.
At times the king's son carried her on his shoulders.
Die Last, die er trug, war natürlich schön.
The load he was carrying was of course lovely.

Doch obwohl sie hübsch war, war sie schwer zu tragen.
But although lovely, she was heavy to carry.
Und sie konnte nicht über große Entfernungen getragen werden.
And she could not be carried a great distance.
Und deshalb musste auch sie oft zu Fuß gehen.
And therefore she too had to walk often.
Eines Abends kamen sie unter einem Baum an.
One evening they arrived beneath a tree.
Es gab keine sichtbaren Anzeichen menschlicher Besiedlung.
There were no visible signs of human habitations.
Also beschlossen sie, den Baum zu ihrem Schlafplatz zu machen.
So they decided to make the tree their sleeping place.
Der Freund des Prinzen bot an, Wache zu halten.
The prince's friend offered to keep guard.
„Ihr könnt beide schlafen gehen"
"Both of you can go to sleep"
„Ich werde heute Nacht über euch beide wachen."
"I will keep watch over you both tonight"
„Um jede Gefahr abzuwenden"
"In order to prevent any danger"
Das Königspaar döste bald ein.
The royal couple soon dozed off.
Und sie waren in den Armen des Schlafes gefangen.
And they were locked in the arms of sleep.
Der treue Freund des Prinzen schlief nicht.
The faithful friend of the prince did not sleep.
Er blieb wach und hielt Ausschau nach Gefahren.
He stayed awake and watched for danger.
Zufällig kampierten sie unter einem besonderen Baum.
It so happened they camped under a special tree.
Im Baum schwang das Nest zweier Vögel.
In the tree swung the nest of two birds.
Die unsterblichen Vögel Bihangama und Bihangami .
The immortal birds Bihangama and Bihangami.

Diese Vögel waren mit der menschlichen Sprache ausgestattet.

These birds were endowed with human speech.

Und sie konnten auch in die Zukunft sehen.

And they could also see into the future.

Der Sohn des Pfarrers lauschte der Unterhaltung des Vogels.

The minister's son listened the bird's conversation.

Er war mehr als nur erstaunt über das, was er hörte!

He was more than a little astonished at what he heard!

Bihangama : „Der Freund des Prinzen riskierte sein eigenes Leben"

Bihangama: "The prince's friend risked his own life"

„Er hat alles für die Sicherheit seines Freundes getan"

"He did everything for the safety of his friend"

„Doch dem Königssohn drohen noch weitere Gefahren"

"But more dangers will befall the king's son"

„Und es wird ihm schwerfallen, den Prinzen zu retten"

"And he will find it difficult to save the prince"

Bihangami : „Warum ist das so?"

Bihangami: "Why is that?"

Bihangama : „Den Königssohn erwarten viele Gefahren"

Bihangama: "Many dangers await the king's son"

„Der Vater des Prinzen wird von der Ankunft seines Sohnes erfahren"

"The prince's father will hear of his son's approach"

„Er wird ihm einen Elefanten und ein paar Pferde schicken."

"He will send for him an elephant and some horses"

„Und er wird dafür sorgen, dass ihm Begleiter entgegenkommen."

"And he will arrange attendants to meet him"

„Der Königssohn wird auf dem Elefanten reiten"

"The king's son will ride the elephant"

„Aber er wird vom Rücken des Elefanten fallen"

"But he will fall from the back of the elephant"

„Und er wird sterben, wenn er vom Elefanten fällt."

"And he will die from his fall from the elephant"

Bihangami : „Aber nehmen wir an, jemand hat das verhindert?"
Bihangami: "But suppose someone prevented this?"
„Angenommen, der Königssohn wird nicht auf dem Elefanten reiten"
"Suppose the king's son is not going to ride on the elephant"
„Was könnte passieren, wenn er stattdessen auf einem Pferd reitet?"
"What might happen if he rides on a horse instead?"
„Wird er in diesem Fall nicht gerettet?"
"Will he not in that case be saved?"
Bihangama : „Ja, in diesem Fall würde er diesem Schicksal entgehen."
Bihangama: "Yes, in that case he would escape that fate"
„Doch dann würde ihn eine neue Gefahr erwarten"
"But then a fresh danger would await him"
„Wenn der Königssohn den Palast seines Vaters sieht"
"When the king's son is in sight of his father's palace"
„Wenn er gerade durch das Löwentor geht"
"When he is in the act of passing through the lion-gate"
„In diesem Augenblick wird das Löwentor auf ihn fallen"
"In that moment the lion-gate will fall upon him"
„Und die Steine werden ihn zu Tode zermalmen"
"And the stones will crush him to death"
Bihangami : „Aber nehmen wir an, jemand kommt zuerst dort an."
Bihangami: "But suppose someone gets there first"
„Angenommen, jemand zerstört das Löwentor"
"Suppose someone destroys the lion-gate"
„Wenn das passiert, kann der Königssohn nicht durch das Löwentor gehen."
"If that happens the king's son couldn't go through the lion-gate"
„Wird der Königssohn in diesem Fall nicht gerettet?"
"Will not the king's son in that case be saved?"
Bihangama : „Ja, in diesem Fall würde er seinem Schicksal entgehen."

Bihangama: "Yes, in that case he would escape his fate"

„Doch dann würde ihn eine neue Gefahr erwarten"

"But then a fresh danger would await him"

„Wenn der Königssohn den Palast erreicht"

"When the king's son reaches the palace"

„Wenn er bei einem für ihn vorbereiteten Festmahl sitzt"

"When he sits at a feast prepared for him"

„Der Kopf eines Fisches wird für ihn gekocht"

"The head of a fish will be cooked for him"

„Er wird den Kopf des Fisches in seinen Mund nehmen"

"He will put into his mouth the head of the fish"

„Aber der Kopf des Fisches bleibt ihm im Hals stecken"

"But the head of the fish will stick in his throat"

„Und er wird am Kopf des Fisches ersticken"

"And he will choke to death on the head of the fish"

Bihangami : „Aber angenommen, jemand schnappt sich den Fisch."

Bihangami: "But suppose someone snatches the fish"

„Angenommen, jemand nimmt den Kopf des Fisches von seinem Teller"

"Suppose someone takes the head of the fish from his plate"

„Angenommen, er kann den Kopf des Fisches nicht in den Mund nehmen."

"Suppose he can't put the fish's head in his mouth"

„Wird der Königssohn in diesem Fall nicht gerettet?"

"Will not the king's son in that case be saved?"

Bihangama : „Ja, in diesem Fall wird er seinem Schicksal entgehen."

Bihangama: "Yes, in that case he will escape his fate"

„Doch eine neue Gefahr würde ihn erwarten"

"But a fresh danger would await him"

„Wenn sich der Prinz und die Prinzessin nach dem Abendessen zurückziehen"

"When the prince and princess retire after dinner"

„Wenn sie in ihre Schlafwohnung gehen"

"When they go into their sleeping apartment"

„Sie werden zusammen im Bett liegen"

"They will lie together in bed"
„Eine schreckliche Kobra wird in den Raum kommen"
"A terrible cobra will come into the room"
„Und die Kobra wird den Königssohn zu Tode beißen "
"And the cobra will bite the king's son to death"
Bihangami : „Aber nehmen wir an, jemand wäre im Raum."
Bihangami: "But suppose someone was in the room"
„Angenommen, diese Person wartete auf die Schlange"
"Suppose this person was waiting for the snake"
„Und nehmen wir an, diese Person schneidet die Schlange in Stücke."
"And suppose that this person cuts the snake into pieces"
„Wird der Königssohn in diesem Fall nicht gerettet?"
"Will not the king's son in that case be saved?"
Bihangama : „Ja, in diesem Fall wird er seinem Schicksal entgehen."
Bihangama: "Yes, in that case he will escape his fate"
„In diesem Fall wird das Leben des Königssohnes gerettet"
"In that case the life of the king's son will be saved"
„Aber derjenige, der ihn rettet, kann diese Worte nicht wiederholen"
"But he who saves him can't repeat these words"
„Wenn er sein Geheimnis verrät, wird er in Marmor verwandelt."
"If he tells his secret he will be turned into marble"
Bihangami : „Kann die Statue wieder zum Leben erweckt werden?"
Bihangami: "Can the statue be returned to life?"
Bihangama : „Ja, die Marmorstatue kann wieder zum Leben erweckt werden"
Bihangama: "Yes, the marble statue can be restored to life"
„Die Prinzessin wird ein Kind zur Welt bringen"
"The princess will give birth to a child"
„Sie müssen die Statue mit dem Blut des Kindes waschen"
"They must wash the statue with the blood of the infant"
Bis zu diesem Zeitpunkt hatten die prophetischen Vögel gesprochen.

The prophetical birds had spoken until that point.
Doch dann wurden sie durch das Krähengeschrei unterbrochen.
But then they were interrupted by the craw of crows.
Der östliche Himmel war rötlich gefärbt.
The eastern sky tinted in a reddish hue.
Und die Reisenden unter dem Baum regten sich.
And the travelers beneath the tree bestirred themselves.
Das prophetische Gespräch ging zu Ende.
The prophetic conversation came to an end.
Aber der Freund des Prinzen hatte alles gehört.
But the prince's friend had heard everything.

Am nächsten Morgen setzten sie ihre Reise fort.
The next morning they continued their journey.
Der Prinz, die Prinzessin und der Freund des Prinzen.
The prince, the princess, and the prince's friend.
Bald trafen sie auf den Zug des Königs.
Soon they met the king's procession.
Es gab einen Elefanten, ein Pferd und einen Palki.
There was an elephant, a horse, and a palki.
Und es waren viele Teilnehmer da.
And there was a large number of attendants.
Diese Tiere und Menschen waren vom König geschickt worden.
These animals and men had been sent by the king.
Der König hörte, dass sein Sohn bei seinem Freund war.
The king heard his son was with his friend.
Und er hatte gehört, dass sein Sohn geheiratet hatte.
And he had heard that his son had married.
Und er hörte, dass sie nicht weit von der Hauptstadt entfernt waren.
And he heard they were not far from the capital.
Der Elefant war reich geschmückt.
The elephant had been richly caparisoned.
Der Elefant war für den Prinzen bestimmt.
The elephant was intended for the prince.

Das Gerüst des Palki war aus Silber.
The framework of the palki was of silver.
Das Palki war für die Prinzessin bestimmt.
The palki was meant for the princess.
Und das Pferd war für den Freund des Prinzen .
And the horse was for the prince's friend.
Der Prinz wollte gerade auf den Elefanten steigen.
The prince was about to mount on the elephant.
Doch dann sprach ihn sein Freund an.
But then his friend spoke to him.
„Erlauben Sie mir bitte, auf dem Elefanten zu reiten"
"Allow me to ride on the elephant, please"
„Und Sie können zu Pferd zurückreiten"
"And you can ride back on horseback"
Der Prinz war nicht wenig überrascht.
The prince was not a little surprised.
Der Vorschlag wurde sehr kühl gemacht.
The proposal had been made in a very cold manner.
Vielleicht fühlte sich sein Freund ein wenig zu sehr berechtigt.
Maybe his friend felt a little too entitled.
Und der Königssohn war leicht verärgert.
And the king's son was slightly annoyed.
Aber er erinnerte sich daran, was sein Freund für ihn getan hatte.
But he remembered what his friend had done for him.
Und er erinnerte sich daran, wie er die Prinzessin gerettet hatte.
And he remembered how he saved the princess.
Also bestieg er ohne Einwände das Pferd.
So he mounted the horse without objecting.
Aber sein Geist entfremdete sich ihm etwas.
But his mind became somewhat alienated from him.
Der Zug in Richtung Hauptstadt setzte sich erneut in Bewegung.
The procession towards the capital started again.
Nach einiger Zeit kamen sie in Sichtweite des Palastes.

After some time they came in sight of the palace.
Das Löwentor war farbenfroh geschmückt.
The lion-gate had been gaily adorned.
Es gab einen großen Empfang für den Prinzen.
There was a grand reception for the prince.
Und die Prinzessin wurde ebenso erwartet.
And the princess was equally anticipated.
Doch der Freund des Prinzen schien Einwände zu haben.
But the prince's friend seemed to have an objection.
„Ich will, dass das Löwentor niedergerissen wird"
"I want the lion-gate to be broken down"
Der Prinz war über den Vorschlag erstaunt.
The prince was astounded at the proposal.
Die Anfrage war sehr ungewöhnlich.
The request was very out of the ordinary.
Und er hatte keinen Grund für seine Forderung angegeben.
And he had given no reason for his demand.
Aber er erinnerte sich an alles, was sein Freund für ihn getan hatte.
But he remembered all his friend had done for him.
Und er erinnerte sich daran, wie er die Prinzessin gerettet hatte.
And he remembered how he saved the princess.
Damit kam er dem Wunsch seines Freundes nach.
So he complied with the wish of his friend.
Und das schöne Löwentor wurde abgerissen.
And the beautiful lion-gate was torn down.
Doch sein Geist entfremdete sich noch mehr von ihm.
But his mind became even more estranged from him.
Die Prozession begab sich nun in den Palast.
The procession now went into the palace.
Der König bereitete seinem Sohn einen herzlichen Empfang.
The king gave a warm reception to his son.
Ebenso herzlich hieß er seine Schwiegertochter willkommen.
He welcomed his daughter-in-law equally warmly.
Und er war sehr erfreut, den Freund des Prinzen zu sehen.

And he was very pleased to see the prince's friend.
Die Geschichte ihrer Abenteuer wurde erzählt.
The story of their adventures was related.
Der König zeigte sich über die Geschichte sehr erstaunt.
The king expressed great astonishment at the tale.
Und seine Höflinge waren ebenso beeindruckt.
And his courtiers were equally impressed.
Alle lobten die Hingabe des Sohnes des Pfarrers.
All praised the minister's son's devotion.
Und die Damen des Palastes lobten die Prinzessin.
And the ladies of the palace praised the princess.
Die Schönheitskenner lobten die Prinzessin.
The connoisseurs of beauty praised the princess.
Ihr Teint war eine Mischung aus Milch- und Zinnoberrot.
Her complexion was a mixture of milk and vermilion.
Ihr Hals war wie der eines Schwans.
Her neck was like that of a swan.
Ihre Augen waren wie die einer Gazelle.
Her eyes were like those of a gazelle.
Ihre Lippen waren so rot wie die Beeren- Bimba .
Her lips were as red as the berry bimba.
Ihre Wangen waren so schön, wie sie nur sein konnten.
Her cheeks were as lovely as they could be.
Und ihre Nase war gerade und hoch.
And her nose was straight and high.
Ihr Haar reichte bis zu den Knöcheln.
Her hair reached down to her ankles.
Ihr Gang war so anmutig wie der eines jungen Elefanten.
Her walk was as graceful as that of a young elephant.
Die Prinzessin, die das Schicksal ihnen gebracht hatte.
The princess whom destiny had brought to them.
Sie saßen um sie herum und wollten alles wissen.
They sat around her wanting to know everything.
Und sie stellten ihr tausend Fragen.
And they put to her a thousand questions.
Sie fragten sie nach ihren Eltern.
They asked her about her parents.

Sie fragten sie nach dem unterirdischen Palast.
They asked her about the subterranean palace.
Und sie fragten sie alles über die Schlange.
And they asked her all about the serpent.
Die Schlange, die alle ihre Verwandten getötet hatte.
The serpent which had killed all her relatives.
Bald war es für die Neuankömmlinge Zeit zum Abendessen.
Soon it was time for the new arrivals to dine.
Das Abendessen wurde auf goldenen Tellern serviert.
The dinner was served up in dishes of gold.
Auf dem Tisch standen allerlei Köstlichkeiten.
All sorts of delicacies were on the table.
Das auffälligste Gericht war der Kopf eines Rohita -Fisches.
The most conspicuous dish was the head of a rohita fish.
Der Kopf des großen Fisches wurde in einen goldenen Becher gelegt.
The large fish's head was placed in a golden cup.
Und die Tasse wurde neben den Teller des Prinzen gestellt.
And the cup was placed near the prince's plate.
Alle aßen und erzählten das Abenteuer noch einmal.
All were eating and retelling the adventure.
Und plötzlich schnappte sich der Freund des Prinzen den Kopf.
And suddenly the prince's friend snatched the head.
Er nahm den Fischkopf vom Teller des Prinzen.
He took the fish's head from the prince's plate.
„Lass mich, Prinz, den Kopf dieses Rohita essen "
"Let me, prince, eat this rohita's head"
Der Königssohn war völlig empört.
The king's son was quite indignant.
Aber er erinnerte sich an alles, was sein Freund für ihn getan hatte.
But he remembered all his friend had done for him.
Und er erinnerte sich daran, wie er die Prinzessin gerettet hatte.
And he remembered how he saved the princess.
Und so erhob er gegen die Bitte keine Einwände.

And so he made no objection to the request.
Aber er konnte seine schreckliche Wut nicht verbergen.
But he could not hide his terrible rage.
Natürlich fiel dies dem Freund des Prinzen auf.
Of course the prince's friend noticed this.
Aber er hätte nichts anderes tun können.
But there was nothing else he could have done.
Sein Verhalten, so seltsam es auch sein mochte, war notwendig.
His conduct, however strange, was necessary.
Es ging um die Sicherheit des Lebens seines Freundes.
It was for the safety of his friend's life.
Auch seinem Freund konnte er den Grund nicht nennen.
Nor could he tell his friend the reason.
Andernfalls würde er in eine Marmorstatue verwandelt.
Else he would be transformed into a marble statue.
Bald würde das Abendessen vorbei sein.
Soon the dinner was going to be over.
Der Freund des Prinzen hatte noch eine Bitte.
The prince's friend had one more request.
Die beiden Freunde hatten jede Nacht zusammen verbracht.
The two friends had spent every night together.
Aber heute Abend wollte er in sein eigenes Haus gehen.
But tonight he wanted to go to his own house.
Auch der Prinz war über sein seltsames Verhalten schockiert.
The prince was also shocked at his strange conduct.
Aber er erinnerte sich an alles, was sein Freund für ihn getan hatte.
But he remembered all his friend had done for him.
Und er erinnerte sich daran, wie er die Prinzessin gerettet hatte.
And he remembered how he saved the princess.
Und auch dieser Bitte seines Freundes kam er nach.
And he also agreed to this request of his friend.
Der Freund des Prinzen hatte jedoch andere Pläne.
The prince's friend, however, had other plans.

Er hatte nicht die Absicht, in sein eigenes Haus zu gehen.
He had no intentions of going to his own house.
Er war entschlossen, die letzte Gefahr abzuwenden.
He was resolved to avert the last peril.
Das Letzte, was das Leben seines Freundes bedrohen könnte.
The last thing to threaten the life of his friend.
Dementsprechend nahm er ein Schwert in die Hand.
Accordingly, he took a sword into his hand.
Und er betrat heimlich das königliche Zimmer.
And he stealthily entered the royal room.
Das Zimmer des Prinzen und der Prinzessin.
The room of the prince and the princess.
Er machte es sich unter dem Bettgestell bequem.
He ensconced himself under the bedstead.
Das Bett war mit Matratzen aus Daunen ausgestattet.
The bed was furnished with mattresses of down.
Die Moskitovorhänge waren aus kostbarster Seide.
The mosquito curtains were of the richest silk.
Und die gesamte Bettwäsche war mit Gold verziert.
And all the bedding was laced with gold.
Bald kamen der Prinz und die Prinzessin ins Schlafzimmer.
Soon the prince and princess came into the bedroom.
Sie zogen sich aus und gingen ins Bett.
They undressed themselves and went to bed.
Und bald schlief das Königspaar.
And soon the royal couple were asleep.
Um Mitternacht hörte er das Gleiten einer Schlange.
At midnight he heard the slithering of a snake.
Das Geräusch kam aus einem Wasserdurchgang.
The sound was coming from a water passage.
Eine Schlange von gigantischer Größe betrat den Raum.
A snake of gigantic size entered the room.
Die Schlange kletterte am Bettgestell hoch.
The serpent climbed up the frame of the bed.
Der Sohn des Ministers stürmte mit dem Schwert heraus.
The minister's son rushed out with the sword.

Und er tötete die Schlange mit einem Schlag.
And he killed the serpent with one blow.
Und dann schnitt er die Schlange in kleinere Stücke.
And then he cut the snake into smaller pieces.
**Er legte die Stücke in die Schale, in der die Betelblätter
aufbewahrt wurden.**
He put the pieces in the dish for holding betel-leaves.
Doch dabei vergoss er einen Tropfen Blut.
But as he did this, he spilled a drop of blood.
Der Blutstropfen fiel auf die Brust der Prinzessin.
The drop of blood fell on the breast of the princess.
Denn die Moskitonetze waren nicht heruntergelassen.
Because the mosquito curtains had not been let down.
Er sorgte sich um die Gesundheit der Prinzessin.
He worried for the health of the princess.
Das Blut könnte eine Art Gift enthalten.
The blood might be of some sort of poison.
Also beschloss er, das Blut aufzulecken.
So he resolved to lick up the blood.
Aber er konnte die nackte Prinzessin nicht ansehen.
But he could not look at the naked princess.
Es wäre eine große Sünde gewesen.
It would have been a great sin.
**Also verband er sich die Augen mit einem siebenfach
gefalteten Tuch.**
So he blindfolded himself with seven-fold cloth.
Und er leckte den Blutstropfen ab.
And he licked off the drop of blood.
Doch gerade in diesem Moment erwachte die Prinzessin.
But just at this time the princess awoke.
Ihr Schrei riss ihren Mann aus dem Schlaf.
Her scream roused her husband from his sleep.
Und er konnte nicht glauben, was er sah.
And he could not believe what he was seeing.
Der Prinz geriet in große Wut.
The prince fell into a great rage.
Und er war bereit, seinen Freund zu töten.

And he was prepared to kill his friend.
Aber er gab seinem Freund die Gelegenheit zu sprechen.
But he gave his friend a chance to speak.
„Bitte, mein Freund, zügele deinen Zorn "
"Please, my friend, restrain your anger"
„Ich habe das nur getan, um dein Leben zu retten"
"I have done this only to save your life"
Der Prinz war noch verwirrter als zuvor.
The prince was more confused than before.
„Ich verstehe nicht, was du meinst"
"I do not understand what you mean"
„Von dem Moment an, als wir aus dem unterirdischen Palast kamen"
"From the time we came out of the subterranean palace"
„Sie haben sich höchst außergewöhnlich verhalten"
"You have been behaving in a most extraordinary way"
„Zuerst bestanden Sie darauf, auf meinem Elefanten zu reiten."
"First, you insisted on riding my elephant"
„Der Elefant, den mein Vater für mich geschickt hatte"
"The elephant my father had sent for me"
„Ich fand es eitel von dir, zu fragen"
"I thought it was vain of you to ask"
„Aber ich erinnerte mich daran, was du für mich getan hast"
"But I remembered what you had done for me"
„Und ich beschloss, die Sache auf sich beruhen zu lassen"
"And I decided to let the matter pass"
„Und stattdessen bin ich zu Pferd zurückgeritten"
"And instead I rode back on horseback"
„Zweitens bestanden Sie darauf, das Löwentor zu zerstören."
"Secondly, you insisted on destroying the lion-gate"
„Das Löwentor, das mein Vater für mich schmücken ließ"
"The lion-gate my father had adorned for me"
„Ich fand es seltsam von Ihnen, zu fragen."
"I thought it was strange of you to ask"
„Aber ich erinnerte mich daran, was du für mich getan hast"

"But I remembered what you had done for me"
„Und ich beschloss, die Sache auf sich beruhen zu lassen"
"And I decided to let the matter pass"
„Und ich ließ das Löwentor zerstören"
"And I had the lion-gate destroyed"
„Drittens haben Sie sich beim Abendessen höchst beschämend verhalten."
"Thirdly, at dinner you behaved most shamefully"
„Du hast den Kopf des Rohita von meinem Teller gerissen"
"You snatched the rohita's head from my plate"
„Und du bestandest darauf, den Fischkopf zu essen"
"And you insisted on eating the fish head"
„Ich dachte, du hättest zu viel Anspruch darauf."
"I thought you felt too entitled"
„Aber ich erinnerte mich daran, was du für mich getan hast"
"But I remembered what you had done for me"
„Also habe ich beschlossen, die Sache auf sich beruhen zu lassen"
"So I decided to let the matter pass"
„Sie haben dann so getan, als würden Sie nach Hause gehen"
"You then pretended that you were going home"
„Und ich war sehr froh, dass du nach Hause gegangen bist."
"And I was very glad you were going home"
„Weil Sie sich sehr unangenehm gemacht haben"
"Because you had made yourself very disagreeable"
„Und jetzt bist du tatsächlich in meinem Schlafzimmer"
"And now you are actually in my bedroom"
„Du beugst dich über den nackten Busen meiner Frau"
"You are bending over the naked bosom of my wife"
„Sie müssen einen bösen Plan gehabt haben"
"You must have had some evil plan"
„Und jetzt tust du so, als würdest du mein Leben retten"
"And now you pretend you are saving my life"
„Aber ich glaube nicht, dass Sie mein Leben retten wollen"
"But I don't believe you want to save my life"

„Ich glaube, Sie wollen die Keuschheit meiner Frau zerstören"
"I believe you want to destroy my wife's chastity"
Der Freund des Prinzen wusste, wie die Dinge aussahen.
The prince's friend knew how things looked.
„Oh, hege solche Gedanken nicht in deinem Kopf."
"Oh, do not harbor such thoughts in your mind"
„Bitte denken Sie nicht schlecht über mich"
"Please do not think badly against me"
„Die Götter wissen, was ich getan habe"
"The gods know what I have done"
„Sie wissen, dass ich es getan habe, um Ihr Leben zu retten"
"They know I did it to save your life"
„Sie würden die Vernünftigkeit meines Verhaltens erkennen"
"You would see the reasonableness of my conduct"
„Aber ich habe nicht die Freiheit, meine Gründe darzulegen."
"But I don't have liberty to state my reasons"
Der Prinz forderte ihn auf, sich zu erklären.
The prince asked him to explain himself.
„Und warum sind Sie nicht frei?"
"And why are you not at liberty?"
„Wer hat deinen Mund versiegelt?"
"Who has put a seal upon your mouth?"
Und der Freund des Prinzen antwortete.
And the prince's friend answered.
„Das Schicksal hat meinen Mund versiegelt"
"Destiny has put a seal upon my mouth"
„Wenn ich es dir sagen würde, würde ich in Marmor verwandelt werden"
"If I told you, I would be transformed into marble"
Der Prinz wurde immer wütender auf seinen Freund.
The prince grew angrier with his friend.
„Du solltest in eine Marmorstatue verwandelt werden!"
"You should be transformed into a marble statue!"
„Sie müssen mich für einen Einfaltspinsel halten"

"You must take me to be a simpleton"

„Sie können nicht erwarten, dass ich diesen Unsinn glaube"

"You can't expect me to believe this nonsense"

Der Sohn des Ministers äußerte eine letzte Bitte.

The minister's son made one last request.

„Wünschen Sie dann, Freund, dass ich es Ihnen sage ?

"Do you wish me then, friend, for me to tell you?

„Du würdest deinen Freund in Stein verwandeln?"

"You would make your friend turn into stone?"

Der Prinz wollte den Grund hören.

The prince wanted to hear the reason.

Die Konsequenzen waren ihm egal.

He did not care about the consequences.

„Sag es mir, sonst bist du ein toter Mann"

"Tell me, or else you are a dead man"

Der Freund des Prinzen wollte seinen Namen reinwaschen.

The prince's friend wanted to clear his name.

Er wollte nicht, dass üble Anschuldigungen gegen ihn erhoben würden.

He wanted no foul accusations brought against him.

Und er hielt es für seine Pflicht, das Geheimnis zu lüften.

And he deemed it his duty to reveal the secret.

Auch wenn er damit sein Leben gefährden würde.

Even if this would put his life at risk.

Er warnte den Prinzen erneut davor, ihn zu fragen.

He again warned the prince not to ask him.

Doch der Prinz blieb unerbittlich.

But the prince remained inexorable.

Daraufhin verriet ihm der Freund des Prinzen sein Geheimnis.

The prince's friend then told him his secret.

„Als ich eines Nachts unter einem hohen Baum schlief"

"While sleeping under a lofty tree one night"

„Ich habe ein Gespräch zwischen zwei Vögeln mitgehört.

"I overheard a conversation between two birds.

„Die prophezeienden Vögel Bihangama und Bihangami "

"The prophesizing birds Bihangama and Bihangami"

„ Bihangama hat alle Gefahren in Ihrem Leben
vorhergesagt"

"Bihangama predicted all the dangers in your life"

„Zuerst sagte der Vogel voraus, dass dein Vater einen
Elefanten schicken würde."

"First the bird predicted your father would send an elephant"

„Der Vogel sagte, du würdest vom Elefanten fallen"

"The bird said you would fall from the elephant"

„Und der Vogel sagte, du würdest beim Sturz sterben"

"And the bird said you would die from the fall"

An diesem Punkt wurden die Beine des Sohnes des Pfarrers
zu Stein.

At this point the minister's son's legs turned to stone.

„Siehst du? Meine Beine sind schon zu Stein geworden."

"See? my legs have already turned to stone"

„Erzählen Sie weiter", sagte der Prinz.

"Go on with your story," said the prince.

Und der Freund des Prinzen erzählte weiter.

And the prince's friend continued the story.

„Der Vogel sagte, das Löwentor würde fröhlich geschmückt
sein"

"The bird said the lion-gate would be gaily decorated"

„Und der Vogel sagte, das Löwentor würde auf dich
einstürzen"

"And the bird said the lion-gate would collapse on you"

„Wenn das Löwentor auf dich gefallen wäre, wärst du
gestorben"

"If the lion-gate had fallen on you, you would have died"

In diesem Moment erstarrte der Oberkörper des
Pfarrerssohnes zu Stein.

At this point the minister's son's torso turned to stone.

Doch der Prinz beharrte darauf, dass der Sohn des Ministers
weitermache.

But the prince insisted the minister's son continues.

„Erzählen Sie weiter", sagte der Prinz.

"Go on with your story," said the prince.

„Der Vogel sagte, es gäbe den Kopf eines Fisches"

"The bird said there would be the head of a fish"
„Und der Vogel sagte voraus, du würdest an dem Fisch ersticken"
"And the bird predicted you would choke on the fish"
Jetzt war sein Kopf das einzige, was nicht aus Stein war.
Now his head was the only thing not of stone.
„Siehst du? Mein ganzer Körper ist zu Stein geworden."
"See? my whole body has turned to stone"
„Wenn ich so weitermache, werde ich ein Mann aus Stein"
"If I continue, I will become a man of stone"
„Möchten Sie, dass ich den Rest erzähle?"
"Do you wish me to tell the rest"
„Erzählen Sie weiter", sagte der Prinz.
"Go on with your story," said the prince.
„Na gut, ich werde bis zum Ende weitermachen."
"Very well, I will go on to the end"
„Aber vielleicht bereust du es, nachdem ich es dir gesagt habe."
"But you may repent after I tell you"
„Und vielleicht möchten Sie mich wieder zum Leben erwecken."
"And you may wish to restore me to life"
„Ich werde dir sagen, wie du den Zauber rückgängig machen kannst."
"I will tell you how to reverse the spell"
„In wenigen Monaten wird die Prinzessin ein Kind bekommen"
"In a few months the princess will bear a child"
„Warten Sie auf die Geburt des Kindes"
"Wait for the birth of the child"
„Beschmiere meine Statue mit dem Blut des Kindes"
"Besmear my statue with the infant's blood"
„Nur dann werde ich wieder zum Leben erweckt"
"Only then will I be restored back to life"
Das letzte Wort verließ seine Lippen und er erstarrte zu Stein.
The last word left his lips, and he turned to stone.

Die Prinzessin sprang aus dem Bett.
The princess jumped out of bed.
Sie öffnete das Gefäß für Betelblätter und Gewürze.
She opened the vessel for betel-leaves and spices.
Und sie sah die Stücke einer Schlange.
And she saw the pieces of a serpent.
Der Prinz und die Prinzessin waren nun überzeugt.
The prince and the princess were now convinced.
Sie erkannten die gute Absicht ihres verstorbenen Freundes.
They saw the good faith of their departed friend.
Sie erkannten die Güte seiner Taten.
They saw the benevolence of his actions.
Sie gingen zur Marmorstatue.
They went to the marble statue.
Doch die Statue ihres Freundes war leblos.
But the statue of their friend was lifeless.
Sie stießen einen lauten Klageschrei aus.
They let out a loud cry lamentation.
Aber ihre Schreie waren vergeblich.
But their cries were to no purpose.
Denn die Statue ließ sich durch Tränen nicht bewegen.
Because the statue was not moved by tears.
Der Prinz und die Prinzessin wussten, was sie zu tun hatten.
The prince and princess knew what they had to do.
Sie versteckten die Marmorfigur an einem sicheren Ort.
They concealed the marble figure in a safe place.
Und sie warteten auf die Geburt ihres Kindes.
And they waited for the birth of their child.
Im Laufe der Zeit kam die Stunde.
In process of time the hour came.
Die Mühsal der Prinzessin war gekommen.
The princess's travail had arrived.
Die Prinzessin gebar einen wunderschönen Jungen.
The princess bore a beautiful boy.
Das Kind war das perfekte Ebenbild seiner Mutter.
The child was the perfect image of his mother.
Die Schönheit ihres Kindes war auffallend.

The beauty of their child was striking.
Und sie hatten Ehrfurcht vor ihm.
And they were in awe of him.
Sie hätten sein Leben verschont.
They would have spared his life.
Aber sie erinnerten sich an ihren besten Freund.
But they remembered their best friend.
Sie erinnerten sich an alles, was er für sie getan hatte.
They remembered all he had done for them.
Doch nun war er ein lebloser Stein.
But now he was a lifeless stone.
Und sie erinnerten sich an die Gelübde, die sie abgelegt hatten.
And they remembered the vows they had made.
Und sie schnitten das Kind in zwei Teile.
And they cut the child into two.
Sie beschmierten die Statue mit dem Blut des Kindes.
They besmeared the statue with the child's blood.
Und ihr Freund erwachte wieder zum Leben.
And their friend became animated back to life.
Sie waren froh, ihn wieder lebend zu sehen.
They were glad to see him alive again.
Doch der Freund des Prinzen war von Trauer überwältigt.
But the prince's friend was overwhelmed with grief.
Weil er das Neugeborene in einer Blutlache sah.
Because he saw the new-born in a pool of blood.
Also hob er das tote Baby auf.
So he picked up the dead infant.
Er wickelte das Kind sorgfältig in ein Handtuch.
He carefully wrapped the child in a towel.
Und er beschloss, dem Kind das Leben zurückzugeben.
And he resolved to get the child restored to life.
Er konsultierte alle Ärzte des Landes.
He consulted all the physicians of the country.
Sie sagten ihm alle dasselbe.
They all told him the same thing.
Für jede Krankheit lässt sich eine Heilung finden.

A cure can be found for any illness.
Aber das Leben erfordert den Funken des Lebens.
But life requires the spark of life.
Wenn der Funke erloschen ist, liegt das außerhalb ihrer Zuständigkeit.
When the spark is gone, it is beyond their jurisdiction.
Und so mussten sie mit ihrem Leben weitermachen.
And so they had to go on with their lives.

Schließlich kehrte der Freund des Prinzen zu seiner Frau zurück.
Eventually the prince's friend returned to his wife.
Sie war eine hingebungsvolle Anbeterin der Göttin Kali.
She was a devoted worshipper of the goddess kali.
Sie war die Einzige, die das Leben zurückgeben konnte.
She was the only one who could return life.
Seine Frau lebte in einer weit entfernten Stadt.
His wife was living in a distant town.
Also machte er sich auf den Weg in die Stadt.
So he set out on a journey to the town.
Seine Frau lebte noch im Haus ihres Vaters.
His wife still lived in her father's house.
An das Haus grenzte ein Garten.
Adjoining the house there was a garden.
Und im Garten stand ein Baum.
And in the garden there was a tree.
Das Kind war in diesem Baum untergebracht.
The child had been stored in that tree.
Seine Frau war überglücklich, ihren Mann zu sehen.
His wife was overjoyed to see her husband.
Sie hatte ihn lange nicht gesehen.
She had not seen him for a long time.
Aber sie war überrascht, als sie ihn sah.
But she was surprised when she saw him.
Ihr Mann war an diesem Tag sehr melancholisch.
Her husband was very melancholy that day.
Er sprach sehr wenig mit seiner Frau.

He spoke very little to his wife.
Und seine Frau wusste, dass er nicht er selbst war.
And his wife knew that he was not himself.
Er grübelte über etwas nach.
He was brooding over something in his mind.
Sie fragte nach dem Grund seiner Melancholie.
She asked the reason for his melancholy.
Aber er schwieg und wollte es ihr nicht sagen.
But he kept quiet, and wouldn't tell her.
Eines Nachts lagen sie zusammen im Bett.
One night they were lying together in bed.
Die Frau stand auf und verließ das Ehebett.
The wife got up and left the marital bed.
Sie öffnete die Tür und ging in den Garten.
She opened the door and went into the garden.
Ihr Mann konnte nicht gut schlafen.
Her husband had not been able to sleep well.
Deshalb wurde er durch die Bewegung seiner Frau geweckt.
Therefore he awoke from the movement of his wife.
Er hörte sie mitten in der Nacht gehen.
He heard her leave in the dead of the night.
Und er war entschlossen, ihr zu folgen.
And he was determined to follow her.
Aber er war auch entschlossen, nicht aufzufallen.
But he was also determined not to be noticed.
Sie ging zu einem Tempel der Göttin Kali.
She went to a temple of the goddess kali.
Der Tempel war nicht weit von ihrem Haus entfernt.
The temple was at no great distance from her house.
Sie verehrte die Göttin mit Blumen.
She worshipped the goddess with flowers.
Und sie verehrte die Göttin mit Sandelholzparfüm.
And she worshiped the goddess with sandal-wood perfume.
„Oh Mutter Kali! Hab Erbarmen mit mir."
"Oh mother kali! have mercy upon me"
„Erlöse mich aus all meinen Nöten"
"Deliver me out of all my troubles"

Die Göttin antwortete der Frau.
The goddess replied to the woman.
„Warum, welche weitere Beschwerde haben Sie?
"Why, what further grievance have you?
„Sie haben lange für die Rückkehr Ihres Mannes gebetet"
"You long prayed for the return of your husband"
„Und Ihre Gebete wurden erhört"
"And your prayers have been answered"
„Ihr Mann ist zu Ihnen zurückgekehrt"
"Your husband has returned to you"
„Also, was fehlt dir jetzt?"
"So then, what ails thee now?"
Die Frau antwortete der Göttin.
The woman answered the goddess.
„Stimmt, oh Mutter, mein Mann ist zu mir gekommen"
"True, oh mother, my husband has come to me"
„Aber er kam in melancholischer Stimmung zu mir"
"But he has come to me in a melancholy mood"
„Er spricht kaum mit mir, wenn ich mit ihm spreche"
"He hardly speaks to me when I speak to him"
„Er hat kein Gefallen an mir, wenn er bei mir ist"
"He takes no delight in me when he is with me"
„Er sitzt nur melancholisch in einer Ecke"
"All he does is sit melancholy in a corner"
Die Göttin antwortete ihrem Anhänger.
The goddess replied to her devotee.
„Fragen Sie Ihren Mann, warum er melancholisch ist"
"Ask your husband why he feels melancholy"
„Wenn er es dir sagt, lass mich den Grund wissen."
"When he tells you, let me know the reason"
Der Sohn des Ministers hörte das Gespräch mit.
The minister's son overheard the conversation.
Doch er blieb von der Göttin unbemerkt.
But he stayed unnoticed by the goddess.
Und auch seine Frau bemerkte ihn nicht.
And his wife did not notice him either.
Er schlich sich leise vor seiner Frau davon.

He quietly slunk away before his wife.

Und er ging vor ihr wieder ins Bett.

And he returned back to bed before her.

Am nächsten Tag fragte die Frau ihren Mann.

The following day the wife asked her husband.

„Mein lieber Mann, warum bist du so melancholisch?"

"My dear husband, why are you in a melancholy mood?"

Ihr Mann erzählte die ganze Geschichte noch einmal.

Her husband retold the whole story.

Er erzählte ihr von der Juwelenschlange.

He told her about the jewel serpent.

Er erzählte ihr von dem unterirdischen Palast.

He told her about the subterranean palace.

Er erzählte ihr von der Gefangennahme der Prinzessin.

He told her about the princess being captured.

Er erzählte ihr, wie er die Prinzessin befreit hatte.

He told her how he freed the princess.

Und er erzählte ihr von Bihangama und Bihangami .

And he told her about Bihangama and Bihangami.

Er erzählte ihr, wie er zu Stein geworden war.

He told her how he had turned to stone.

**Und er erzählte ihr, wie er wieder zum Leben erweckt
wurde.**

And he told her how he was returned back to life.

Also erzählte er ihr auch von der Tötung des Kindes.

So he told her also about the killing of the child.

In dieser Nacht verließ seine Frau erneut das Bett.

That night his wife left the bed again.

Und sie kehrte zum Tempel der Göttin Kali zurück.

And she returned to the goddess kali's temple.

**Und sie erzählte der Göttin von der Melancholie ihres
Mannes.**

And she told the goddess of her husband's melancholy.

Die Göttin hörte aufmerksam zu, was gesagt wurde.

The goddess listened intently to what was said.

**„Bringt das Kind her und ich werde es wieder zum Leben
erwecken "**

"Bring the child here and I will restore it to life"
In der nächsten Nacht verließ sie das Ehebett erneut.
The next night she left the marital bed again.
Sie ging zum Baum im Garten.
She went to the tree in the garden.
Und sie nahm das Kind vom Baum.
And she took the child from the tree.
Und sie brachte das Kind zur Göttin Kali.
And she took the child to the goddess kali.
Und die Göttin Kali erweckte das Kind wieder zum Leben.
And the goddess kali returned the child back to life.
Der Freund des Prinzen war außer sich vor Freude.
The prince's friend was entranced with joy.
Er nahm das wiederbelebte Kind auf.
He picked up the reanimated child.
Und er rannte so schnell er konnte zu seinem Freund.
And he ran as fast as he could to his friend.
Und er gab ihm sein Kind, gesund und munter.
And he gave him his child, alive and well.
Sie alle waren von überaus großer Freude erfüllt.
They all rejoiced with exceedingly great joy.
Und sie lebten bis zu ihrem Tod glücklich zusammen.
And they lived together happily till the day of their death.

Der empörte Brahmane
The Indignant Brahman

Es war einmal ein armer Brahmane.
There was once a poor Brahman.
Dieser arme Brahmane hatte eine Frau.
This poor Brahman had a wife.
Und er hatte auch vier Kinder.
And he also had four children.
Er war ein sehr armer Mann.
He was a very poor man.
Und er hatte keinerlei Mittel auf der Welt.
And he had no resources in the world.
Er lebte von der Wohltätigkeit anderer.
He lived from the charity of others.
Während der Ehen verdiente er gut.
During marriages he earned well.
Und er verdiente bei Beerdigungen gut.
And he earned well during funerals.
Aber seine Gemeindemitglieder heirateten nicht jeden Tag.
But his parishioners did not marry daily.
Und sie starben auch nicht jeden Tag.
And they did not die every day either.
Es war schwierig, über die Runden zu kommen.
It was difficult to make the two ends meet.
Seine Frau tadelte ihn oft.
His wife often rebuked him.
„Warum können Sie mich nicht unterstützen?"
"Why can you not support me?"
„Unsere Kinder laufen nackt herum"
"Our children run around naked"
„Und sie leiden Hunger"
"And they suffer from hunger"
Obwohl er arm war, war er ein guter Mann.
Though poor, he was a good man.
Und er war fleißig in seiner Andacht.
And he was diligent in his devotions.

Jeden Tag sprach er seine Gebete.
Every day he said his prayers.
Er betete jeden Tag zur gleichen Zeit.
He prayed at the same time each day.
Seine Schutzgottheit war die Göttin Durga.
His tutelary deity was the Goddess Durga.
Sie ist die Gemahlin von Shiva.
She is the consort of Shiva.
Sie ist die kreative Energie des Universums.
She is the creative energy of the universe.
Jeden Tag schrieb er den Namen Durga.
Every day he wrote the name of Durga.
Er schrieb den Namen mit roter Tinte.
He wrote the name in red ink.
Mindestens einhundertacht Mal.
At least one hundred and eight times.
Er hat nichts getrunken und gegessen, bis er dies getan hat.
He did not drink or eat till he did this.
den ganzen Tag über sprach er Gebete.
throughout the day he uttered prayers.
„O Durga! Hab Erbarmen mit mir!"
"O Durga! have mercy upon me"
Er betete, wann immer er Angst hatte.
He prayed whenever he felt anxious.
Und er war oft ängstlich.
And he often felt anxious.
Weil er in Armut lebte.
Because he lived in poverty.
Er betete, wenn seine Sorgen zu groß wurden.
He prayed when his worries were too much.
Und es gab viele Dinge, die ihm Sorgen bereiteten.
And there were many things he worried about.
Er machte sich Sorgen um seine Frau und seine Kinder.
He worried about his wife and children.
Und er machte sich Sorgen, wie er sie unterstützen sollte.
And he worried about supporting them.

Eines Tages war er sehr traurig.

One day he was very sad.

An diesem Tag ging er in einen Wald.

On this day he went to a forest.

Der Wald lag weit außerhalb des Dorfes.

The forest was far outside the village.

Er ließ seinem ganzen Kummer freien Lauf.

He let out all his grief.

Und er weinte bittere Tränen.

And he wept bitter tears.

„O Durga! O Mutter Bhagavati!"

"O Durga! O Mother Bhagavati!"

„Bitte machen Sie meinem Elend ein Ende?"

"Please put an end to my misery?"

„Ich wünschte, ich wäre allein auf der Welt"

"I wish I were alone in the world"

„Dann würde mich meine Armut nicht beunruhigen"

"Then my poverty wouldn't worry me"

„Aber du hast mir eine Frau gegeben"

"But thou hast given me a wife"

„Und meine Frau hat mir Kinder geschenkt"

"And my wife has given me children"

„O Mutter, ich flehe dich an"

"O Mother, I beg of you"

„Geben Sie mir die Mittel, sie zu unterstützen"

"Give me the means to support them"

Shiva und seine Frau Durga waren zufällig dort.

Shiva and his wife Durga happened to be there.

Sie machten ihren Morgenspaziergang.

They were taking their morning walk.

Die Göttin Durga sah den Brahmanen aus der Ferne.

The Goddess Durga saw the Brahman at a distance.

„O Herr von Kailas, siehst du das, Brahmane?"

"O Lord of Kailas, do you see that Brahman?"

„Er nimmt meinen Namen ständig auf die Lippen"

"He is always taking my name on his lips"

„Er betet, dass ich ihn von seinen Problemen erlöse."

"He prays I deliver him from his troubles"
„Können wir nicht etwas für den armen Brahmanen tun?"
"Can we not do something for the poor Brahman?"
„Viele Sorgen belasten ihn"
"He is oppressed with many cares"
„Und er kümmert sich mit großer Hingabe um seine wachsende Familie"
"And he deeply cares for his growing family"
„Wir sollten sein Leben angenehmer machen"
"We should make his life more comfortable"
„Weil der Arme nie genug zu essen hat"
"Because the poor man never has enough to eat"
„Und auch seine Familie hat nicht genug zu essen"
"And his family doesn't have enough to eat either"
„Lasst uns ihm einen Topf geben"
"Let us give him a pot"
„Ein Topf mit einem unendlichen Vorrat an Murukku"
"A pot with an infinite supply of murukku"
Die göttliche Gemahlin hatte recht.
The divine consort was right.
Der Herr von Kailas stimmte dem Vorschlag zu.
The Lord of Kailas agreed to the proposal.
Auf der Stelle schuf er einen magischen Topf.
On the spot he created a magical pot.
Durga ging zu dem armen Brahmanen.
Durga went to the poor Brahman.
„O Brahmane! Mein treuer Anhänger"
"O Brahman! My loyal devotee"
„Ich habe oft an Ihren bemitleidswerten Fall gedacht"
"I have often thought of your pitiable case"
„Ihre wiederholten Gebete haben mein Mitgefühl geweckt"
"Your repeated prayers have moved my compassion"
„Hier ist ein Topf für dich"
"Here is a pot for you"
„Du musst den Topf umdrehen"
"You must turn the pot upside down"
„Und dann muss man den Topf schütteln"

"And then you must shake the pot"
„Das feinste Murukku wird herausströmen"
"The finest murukku will pour out"
„Das Murukku wird für immer weiter strömen"
"The murukku will keep pouring out forever"
„Bis du den Topf wieder aufrecht hinstellst"
"Until you put the pot upright again"
„Sie können so viel Murukku essen, wie Sie möchten"
"You can eat as much murukku as you like"
„Ihre Frau und Ihre Kinder werden nicht mehr hungern"
"Your wife and children will hunger no more"
„Und du kannst das Murukku verkaufen, wenn du möchtest."
"And you can sell the murukku if you like"
Der Brahmane war über alle Maßen erfreut.
The Brahman was delighted beyond measure.
Er hatte einen wirklich wertvollen Schatz erhalten.
He had received a truly valuable treasure.
Er erwies der Göttin seine tiefste Ehrerbietung.
He made his deepest obeisance to the goddess.
Und er drückte seine ewige Dankbarkeit aus.
And he expressed his eternal gratefulness.

Der Brahmane hatte sich auf den Heimweg gemacht.
The Brahman had started walking home.
Aber zuerst musste er seinen Zaubertopf testen.
But first he had to test his magical pot.
Er wollte sehen, ob der Topf wirklich funktionierte.
He wanted to see if the pot really worked.
Er drehte den Topf um.
He turned the pot upside down.
Und er schüttelte den Topf, wie angewiesen.
And he shook the pot, as instructed.
Und siehe da! Der Topf hat tatsächlich funktioniert.
Lo and behold! The pot really did work.
Der schönste Murukku fiel zu Boden.
The finest murukku fell to the ground.

Er band die Süßigkeit in sein Laken.
He tied the sweetmeat in his sheet.
Und er ging weiter, in Richtung seines Dorfes.
And he walked on, towards his village.
Gegen Mittag bekam der Brahmane Hunger.
By noon the Brahman had gotten hungry.
Aber ohne seine Waschungen konnte er nicht essen.
But he could not eat without his ablutions.
Zuerst musste er seine Gebete sprechen.
First, he had to say his prayers.
Auf seinem Weg lag ein Gasthaus.
There was an inn on his way.
In der Nähe des Gasthauses befand sich ein Wassertank.
Close to the inn there was a water tank.
Also hatte er vor, dort anzuhalten.
So, he intended to halt there.
Um zu baden und seine Gebete zu sprechen.
In order to bathe and say his prayers.
Danach konnte er alle Murukku essen.
After this he could eat all the murukku.
Der Brahmane saß im Laden des Gastwirts.
The Brahman sat at the innkeeper's shop.
Der Ladenbesitzer rauchte Tabak.
The shopkeeper was smoking tobacco.
Er stellte den Topf in die Nähe des Ladenbesitzers.
He put the pot near the shopkeeper.
Und er bat ihn, auf den Topf aufzupassen.
And he asked him to look after the pot.
„Bitte gehen Sie besonders sorgsam mit diesem Topf um"
"Please take special care of this pot"
„Ich muss baden und meine Gebete sprechen"
"I must bathe and say my prayers"
„Bitte kümmere dich um diesen Topf für mich"
"Please look after this pot for me"
„Pass auf, dass diesem Topf nichts passiert"
"Make sure nothing happens to this pot"
Er hielt die Bitte für merkwürdig.

He thought it was a strange request.

Aber er erklärte sich bereit, auf den Topf aufzupassen.

But he agreed to look after the pot.

Und der Brahmane gab ihm den Topf.

And the Brahman gave him the pot.

Er beschmierte seinen Körper mit Senföl.

He besmeared his body with mustard oil.

Und er ging, um seine Waschungen vorzunehmen.

And he went to do his ablutions.

Der Gastwirt wurde neugierig auf den Topf.

The innkeeper grew curious about the pot.

„In diesem Topf muss etwas Wertvolles sein"

"This pot must have something valuable in it"

„Warum sonst wäre er so vorsichtig?"

"Why else would he be so careful?"

Seine Neugier war geweckt.

His curiosity had been excited.

Also öffnete er den Topf.

So, he opened the pot.

Zu seiner Überraschung war der Topf leer.

To his surprise the pot was empty.

„Was kann das bedeuten?"

"What can be the meaning of this?"

„Warum kümmert ihn ein leerer Topf so sehr?"

"Why does he care so much for an empty pot?"

Er begann, den Topf genauer zu untersuchen.

He began to examine the pot more carefully.

Bei seiner Inspektion drehte er den Topf um.

During his inspection he turned the pot upside down.

Und dann fiel der feinste Murukku aus dem Topf.

And then the finest murukku fell out from the pot.

Und das Murukku hörte nicht auf, herauszufallen.

And the murukku didn't stop falling out.

Der Gastwirt rief seine Frau und seine Kinder.

The innkeeper called his wife and children.

Er wollte, dass sie Zeugen dessen wurden, was geschehen war.

He wanted them to witness what had happened.
Ein unerwarteter Glücksfall!
An unexpected stroke of good fortune!
Aus dem Topf regnete es reichlich gezuckerten Reis.
The pot gave copious showers of sugared paddy.
Er füllte alle seine Töpfe und Krüge.
He filled all his pots and jars.
Er wusste, dass er diesen Topf haben musste.
He knew he had to have this pot.
Also ersetzte er den Topf durch einen anderen.
So, he replaced the pot with another one.
Er hatte einen Topf der gleichen Größe und Farbe.
He had a pot of the same size and color.

Der Brahmane hatte seine Waschungen beendet.
The Brahman had finished his ablutions.
Er hatte alle seine Andachten verrichtet.
He had performed all of his devotions.
Er kam in nassen Kleidern in den Laden zurück.
He came back to the shop in wet clothes.
Er rezitierte immer noch heilige Texte der Veden.
He was still reciting holy texts of the Vedas.
Er zog seine trockenen Kleider wieder an.
He put back on his dry clothes.
Mit roter Tinte schrieb er den Namen Durga.
In red ink he wrote the name of Durga.
Er schrieb ihren Namen einhundertachtmal.
He wrote her name one hundred and eight times.
Danach brach er sein Fasten.
After doing this he broke his fast.
Und er aß das Murukku, das er in seinem Laken hatte.
And he ate the murukku he had in his sheet.
Er war von der Mahlzeit erfrischt.
He was refreshed from the meal.
Nun konnte er seine Heimreise fortsetzen.
Now he could resume his journey home.
Also rief er den Gastwirt.

So he called to the innkeeper.
„Könnte ich bitte meinen Topf zurückbekommen?"
"Please could I get my pot back"
Der Gastwirt gab ihm seinen Topf zurück.
The innkeeper gave him back his pot.
„Hier ist Ihr Topf, Sir."
"There, sir, here is your pot"
„Der Topf steht genau da, wo du ihn hingestellt hast"
"The pot is exactly where you had put it"
„Ihr Topf ist genau so, wie Sie ihn verlassen haben"
"Your pot is just as you left it"
„Ich habe sichergestellt, dass niemand deinen Topf berührt hat."
"I made sure no one has touched your pot"
Der Brahmane ahnte nichts.
The Brahman didn't suspect a thing.
Er hob den Topf auf.
He picked up the pot.
Und er setzte seine Heimreise fort.
And he proceeded on his journey home.

Auf seiner Reise musste er nachdenken.
On his journey he had to think.
Er gratulierte zu seinem Glück.
He congratulated his good fortune.
„Meine Frau wird höchst positiv überrascht sein!"
"My wife will be most pleasantly surprised!"
„Die Kinder werden den Murukku verschlingen!"
"The children will devour the murukku!"
„Ich werde bald reich sein"
"I shall soon become rich"
„Ich werde meinen Kopf hochheben können"
"I will be able to lift my head up high"
Die Reisebeschwerden waren gemindert.
The pains of travelling had been reduced.
Jetzt waren seine Probleme viel angenehmer.
Now his problems were much more pleasant.

Nur die Vorfreude machte die Reise schwierig.
Only anticipation made the journey difficult.
Endlich erreichte er wieder sein Zuhause.
He finally reached his home again.
Er rief seine Frau und seine Kinder.
He called to his wife and children.
„Seht, was ich mitgebracht habe"
"Look at what I have brought"
„Dieser Topf ist eine unerschöpfliche Quelle des Reichtums."
"This pot is an unfailing source of wealth".
„Wir werden nie wieder kämpfen müssen"
"We will never have to struggle again"
„Ich werde den Topf umdrehen"
"I will turn the pot upside down"
„Und dann werden Sie etwas sehen.
"And then you will see something.
„So etwas haben Sie noch nie gesehen"
"Something you've never seen before"
„Ein Strom feinster Murukku wird fließen"
"A stream of the finest murukku will flow"
Sie können sich vorstellen, was seine Frau dachte.
You can imagine what his wife was thinking.
„Mein Mann ist verrückt geworden", dachte sie.
"My husband has gone mad," she thought.
Ihre Meinung wurde bald bestätigt.
She was soon confirmed in her opinion.
Es ist nichts aus dem Topf gefallen, wie versprochen.
Nothing fell from the pot, as promised.
Er drehte den Topf immer wieder auf den Kopf.
He turned the pot upside down again and again.
Der Brahmane war von Trauer überwältigt.
The Brahman was overwhelmed with grief.
Er erkannte, dass er ausgetrickst worden war.
He realized that he had been tricked.
Der Wirt muss den Topf vertauscht haben.
The innkeeper must have swapped the pot.

Er muss Durgas Topf gestohlen haben.

He must have stolen Durga's pot.

Und er muss den Topf durch einen normalen ersetzt haben.

And he must have replaced the pot with a normal one.

Am nächsten Tag ging er zum Gastwirt zurück.

He went back to the innkeeper the next day.

Und er warf ihm vor, seinen Topf gewechselt zu haben.

And he accused him of having changed his pot.

Der Wirt tat zunächst überrascht.

At first the innkeeper acted surprised.

Dann gab er vor, über die Anschuldigung verärgert zu sein.

Then he pretended to be angry at the accusation.

Schließlich jagte er ihn aus seinem Laden.

Finally, he chased him out of his shop.

Er hatte keine Möglichkeit, den Pot zurückzubekommen.

He had no way of getting the pot back.

Der Brahmane wusste, was er zu tun hatte.

The Brahman knew what he had to do.

Er ging wieder, um die Göttin Durga zu sehen.

He went to see the goddess Durga again.

Shiva und Durga ehrten ihn mit ihrer Anwesenheit.

Siva and Durga honored him with their presence.

Durga sprach mit dem armen Brahmanen.

Durga spoke to the poor Brahman.

„Du hast also den Topf verloren, den ich dir gegeben habe."

"So, you have lost the pot I gave you"

„Ihre Situation tut mir leid"

"I take pity on your situation"

„Hier ist noch ein magischer Topf"

"Here is another magical pot"

„Nimm diesen Topf und mach guten Gebrauch davon"

"Take this pot, and make good use of it"

Der Brahmane war außer sich vor Freude.

The Brahman was elated with joy.

Er erwies dem göttlichen Paar seine Ehrerbietung.

He made obeisance to the divine couple.

Und er nahm den Topf mit.
And he took the pot with him.
Er musste erneut testen, ob der Topf funktionierte.
Again he had to see if the pot worked.
Er drehte den Topf um.
He turned the pot upside down.
Und er schüttelte den Topf wie zuvor.
And he shook the pot as before.
Und er wartete darauf, dass der Murukku herausfiel.
And he waited for the murukku to fall out.
Aber nein, oh Schreck!
But no, horror of horrors!
Murukku ist nicht aus dem Topf gefallen.
Murukku did not fall from the pot.
Anstelle von Murukku sprangen Dämonen heraus.
Instead of murukku, demons jumped out.
Sie begannen, den erstaunten Brahmanen zu schlagen.
They began to beat the astonished Brahman.
Der Brahmane erhielt Schläge und Tritte.
The Brahman received punches and kicks.
Aber er behielt seine Geistesgegenwart.
But he kept his presence of mind.
Er drehte den Topf richtig herum.
He turned the pot the right way up.
Und er deckte den Topf wieder zu.
And he covered the pot up again.
**Glücklicherweise hat seine schnelle Auffassungsgabe
funktioniert.**
Fortunately his quick thinking worked.
Die Dämonen verschwanden, sobald er dies tat.
The demons disappeared as soon as he did this.
Der Brahmane versuchte zu verstehen, was das bedeutete.
The Brahman tried to understand what this meant.
Es muss eine Bestrafung für den Gastwirt sein!
It must be to punish the innkeeper!
Also ging er erneut zum Gastwirt.
So he went to the innkeeper again.

Er gab ihm den neuen Topf.
He gave him the new pot.
Er bat ihn, auf den Topf aufzupassen.
He begged of him to look after the pot.
Genau wie er es zuvor getan hatte.
Just like he had done before.
Er ging zu seinen Waschungen und Gebeten.
He went for his ablutions and prayers.
Der Gastwirt war begeistert.
The innkeeper was delighted.
Er hatte einen zweiten Glücksfall erhalten.
He had been given a second godsend.
**Er verpflichtete sich, mit größter Sorgfalt auf den Topf
aufzupassen.**
He agreed to take the greatest care of the pot.
Er wartete, bis der Brahmane gegangen war.
He waited for the Brahman to go.
Und er rief seine Frau und seine Kinder an.
And he called his wife and children.
„Dies ist ein weiterer Topf vom Brahmanen"
"This is another pot from the Brahman"
„Diesmal hoffe ich, dass es nicht Murukku ist."
"This time I hope it is not murukku"
„Ich hoffe, dieser Topf ist voller Sandesa "
"I hope this pot is full of sandesa"
„Kommt, haltet die Körbe bereit"
"Come, be ready with the baskets"
„Ich werde den Topf umdrehen"
"I will turn the pot upside down"
„Und dann werde ich den Topf schütteln"
"And then I will shake the pot"
Und er hat getan, was er versprochen hatte.
And he did what he said he would do.
Aber der Raum füllte sich nicht mit Essen.
But the room did not fill with food.
Diesmal füllte sich der Raum mit Dämonen.
This time the room filled with demons.

Die Dämonen ergriffen den Gastwirt.
The demons caught hold of the innkeeper.
Und auch seine Familie wurde von den Dämonen gefangen genommen.
And the demons also caught his family.
Und die Dämonen schlugen sie gnadenlos.
And the demons beat them mercilessly.
Sie hätten den Laden völlig zerstört.
They would have completely destroyed the shop.
Aber die Opfer rannten zum Brahmanen.
But the victims ran to the Brahman.
Der Brahmane war von seinen Waschungen zurückgekehrt.
The Brahman had returned from his ablutions.
Der Brahmane zeigte ihnen Gnade.
The Brahman showed mercy to them.
Und er nahm ihre Bitte an.
And he accepted their request.
Für seine Hilfe gab es jedoch eine Bedingung.
But there was one condition to his help.
„Ich helfe nur, wenn ich meinen Topf zurückbekomme"
"I will only help if I get my pot back"
Der Gastwirt hatte keine große Wahl.
The innkeeper didn't have much choice.
Er musste die Bedingungen des Brahmanen akzeptieren.
He had to accept the Brahman's conditions.
Der Brahmane stellte den Topf wieder aufrecht hin.
The Brahman put the pot upright again.
Und er legte den Deckel auf den Topf.
And he put the lid on the pot.
Er nahm seinen Topf vom Gastwirt zurück.
He took his pot back from the innkeeper.
Und er kehrte in sein Dorf zurück.
And he returned back to his village.
Nun hatte der Brahmane zwei magische Töpfe.
Now the Brahman had two magical pots.
Der Brahmane schloss die Tür seines Hauses.
The Brahman shut the door of his house.

Und er rief seine Familie erneut an.
And he called his family again.
Er drehte den Murukku-Topf um.
He turned the murukku-pot upside down.
Und er schüttelte den Murukku-Topf wie zuvor.
And he shook the murukku-pot as before.
Diesmal hat der Zaubertopf funktioniert.
This time the magic pot worked.
Ein endloser Strom feinster Murukku.
An endless stream of the finest murukku.
Die Familie verschlang die Süßigkeit.
The family devoured the sweetmeat.
Sie aßen nach Herzenslust.
They ate to their hearts' content.
Alle Töpfe und Pfannen waren gefüllt.
All the pots and pans were filled.

Am nächsten Tag wurde der Brahmane Konditor.
The next day the Brahman became confectioner.
Er eröffnete ein Geschäft in seinem Haus.
He opened a shop in his house.
Und er verkaufte das beste Murukku.
And he sold the best murukku.
Das ganze Dorf kam zum Haus des Brahmanen.
The whole village came to the Brahman's house.
Sie alle wollten das wundervolle Murukku kaufen.
They all wanted to buy the wonderful murukku.
Solche Murukku hatten sie noch nie in ihrem Leben gesehen.
They had never seen such murukku in their life.
Es war das köstlichste Murukku, das sie je gegessen haben.
It was the most delicious murukku they ever had.
Niemand hatte jemals etwas wie dieses Dessert zubereitet.
No one had ever made anything like this dessert.
Der Ruf des Murukku des Brahmanen verbreitete sich.
The reputation of the Brahman's murukku spread.
Bald kamen Leute von außerhalb der Stadt.

Soon people from outside the city came.
Jeden Tag wurden karrenweise Süßigkeiten verkauft.
Cartloads of the sweetmeat were sold every day.
Der Brahmane wurde schnell sehr reich.
The Brahman quickly became very rich.
Er baute ein großes Backsteinhaus.
He built a large brick house.
Und er lebte wie ein Edelmann des Landes.
And he lived like a nobleman of the land.
Einmal jedoch hätte sich sein Glück beinahe gewendet.
Once, however, his luck almost changed.
Seine Kinder hatten den falschen Topf genommen.
His children had taken the wrong pot.
Eine große Anzahl Dämonen kam heraus.
A large number of demons came out.
Und sie packten die Frau des Brahmanen.
And they caught hold of the Brahman's wife.
Und sie haben auch seine Kinder gefangen.
And they also caught his children.
Sie schlugen sie gnadenlos.
They were striking them mercilessly.
Glücklicherweise kam der Brahmane zurück ins Haus.
Fortunately the Brahman came back into the house.
Er drehte den Topf zurück in seine richtige Position.
He turned the pot back to its proper position.
Er wollte eine ähnliche Katastrophe verhindern.
He wanted to prevent a similar catastrophe.
Also ließ der Brahmane ein Privatzimmer bauen.
So the Brahman had a private room built.
Und er stellte den Topf an einen geheimen Ort.
And he put the pot in a secret place.
Sterbliche haben jedoch nicht das Glück der Götter.
Mortals, however, do not have the luck of Gods.
Ununterbrochener Wohlstand ist nicht ihr Glück.
Uninterrupted prosperity is not their fortune.
Der Dämonentopf war aus dem Weg geräumt worden.
The demon-pot had been put out of the way.

**Aber warum könnte dem Murukku-Topf kein Unfall
zustoßen?**
But why might accident not befall the murukku pot?
Eines Tages waren der Brahmane und seine Frau nicht da.
One day the Brahman and his wife were absent.
Die Kinder beschlossen, den Topf zu schütteln.
The children decided to shake the pot.
Jeder von ihnen wollte die Ehre erweisen.
Each of them wanted to do the honors.
Es kam also zu einem Kampf um den Topf.
So there was a fight to get the pot.
Im Kampf fiel der Topf zu Boden.
In the struggle the pot fell to the ground.
Wie jeder andere Tontopf zerbrach er.
Like any other earthen pot, it broke.
Schließlich kam der Brahma wieder nach Hause zurück.
Eventually the Braham came back home again.
**Sie können sich vorstellen, wie sehr ihn diese Nachricht
betrübt hat.**
You can imagine how the news grieved him.
Natürlich wurden die Kinder ordentlich verprügelt.
Of course the children were well cudgeled.
Doch Wut konnte den Topf nicht ersetzen.
But anger could not replace the pot.
Nach einigen Tagen ging er wieder in den Wald.
After some days he went to the forest again.
Er sprach viele Gebete um Durgas Gunst.
He offered many a prayer for Durga's favor.
Schließlich erschienen ihm Shiva und Durga.
At last Siva and Durga appeared to him.
Sie hörten, wie der Topf zerbrochen war.
They listened to how the pot had been broken.
Durga beschloss, ihm einen weiteren Topf zu geben.
Durga decided to give him another pot.
Aber dieser Topf war mit einer Vorsicht verbunden.
But this pot was accompanied with a caution.
„Brahman, kümmere dich um diesen Topf"

"Brahman, take care of this pot"
„Zerbrich oder verliere diesen Topf nicht noch einmal"
"Do not break or lose this pot again"
„Das nächste Mal gebe ich dir keinen Topf mehr"
"Next time I will not give you another pot"
Der Brahmane erwies den Göttern seine Ehrerbietung.
The Brahman made obeisance to the Gods.
Und er ging direkt zurück in sein Haus.
And he went straight back to his house.
Diesmal machte er nicht bei den Gastwirten Halt .
This time he did not halt at the innkeepers'.
Er schloss die Tür seines Hauses.
He shut the door of his house.
Er rief seine Familie zu sich.
He called his family to him.
Und er drehte den Topf um.
And he turned the pot upside down.
Und dann begann er, den Topf zu schütteln.
And then he began to shake the pot.
Sie haben nur Murukku erwartet.
They were only expecting murukku.
Aber dieses Mal war es kein Murukku.
But this time it was not murukku.
Ein Strom wunderschöner Sandesa ergoss sich.
A stream of beautiful sandesa poured out.
Es war die schönste Sandesa , die man sich vorstellen kann.
It was the finest sandesa you can imagine.
Es war wirklich die Speise der Götter.
It truly was the food of Gods.
Der Brahmane eröffnete ein weiteres Geschäft.
The Brahman set up another shop.
Jetzt verkaufte er Sandesa .
Now he was selling sandesa.
Der Ruhm seines Ladens zog bald große Menschenmengen an.
The fame of his shop soon drew large crowds.
Die Leute kamen aus dem ganzen Land.

People came from all over the country.
Bei allen Festen und Hochzeitsfeiern.
At all festivals and marriage feasts.
Und bei allen Trauerfeiern in der Umgebung.
And at all funeral celebrations in the area.
Niemand hat andere Sandesas gekauft .
No one bought any other sandesa.
Den ganzen Tag lang produzierte der Topf Sandesa .
All day long the pot produced sandesa.
Riesige Gläser waren mit Süßigkeiten gefüllt.
Gigantic jars were filled with sweet.
Und die Gläser wurden ins ganze Land verschickt.
And the jars were sent all over the country.

Der Reichtum des Brahmanen machte den Zemindar neidisch.
The Brahman's wealth made the Zemindar jealous.
Damals hatten alle Dörfer einen Zemindar .
In these days all villages had a Zemindar.
Er hatte seltsame Dinge über die Sandesa gehört .
He had heard strange things about the sandesa.
Er hörte, dass das Dessert aus einem Zaubertopf käme.
He heard the dessert came from a magic pot.
Also entwickelte er einen Plan, um an diesen Topf zu kommen.
So he devised a plan to get this pot.
Sein Sohn wollte heiraten.
His son was going to get married.
Zur Feier des Tages gab es ein großes Fest.
To celebrate there was a great feast.
Viele hundert Menschen waren eingeladen.
Many hundreds of people were invited.
Berge von Sandesa erforderlich.
Mountain-loads of sandesa were required.
Der Zemindar machte dem Brahmanen einen Vorschlag.
The Zemindar made a proposal to the Brahman.
„Bring den Zaubertopf zu mir nach Hause"

"Bring the magical pot to my house"
Zunächst weigerte sich der Brahmane, den Topf zu bringen.
At first the Brahman refused to bring the pot.
Aber der Zemindar bestand darauf.
But the Zemindar insisted.
„Ich werde Hunderte von Gästen haben"
"I will have hundreds of guests"
„Ich werde Berge von Sandesa brauchen "
"I will need mountains of sandesa"
„Mehr Sandesa , als Sie tragen können"
"More sandesa than you can carry"
„Bringt das Gefäß zu mir nach Hause"
"Bring the vessel to my house"
„Es wird einfacher für dich und mich"
"It will be easier for you and me"
Schließlich stimmte der Brahmane zu.
Eventually the Brahman agreed.
Der Himalaya aus Sandesa wurde ausgeschüttelt.
Himalayas of sandesa were shaken out.
Aber der Zemindar hat den Topf in die Hände bekommen.
But the Zemindar got hold of the pot.
Der Zemindar beleidigte den Brahmanen.
The Zemindar insulted the Brahman.
Und er jagte ihn aus seinem Haus.
And he chased him out of his house.
Der Brahmane ließ seinem Ärger keinen Raum.
The Brahman didn't give vent to anger.
Stattdessen ging er leise zurück in sein Haus.
Instead, he quietly went back to his house.
Er ging in das Privatzimmer.
He went to the private room.
Und er holte den Dämonentopf heraus.
And he took out the demon-pot.
Er kam zum Haus der Zemindar zurück.
He came back to the Zemindar's house.
Und er ging zur Tür des Zemindar .
And he went to the door of the Zemindar.

Er drehte den Topf um.
He turned the pot upside down.
Und dann schüttelte er den Zaubertopf.
And then shook the magical pot.
Hundert Dämonen fielen aus dem Topf.
A hundred demons fell out of the pot.
Das Chaos war unbeschreiblich.
The chaos was impossible to describe.
Die überirdischen Besucher überschwemmten die Party.
The unearthly visitors flooded the party.
Sie haben Hunderte der Gäste gefangen.
They caught hundreds of the guests.
Und die Dämonen schlugen sie gnadenlos.
And the demons beat them mercilessly.
Die Frauen wurden an den Haaren mitgeschleift.
The women were dragged by their hair.
Der Zemindar wurde von Raum zu Raum gejagt.
The Zemindar was chased from room to room.
Die Untaten der Dämonen gerieten außer Kontrolle.
The demons' mischief was getting out of hand.
Jemand musste ihrem Unfug ein Ende setzen.
Someone had to put an end to their mischief.
Sonst wären alle Männer getötet worden.
Else all the men would have been killed.
Und das Haus wäre dem Erdboden gleichgemacht worden.
And the house would have been torn to the ground.
Der Zemindar fiel dem Brahmanen zu Füßen.
The Zemindar fell at the feet of the Brahman.
Und er flehte um Gnade.
And he begged to be shown mercy.
Der Brahmane zeigte ihm große Gnade.
The Brahman showed him great mercy.
Und er steckte die Dämonen zurück in den Topf.
And he put the demons back in the pot.
Der Zemindar störte den Brahmanen nie wieder.
The Zemindar never disturbed the Brahman again.
Auch sonst störte ihn niemand.

Nor was he disturbed by anyone else.
Und er lebte viele glückliche Jahre.
And he lived for many happy years.

Die Geschichte der Rakshasas
The Story of the Rakshasas

Es war einmal ein armer, dümmlicher Brahmane.

There was once a poor dimwitted Brahman.

Dieser dümmliche Mann hatte eine Frau, aber keine Kinder.

This dimwitted man had a wife, but no children.

Aber für ihn war es wahrscheinlich das Beste, keine Kinder zu haben.

But him not having children was probably for the best.

Weil er kaum in der Lage war, seinen eigenen Bedarf zu decken.

Because he was barely able to meet his own needs.

Und er konnte seine Frau kaum ausreichend versorgen.

And he could hardly supply enough for his wife.

Aber seine Dummheit war nicht einmal sein größtes Problem.

But his dimwittedness was not even his biggest problem.

Dieser dämliche Mann war außerdem ein ziemlich fauler Mann!

This dimwitted man was also a rather lazy man!

Er hatte keine Lust, lange Reisen zu unternehmen.

He was averse to making any long journeys.

Wäre er weiter gereist, hätte er vielleicht genug gehabt.

Had he travelled further he might have had enough.

Er könnte Geschenke von reichen Männern bekommen haben.

He could have got presents from rich men.

Dies hätte ihnen ein komfortables Leben ermöglicht.

This would have enabled them to live comfortably.

Nachbarland gab es einen großen König .

There was a great king in a neighbouring country.

Die Mutter des großen Königs war gerade gestorben.

The mother of the great king had just died.

Dieser König hielt also die Trauerfeier ab.

So this king was celebrating the funeral obsequies.

Und die Beerdigung wurde mit großem Pomp gefeiert.

And the funeral was celebrated with great pomp.

Brahmanen und Bettler kamen aus fernen Ländern.

Brahmans and beggars were coming from faraway lands.

Sie alle kamen in der Erwartung, reiche Geschenke zu erhalten.

They all came expecting to receive rich presents.

Die Frau des Brahmanen bat ihn, ebenfalls zu gehen.

The Brahman's wife requested him to also go.

„Nutzen Sie die Chance und verschaffen Sie uns etwas Geld"

"Seize this opportunity and get us a little money"

Doch seine angeborene Trägheit stand ihm im Weg.

But his constitutional indolence stood in the way.

Die Frau jedoch ließ ihrem Mann keine Ruhe.

The woman, however, gave her husband no rest.

Schließlich erpresste sie das Versprechen von ihm.

Finally she extorted from him the promise.

Er versprach seiner Frau, dass er gehen würde.

He promised his wife that he would go.

Die gute Frau fällte daraufhin einen Bananenbaum.

The good woman, accordingly, cut down a plantain tree.

Und sie verbrannte den Bananenbaum zu Asche.

And she burnt the plantain tree to ashes.

Mit der Asche reinigte sie die Kleidung ihres Mannes.

With the ashes she cleaned the clothes of her husband.

Und sie machte seine Kleidung so weiß, wie es eine Reinigung nur konnte.

And she made his clothes as white as any cleaner could.

Ihr Mann war auf dem Weg zum Palast eines großen Königs.

Her husband was going to the palace of a great king.

Männer in Lumpen durften sich dem König nicht nähern.

The king could not be approached by men in rags.

Außerdem müssen Brahmanen ordentlich und sauber erscheinen.

Besides, Brahman are bound to appear neat and clean.

Schließlich verließ der Brahmane eines Morgens sein Haus.

At last, one morning the Brahman left his house.

**Und er machte sich auf den Weg zum Palast des großen
Königs.**
And he made his way to the palace of the great king.
Ich habe bereits erwähnt, dass er ein dümmlicher Mann war.
I have already mentioned he was a dimwitted man.
Er fragte nicht, welchen Weg er nehmen sollte.
He did not inquire which road he should take.
Stattdessen ging er ohne Wegbeschreibung einfach weiter.
Instead, he walked on and on without directions.
Und er folgte, wohin auch immer seine Nase ihn führte.
And he followed wherever his nose pointed him.
**Ich muss nicht sagen, dass er nicht auf dem richtigen Weg
war.**
I don't need to say he was not on the right road.
**Die Gebiete, die er durchstreifte, wurden immer weniger
bewohnt.**
The regions he wandered became less and less inhabited.
**Bald begegnete er im Umkreis von vielen Meilen keinem
Menschen mehr.**
Soon he met no human being for many miles.
Aber er sah dort noch viele andere Dinge.
But there were many other things he saw there.
**Dinge, die er in seinem ganzen Leben noch nie gesehen
hatte.**
Things he had never seen in all his life.
Er sah Hügel aus Kaurimuscheln am Straßenrand.
He saw hillocks of cowries on the roadside.
**Kauris waren Muscheln, die damals als Zahlungsmittel
verwendet wurden.**
Cowries were shells used as money in those times.
Er ging weiter und sah Hügel voller Juwelen.
He kept going and saw hillocks of jewels.
Als nächstes sah er Hügel aus Vier-Anna-Stücken.
Next, he saw hillocks of four-anna pieces.
Weiter entlang lagen Hügel aus Acht-Anna-Stücken.
Further along were hillocks of eight-anna pieces.
Und noch weiter waren Hügel aus Rupien.

And further yet were hillocks of rupees.
Doch damit war die Überraschung des Brahmanen noch nicht zu Ende.
But the Brahman's surprise did not end there.
Als nächstes gab es einen Hügel aus polierten Goldmohurs.
Next there was a hill of burnished gold-mohurs.
Die polierten Goldmohurs glänzten hell.
The burnished gold-mohurs were shining brightly.
Denn die Goldmohurs waren frisch geprägt.
Because the gold-mohurs had been freshly minted.
In der Nähe des Hügels von Gold-Mohurs stand ein großes Haus.
Close to the hill of gold-mohurs was a large house.
Das Haus sah aus wie der Palast eines mächtigen Königs.
The house looked like the palace of a powerful king.
An der Tür stand eine Dame von erlesener Schönheit.
At the door stood a lady of exquisite beauty.
Als die Dame den Brahmanen sah, sagte sie:
The lady, seeing the Brahman, said;
„Komm zu mir, mein geliebter Ehemann"
"Come to me, my beloved husband"
„Du hast mich geheiratet, als ich jung war "
"You married me when I was young"
„Aber du bist nach unserer Hochzeit nie wieder zurückgekommen"
"But you never came back after our marriage"
„Obwohl ich dich täglich erwartet habe"
"Though I have been daily expecting you"
„Gesegnet sei dieser Tag", sagte die Dame.
"Blessed be this day," said the lady.
„An diesem Tag sehe ich das Gesicht meines Mannes"
"On this day I see the face of my husband"
„Komm, mein Süßer, komm rein", bat sie ihn.
"Come, my sweet, come in," she asked of him.
„Sie müssen von Ihrer langen Reise erschöpft sein."
"You must be fatigued from your long journey"
„Wasche deine Füße und ruhe dich aus und iss und trink."

"Wash your feet and rest, and eat and drink"
„Und danach werden wir fröhlich sein."
"And after that we shall make ourselves merry"
Der Brahmane war grenzenlos erstaunt.
The Brahman was astonished beyond measure.
Er konnte sich nicht daran erinnern, zweimal geheiratet zu
haben.
He had no recollection marrying twice.
Er erinnerte sich daran, die Frau geheiratet zu haben, die er
zu Hause zurückgelassen hatte.
He remembered marrying the wife he left at home.
Aber er konnte sich nicht daran erinnern, diese Frau
geheiratet zu haben.
But he did not remember marrying this lady.
Aber er erinnerte sich daran, dass er ein Kulin Brahman war.
But he remembered that he was a Kulin Brahman.
Vielleicht hat sein Vater ihn als Kind verheiratet.
Perhaps his father got him married as a child.
Aber was er dachte, spielte keine große Rolle.
But what he thought did not matter much.
Die Frau war sich sicher, dass er ihr Ehemann war.
The woman was certain he was her husband.
Und er hatte keinen Grund zu sagen, dass er nicht ihr
Ehemann sei.
And he had no reason to say he was not her husband.
Denn ihre Schönheit übertraf seine Vorstellungskraft.
Because her beauty was more than he could fathom.
So schön wie die Göttinnen im Himmel von Indra.
As beautiful as the Goddesses of Indra's heaven.
Und er war sicher, dass sie auch reich war.
And he was sure that she was wealthy too.
Diese Gedanken gingen dem Brahmanen durch den Kopf.
These thoughts went through the Brahman's mind.
Doch die Dame unterbrach seinen Gedankenfluss.
But the lady interrupted his flow of thought.
„Zweifeln Sie daran, dass ich Ihre Frau bin?"
"Are you doubting whether I am your wife?"

„Haben Sie alle Erinnerungen an dieses freudige Ereignis verloren?

"Have you lost all memories of that happy event?

„All der Pomp und die Umstände unserer Hochzeit"

"All the pomp and circumstance of our nuptials"

„Komm herein, Geliebter, dies ist dein Haus"

"Come in, beloved; this is your house"

„Denn was mein ist, ist auch dein"

"Because whatever is mine is thine also"

Die schöne Dame konnte den Brahmanen leicht überzeugen.

The fair lady easily persuaded the Brahman.

Und er erlag ihren liebevollen Bitten.

And he succumbed to her loving entreaties.

Und er ging in das Haus der Dame.

And he went into the house of the lady.

Das Haus war kein gewöhnliches.

The house was not an ordinary one.

Das Haus war in Wirklichkeit ein prächtiger Palast.

The house was in fact a magnificent palace.

Alle Wohnungen waren groß und hoch.

All the apartments were large and lofty.

Jeder Raum im Palast war reich ausgestattet.

Every room in the palace was richly furnished.

Aber eine Sache überraschte den Brahmanen sehr.

But one thing surprised the Brahman very much.

Im ganzen Haus war keine andere Person.

There was no other person in all the house.

Die einzige, die dort war, war die Dame selbst.

The only one there was the lady herself.

Er konnte sich das seltsame Phänomen nicht erklären.

He could not account for the strange phenomenon.

Auch auf ihren Spaziergängen begegnen sie niemandem.

They meet anyone on their walks either.

Tatsache war, dass die Dame kein Mensch war.

The fact was that the lady was not a human being.

war die Dame eine Rakshasi .

What the lady really was was a Rakshasi.

Sie hatte den König und die Königin aufgefressen.
She had eaten up the king and queen.
Und sie hatte alle Mitglieder der königlichen Familie gefressen.
And she had eaten all the members of the royal family.
Und nach und nach hatte sie auch deren Bedienstete aufgefressen.
And gradually she had eaten their servants too.
Aus diesem Grund waren weit und breit keine Menschen zu sehen.
This was why there were no humans far and wide.
Der Rakshasi und der Brahmane lebten nun zusammen.
The Rakshasi and the Brahman now lived together.
Nach einer Woche sagte der Erstere zu dem Letzteren:
After a week the former said to the latter;
„Ich kann es kaum erwarten, meine Schwester wiederzusehen"
"I am very anxious to see my sister"
„Wie Sie wissen, ist meine Schwester Ihre andere Frau."
"As you know, my sister is your other wife"
„Du musst meine Schwester holen, deine andere Frau."
"You must go and fetch my sister; your other wife"
„Dann werden wir alle glücklich zusammenleben "
"Then we shall all live together happily"
„Du musst sie morgen früh abholen."
"You must go to get her early tomorrow"
„Ich werde dir Kleider und Schmuck für sie geben."
"I will give you clothes and jewels for her"
Am nächsten Morgen machte sich der Brahmane auf den Heimweg.
Next morning the Brahman set out for his home.
Er war mit feiner Kleidung ausgestattet.
He was furnished with fine clothes.
Und er trug kostbaren Schmuck um seine Handgelenke .
And he wore around his wrists costly ornaments.

Die arme Frau war in großer Not.

The poor woman was in great distress.
Die Trauerzeremonie der Königsmutter war vorbei.
The funeral ceremony of the king's mother was over.
Alle Brahmanen und Pandits waren zurückgekehrt.
All the Brahmans and Pandits had returned.
Und sie waren mit Spenden beladen.
And they were loaded with donations.
Aber ihr Mann war nicht zurückgekehrt.
But her husband had not returned.
Niemand konnte Neuigkeiten über ihn geben.
No one could give any news of him.
Weil ihn dort niemand gesehen hatte.
Because no one had seen him there.
Die Frau konnte daher nur zu einem Schluss kommen.
The woman therefore could only come to one conclusion.
Er muss auf der Straße von Straßenräubern ermordet worden sein.
He must have been murdered on the road by highwaymen.
Sie befand sich in einer schrecklichen Ungewissheit.
She was in this terrible suspense.
Doch dann hörte sie eines Tages Gerüchte.
But then one day she heard some rumors.
Die Leute in ihrem Dorf sprachen über ihren Mann.
People in her village were talking about her husband.
Sie sagten, sie hätten ihn zurückkommen sehen.
They said they saw him coming back.
Und sie sagten, er sei in feine Kleidung gekleidet gewesen.
And they said he was dressed in fine clothes.
Und sie sagten, er hätte edle Juwelen für seine Frau.
And they said he had fine jewels for his wife.
Und tatsächlich erschien bald der Brahmane.
And sure enough the Brahman soon appeared.
Und er hatte edle Juwelen für seine Frau dabei.
And he was carrying fine jewels for his wife.
Als der Brahmane seine Frau sah, sprach er sie folgendermaßen an.
On seeing his wife the Brahman thus accosted her;

„Komm mit mir, meine liebste Frau"
"Come with me, my dearest wife"
„Ich habe meine erste Frau gefunden"
"I have found my first wife"
„Sie lebt in einem herrschaftlichen Palast"
"She lives in a stately palace"
„In der Nähe ihres Palastes gibt es Hügel aus Rupien"
"Near her palace are hillocks of rupees"
„Und da ist ein großer Hügel aus Goldmohurs"
"And there is a large hill of gold-mohurs"
„Warum solltest du im Elend dahinsiechen?"
"Why should you pine away in wretchedness?"
„Warum würden Sie an diesem schrecklichen Ort bleiben?"
"Why would you stay in this horrible place?"
„Komm mit mir zum Haus meiner ersten Frau"
"Come with me to the house of my first wife"
„Dort werden wir alle glücklich zusammenleben"
"There we shall all live together happily"
Zuerst dachte sie, ihr schwachsinniger Mann sei verrückt
geworden.
At first, she thought her half-witted man had gone mad.
Sie konnte sich die Unmengen an Rupien nicht vorstellen.
She could not imagine the hillocks of rupees.
Und einen Hügel aus Goldmohurs konnte sie sich nicht
vorstellen.
And she could not imagine a hill of gold-mohurs.
Aber dann sah sie, wie wunderschön er gekleidet war.
But then she saw how he was beautifully dressed.
Wunderschöne Kleidung aus erlesener Seide und Satin.
Beautiful clothes of exquisite silks and satins.
Mit Diamanten und Edelsteinen besetzte Ornamente.
Ornaments set with diamonds and precious stones.
Kleidung, die der Königin des Landes würdig ist.
Clothes fit for the queen of the land.
Kleidung, die normalerweise nur Prinzessinnen trugen.
Clothes only princesses were in the habit of putting on.
Sie kam zu dem Schluss, dass etwas nicht stimmte:

She concluded in her mind that something was amiss:
Ihr dummer Ehemann muss hereingelegt worden sein.
Her stupid husband must have been tricked.
Er muss in die Maschen eines Rakshasi geraten sein .
He must have fallen into the meshes of a Rakshasi.
Der Brahmane bestand jedoch darauf, dass seine Frau mit ihm ging.
The Brahman, however, insisted his wife went with him.
„Bleib ruhig hier und verkümmere in Armut.“
"Feel free to stay here and pine away in poverty"
„Ich werde in den Palast meiner ersten Frau zurückkehren.“
"As for me, I will return to the palace of my first wife"
Die gute Frau tat ihr Bestes, um ihren Mann aufzuhalten.
The good woman did her best to stop her husband.
Aber am Ende beschloss sie, mit ihm zu gehen.
But in the end she resolved to go with him.
Vielleicht könne sie die Angelegenheit im Palast besser beurteilen.
Perhaps she could judge the matter better at the palace.

Sie machten sich am nächsten Morgen entsprechend auf den Weg.
They set out accordingly the next morning.
Sie gingen denselben Weg, den der Brahmane gegangen war.
They went the same road the Brahman had travelled.
Die Frau war nicht wenig überrascht von dem, was sie sah.
The woman was not a little surprised by what she saw.
Sie sah die Hügel aus Kauris und Juwelen.
She saw the hillocks of cowries and of jewels.
Und sie sah Hügel aus Acht-Anna-Stücken.
And she saw hillocks of eight-anna pieces.
Und sie sah auch die Hügel aus Rupien.
And she saw the hillocks of rupees too.
Und zuletzt sah sie einen hohen Hügel aus Goldmohurs.
And last of all she saw a lofty hill of gold-mohurs.
Sie sah auch eine außerordentlich schöne Dame.

She saw also an exceedingly beautiful lady.
Die Palastdame eilte auf sie zu.
The lady of the palace was hastening towards her.
Die Dame fiel der Brahmanin um den Hals.
The lady fell on the neck of the Brahman woman.
Und sie weinte Freudentränen und sagte:
And she wept tears of joy, and said:
„Willkommen, geliebte Schwester!"
"Welcome, beloved sister!"
„Das ist der glücklichste Tag meines Lebens!"
"This is the happiest day of my life!"
„Ich sehe das Gesicht meiner liebsten Schwester wieder!"
"I see the face of my dearest sister again!"
Der Ehemann und seine beiden Frauen betraten den Palast.
The husband and his two wives entered the palace.
Jetzt war er in einem stattlichen Herrenhaus untergebracht.
Now he was lodged in a stately mansion.
Wie durch Zauberei erschien das köstlichste Essen.
The most delectable food appeared, as if by enchantment.
Er wurde von seinen beiden Frauen gestreichelt und geliebt.
He was caressed and endeared by his two wives.
Beide Frauen taten ihr Bestes, um ihn glücklich zu machen.
Both wives did their best to make him happy.
Beide Frauen taten ihr Bestes, um es ihm bequem zu machen.
Both wives did their best to make him comfortable.
Seine beiden Frauen wetteiferten um seine Liebe.
His two wives were competing for his love.
Der Brahmane hatte eine tolle Zeit.
The Brahman had a jolly time of it.
Er war in ein Meer der Freude eingetaucht.
He was steeped in an ocean of enjoyment.
Der Brahmane lebte in diesem Zustand elysischer Freude.
The Brahman lived in this state of Elysian pleasure.
Etwa fünfzehn oder sechzehn Jahre verbrachte er auf diese Weise.
Some fifteen or sixteen years he spent this way.

**In dieser Zeit schenkten ihm seine beiden Frauen zwei
Söhne.**
During this time his two wives presented him with two sons.
Der Sohn des Rakshasi war der Ältere.
The Rakshasi's son was the elder.
Er sah eher wie ein Gott als wie ein Mensch aus.
He looked more like a god than a human being.
Sein Name war Sahasra-Dal.
He was named Sahasra-Dal.
Sein Name bedeutete „der Tausendzweigige".
His name meant the thousand-branched.
Der Sohn der Brahmanin war ein Jahr jünger.
The son of the Brahman woman was a year younger.
Er wurde Champa-Dal genannt
He was named Champa-Dal
Sein Name bedeutete „Zweig eines Champaka- Baums".
His name meant the branch of a champaka tree.
Die beiden Brüder liebten sich innig.
The two brothers loved each other dearly.
Sie wurden beide auf dieselbe Schule geschickt.
They were both sent to the same school.
Die Schule war mehrere Meilen vom Palast entfernt.
The school was several miles distant from the palace.
**Jeden Tag ritten sie auf ihren beiden kleinen Ponys zur
Schule.**
Every day they rode their two little ponies to school.
Die Brahmane war schon immer misstrauisch gewesen.
The Brahman woman had always been suspicious.
Tausend kleine Umstände gaben ihr Hinweise.
A thousand little circumstances gave her clues.
Sie wusste, dass ihre Schwägerin kein Mensch war.
She knew her sister-in-law was not a human being.
Sie war sich sicher, dass ihre Schwägerin eine Rakshasi war .
She was sure her sister-in-law was a Rakshasi.
**Doch ihr Verdacht hatte sich noch nicht zur Gewissheit
entwickelt.**
But her suspicion had not yet ripened into certainty.

Weil die Rakshasi große Selbstbeherrschung übten.
Because the Rakshasi exercised great self-restraint.
Sie hat nie etwas getan, was Menschen nicht auch tun.
She never did anything which human beings did not do.
Aber sie konnte ihre dämonische Natur nicht für immer verbergen.
But she couldn't hide her demonic nature forever.
Ihre dämonische Natur würde sich irgendwann offenbaren.
Her demonic nature was eventually going to reveal itself.

Der Brahmane hatte wenig zu tun.
The Brahman had little to keep him busy.
Um sich die Zeit zu vertreiben, ging er auf die Jagd.
In order to pass his time he went hunting.
Am ersten Tag kam er mit einer Antilope zurück.
The first day he returned with an antelope.
Die Antilope wurde im Hof des Palastes niedergelegt.
The antelope was laid in the courtyard of the palace.
Der Rakshasi beobachtete die Antilope mit großem Interesse.
The Rakshasi saw the antelope with great interest.
Beim Anblick des rohen Fleisches lief ihr das Wasser im Mund zusammen.
At the sight of the raw meat her mouth began to water.
Die Antilope wurde nie in die Küche gebracht.
The antelope was never taken to the kitchen.
Stattdessen brachte der Rakshasi die Antilope in einen anderen Raum.
Instead, the Rakshasi took the antelope to another room.
In diesem Raum begann sie, die Antilope zu verschlingen.
In this room she began devouring the antelope.
Die Brahmane sah alles von einem geheimen Raum aus.
The Brahman woman saw everything from a secret room.
Ihre Rakshasi- Schwester riss der Antilope ein Bein ab.
Her Rakshasi sister tore a leg off the antelope.
Sie sah, wie sie ihren gewaltigen Kiefer öffnete.
She saw how she opened her tremendous jaw.

Und mit einem Bissen verschluckte sie das Bein.

And in one mouthful she swallowed up the leg.

Die anderen Gliedmaßen wurden auf die gleiche Weise verschlungen.

The other limbs were devoured in the same manner.

Und sie öffnete ihren Kiefer noch weiter und verschlang den Körper.

And opening her jaw even further, she swalled the body.

Nur ein kleiner Teil des Fleisches wurde für die Küche aufbewahrt.

Only a little bit of the meat was kept for the kitchen.

Am zweiten Tag fing der Brahmane eine weitere Antilope.

On the second day the Brahman caught another antelope.

Am dritten Tag fing der Brahmane eine weitere Antilope.

On the third day the Brahman caught another antelope.

Die Rakshasi konnte ihren Appetit nicht zügeln.

The Rakshasi was unable to restrain her appetite.

Das rohe Fleisch brachte ihre dämonische Natur zum Vorschein.

The raw flesh brought out her demonic nature.

Und sie verschlang jede Antilope wie die letzte.

And she devoured each antelope like the last.

Am dritten Tag drückte die Brahmane ihre Überraschung aus.

On the third day the Brahman woman expressed her surprise.

„Fast drei ganze Antilopen sind verschwunden"

"Nearly three whole antelopes have disappeared"

„Es bleibt nur noch ein bisschen Fleisch übrig"

"All that is left is a little bit of meat"

Der Rakshasi war von dieser Anschuldigung nicht begeistert.

The Rakshasi did not appreciate the accusation.

„Soll ich rohes Fleisch essen?", fragte sie wütend.

"Do I eat raw flesh?" she asked fiercely.

„Vielleicht essen Sie rohes Fleisch", antwortete die Brahmane.

"Perhaps you do eat raw flesh," replied the Brahman woman.

„Ich habe nichts, um das Gegenteil zu beweisen"
"I have nothing to prove the contrary"
Die Rakshasi wusste, dass sie entdeckt worden war.
The Rakshasi knew she had been discovered.
Ihr Blick wurde noch grimmiger als zuvor.
Her eyes became even fiercer than before.
Und sie schwor, sich zu rächen.
And she vowed to get her revenge.
Die Brahmane kam zu dem Schluss, dass ihr Schicksal besiegelt war.
The Brahman woman concluded her fate was sealed.
Sie dachte, ihrem Mann würde das gleiche Schicksal widerfahren.
She thought her husband would meet the same fate.
Sie hatte auch nicht damit gerechnet, dass ihr Sohn verschont bliebe.
She did not expect her son to be spared either.
In dieser Nacht schlief sie kaum.
That night she hardly slept at all.
Die Rakshasi hatte ihr verboten, ihren Mann zu sehen.
The Rakshasi had prevented her from seeing her husband.
Am nächsten Morgen ging Champa-Dal früh zur Schule.
Early next morning Champa-Dal went to school.
Bevor er zur Schule ging, schenkte sie ihrem Sohn eine goldene Flasche.
Before he went to school she gave her son a golden bottle.
In der goldenen Flasche war ihre eigene Muttermilch.
In the golden bottle was her own breast milk.
„Achten Sie genau auf die Farbe der Milch"
"Carefully watch the colour of the milk"
„Wenn die Milch rot wird, wurde dein Vater getötet"
"If the milk turns red, your father has been killed"
„Wenn die Milch röter wird, bin ich tot"
"If the milk turns redder, then I have been killed"
„Wenn die Milch rot wird, musst du weggaloppieren"
"If the milk turns red you must gallop away"
„Galoppiere so schnell, wie dein Pferd dich tragen kann"

"Gallop as fast as your horse can carry you"
„Wenn du nicht fliehst, wirst du verschlungen"
"If you do not run away, you will be devoured"
An diesem Morgen machte die Rakshasi ihrem Mann einen Vorschlag.
That morning the Rakshasi made a suggestion to her husband.
„Lass uns heute Morgen im Fluss baden"
"Let us bathe in the river this morning"
Sie ließ kein Nein als Antwort gelten.
She would not take no for an answer.
Der Fluss war ein Stück vom Palast entfernt.
The river was some distance from the palace.
Der Brahmane folgte ihr sanftmütig wie ein Lamm.
The Brahman followed her as meekly as a lamb.
Die Brahmane sah, dass ihr Schicksal nahe war.
The Brahman woman saw that her doom was near.
Doch es lag nicht in ihrer Macht, die Katastrophe abzuwenden.
But it was beyond her power to avert the catastrophe.
Der Brahmane und der Rakshasi erreichten tatsächlich den Fluss.
The Brahman and the Rakshasi did indeed reach the river.
Bald darauf nahm die Rakshasi ihre wahren Dimensionen an.
Soon after the Rakshasi changed into her real dimensions.
Sie riss den Brahmanen in Stücke.
She tore the Brahman limb from limb.
Sie verschlang ihn, wie sie die Antilope verschlungen hatte.
She devoured him like she had devoured the antelope.
Dann rannte sie zurück zu ihrem Palast.
Then she ran back to her palace.
Das Schicksal der Frau war das gleiche wie das des Brahmanen.
The wive's fate was the same as the Brahman's.

Der junge Champ Dal hatte getan, was seine Mutter ihm aufgetragen hatte.

Young Champ Dal had done as his mother instructed.

Er beobachtete aufmerksam die goldene Flasche.

He was diligently observing the golden bottle.

Besonderes Augenmerk legte er auf die Farbe der Milch.

He paid special attention to the colour of the milk.

Er war entsetzt, als er feststellte, dass die Milch ein wenig rot geworden war.

He was horror-struck to find the milk redden a little.

„Mein Vater wurde getötet", rief er.

"My father has been killed," he cried.

Bald darauf wurde die Milch vollständig gerötet.

Soon after the milk completely reddened.

„Jetzt wurde auch meine Mutter getötet", rief er.

"Now my mother has been killed too," he cried.

Schnell bestieg er sein Pony.

Quickly he rushed to mount his pony.

Sein Halbbruder Sahasra-Dal war überrascht.

His half-brother, Sahasra-Dal, was surprised.

„Wohin gehst du, Champa?"

"Where are you going, Champa?"

„Warum weinst du, Bruder?"

"Why are you crying, brother?"

„Lass mich dich begleiten, wohin auch immer du gehst"

"Let me accompany you to wherever you are going"

Aber Champa-Dal fürchtete nun seinen Bruder.

But Champa-Dal now feared his brother.

„Oh! Komm nicht zu mir", wandte er ein.

"Oh! do not come to me," he objected.

„Deine Mutter hat meinen Vater und meine Mutter verschlungen"

"Your mother has devoured my father and mother"

„Komm nicht und verschlinge mich"

"Don't you come and devour me"

„Ich werde dich nicht verschlingen", versprach er seinem Bruder.

"I will not devour you," he promised his brother.

„Ich werde dich retten", versprach er seinem Bruder.

"I'll save you," he promised his brother.
Und er galoppierte seinem Bruder Champa-Dal hinterher.
And he galloped after his brother, Champa-Dal.
Bald erschien in einiger Entfernung seine Mutter, die Rakshasi .
Soon his mother, the Rakshasi, appeared at a distance.
Sie verlangte von Champa-Dal, zu ihr zu kommen.
She demanded Champa-Dal to come to her.
Rakshasi zu gehen .
But Champa-Dal knew better than to go to the Rakshasi.
„Champa-Dal wird nicht zu dir kommen, aber ich werde es tun"
"Champa-Dal will not come to you, but I will"
Und stattdessen ging Sahasra-Dal zu seiner Mutter.
And instead, Sahasra-Dal went to his mother.
Der junge Prinz trug immer ein Schwert bei sich.
The young prince always carried a sword with him.
Mit seinem Schwert schlug er seiner Mutter den Kopf ab.
With his sword he cut off his mother's head.
Champa-Dal war nicht geblieben, um dies mitzuerleben.
Champa-Dal had not stayed to witness this.
Er war so weit davongaloppiert, wie sein Pony ihn tragen konnte.
He had galloped off as far as his pony could carry him.
Weil er um sein Leben rannte.
Because he was running for his life.
Aber Sahasra-Dal holte seinen Bruder bald ein.
But Sahasra-Dal soon caught up with his brother.
Und er sagte ihm, dass seine Mutter nicht mehr lebte.
And he told him that his mother was no more.
Für Champa-Dal war das ein schwacher Trost.
This was small consolation to Champa-Dal.
Der Rakshasi hatte bereits seine beiden Eltern verschlungen.
The Rakshasi had already devoured both his parents.
Aber er konnte Sahasra-Dals Freundschaft immer noch nicht trauen.
But he could still not trust Sahasra-Dal's friendship.

Sie ritten beide so schnell, wie ihre Pferde sie tragen konnten.
They both rode as fast as their horses could carry them.
Und ihre Pferde konnten sie sehr weit tragen.
And their horses could carry them very far.
Weil ihre Pferde Pakshirajes- Pferde waren.
Because their horses were Pakshirajes horses.
Pakshirajes -Pferde sind die Könige der Vögel.
Pakshirajes horses are the kings of birds.
Auf ihren Pferden legten sie Hunderte von Kilometern zurück.
On their horses they travelled over hundreds of miles.
Ein oder zwei Stunden vor Sonnenuntergang erreichten sie ein Dorf.
An hour or two before sundown they reached a village.
Hier wurden sie Gäste einer angesehenen Familie.
Here they became the guests of a respectable family.
Doch die beiden Brüder sahen, dass die Familie in einer düsteren Stimmung war.
But the two brothers saw the family was in gloom.
Etwas beunruhigte die Familie sehr.
Something was agitating the family very much.
Einige Familienmitglieder führten private Beratungen durch.
Some of the family held private consultations.
Und andere in der Familie weinten.
And others in the family were weeping.
Die Mutter war die älteste Dame im Haus.
The mother was the eldest lady in the house.
„Ich werde gehen, da ich die Älteste bin", sagte sie.
"I will go, as I am the eldest," she said.
„Ich habe lange genug gelebt"
"I have lived long enough"
„Mein Leben würde höchstens um ein oder zwei Jahre verkürzt"
"At most my life would be cut short by a year or two"
Das jüngste Mitglied des Hauses war ein kleines Mädchen.

The youngest member of the house was a little girl.

„Ich werde gehen, da ich jung bin", sagte sie.

"I will go, as I am young," she said.

„Ich bin für die Familie nutzlos"

"I am useless to the family"

„Wenn ich sterbe, werde ich nicht vermisst werden"

"If I die, I shall not be missed"

Das Oberhaupt des Hauses war der Sohn der alten Dame.

The head of the house was the son of the old lady.

„Ich bin der Vertreter der Familie", sagte er.

"I am the representative of the family," he said.

„Es ist nur vernünftig, dass ich mein Leben aufgebe"

"It is but reasonable that I should give up my life"

Er hatte auch einen jüngeren Bruder.

He also had a younger brother.

„Sie sind die Stütze der Familie", sagte er.

"You are the pillar of the family," he said.

„Wenn du gehst, ist die ganze Familie ruiniert"

"If you go the whole family is ruined"

„Es ist nicht vernünftig, dass Sie gehen"

"It is not reasonable that you should go"

„Ich werde gehen, da ich nicht sehr vermisst werde."

"I will go, as I shall not be much missed"

Die beiden Fremden hörten dem gesamten Gespräch zu.

The two strangers listened to all this conversation.

Sie können sich vorstellen, dass ihre Neugier nicht gering war.

You can imagine their curiosity was not little.

Sie fragten sich, worum es in der Diskussion gehen könnte.

They wondered what the discussion could be about.

Sahasra-Dal ging das Risiko ein, als aufdringlich zu gelten.

Sahasra-Dal took the risk of being thought meddlesome.

„Was ist das Thema Ihrer Beratungen?"

"What is the subject of your consultations?"

„Was ist der Grund für Ihr tiefes Elend?"

"What is the reason for your deep miserable?"

„Warum sind deine Worte voller Mienen?"

"Why are your words full of countenances?"
Der Hausherr gab folgende Antwort.
The head of the house gave the following answer.
„Es gibt etwas, das Sie wissen müssen, meine werten Gäste."
"There is something you must know, me worthy guests"
„Diese Länder sind von einem schrecklichen Rakshasi heimgesucht "
"These lands are infested by a terrible Rakshasi"
„Dieser Rakshasi hat alle Regionen hier entvölkert"
"This Rakshasi has depopulated all the regions here"
„Auch diese Stadt wäre entvölkert worden"
"This town, too, would have been depopulated"
Rakshasi wandte "
"But that our king became suppliant to the Rakshasi"
„Er flehte sie an, uns, seinem Volk, Gnade zu erweisen."
"He begged her to show mercy to us his people"
Der Rakshasi antwortete dem König.
The Rakshasi replied to the king.
„Ich werde Ihren Untertanen gegenüber Gnade walten lassen."
"I will consent to show mercy to your subjects"
„Aber es gibt eine Bedingung für meine Gnade"
"But there is one condition for my mercy"
„Jede Nacht verlange ich einen Menschen"
"Every night I demand one human being"
„Mir ist egal, ob es ein Männchen oder ein Weibchen ist"
"I don't mind if it is a male or a female"
„Bringt den Menschen in einen Tempel, damit ich mich daran erfreuen kann"
"Put the human being in a temple for me to feast"
Nacht einen Menschen bekomme, werde ich zufrieden schlafen."
"If I get a human being every night I will rest satisfied"
„Versprich mir das und ich werde keine weiteren Verwüstungen begehen."
"Promise me this and I will commit no further depredations"

„Deine Untertanen werden von meinem Heißhunger
verschont bleiben"
"Your subjects will be spared from my ravenous hunger"
„Unserem König blieb nichts anderes übrig, als
zuzustimmen"
"Our king had no other alternative than to agree"
Rakshasi anzutreten ?"
"What human can ever hope to contend against a Rakshasi?"
„Von diesem Tag an erließ der König ein neues Gesetz"
"From that day the king made a new law"
„Jede Familie muss ein Mitglied zum Tempel schicken"
"Every family has to send one member to the temple"
„Um den Zorn des schrecklichen Rakshasi zu besänftigen "
"To appease the wrath of the terrible Rakshasi"
„Um den endlosen Hunger der Rakshasi zu stillen "
"To satisfy the endless hunger of the Rakshasi"
„Alle Familien in diesem Viertel waren an der Reihe"
"All the families in this neighbourhood have had their turn"
„Heute Nacht ist unsere Familie an der Reihe"
"This night it is the turn of our family"
„Einer von uns wird sich der Zerstörung widmen"
"One of us is to devote ourself to destruction"
„Wir diskutieren daher, wer zum Rakshasi gehen soll "
"We are therefore discussing who should go to the Rakshasi"
„Sie können jetzt die Ursache unserer Not erkennen"
"You can now perceive the cause of our distress"
Die beiden Freunde berieten sich einige Minuten lang.
The two friends consulted together for a few minutes.
Nach dieser Zeit schlossen sie ihre Beratung ab.
After this time they concluded their consultation.
Sahasra-Dal war der Sprecher der Brüder .
Sahasra-Dal was the spokesman for the brothers.
„Hochwürdiger Gastgeber, sei nicht länger traurig"
"Most worthy host, do not any longer be sad"
„Sie waren sehr nett zu uns"
"You have been very kind to us"

„Wir haben beschlossen, Ihre Gastfreundschaft zu erwidern."
"We have resolved to requite your hospitality"
„Wir werden an deiner Stelle in den Tempel gehen"
"We will go to the temple instead of you"
„Wir werden als Ihre Vertreter gehen"
"We shall go as your representatives"
„Wir werden die Nahrung der Rakshasi "
"We will become the food of the Rakshasi"
Die ganze Familie protestierte gegen den Vorschlag.
The whole family protested against the proposal.
Sie erklärten, dass die Gäste wie Götter seien.
They declared that guests were like gods.
„Der Gastgeber muss für das Wohlbefinden der Gäste sorgen"
"The host must ensure the comfort of the guests"
„Die Gäste dürfen nicht für den Gastgeber leiden"
"The guests must not suffer for the host"
Doch die beiden Fremden ließen sich nicht überreden.
But the two strangers could not be persuaded.
„Wir stehen stellvertretend für Ihre Familie"
"We will stand as proxies for your family"
Gegen den Vorschlag gab es erhebliche Einwände.
There was a great deal of objection to the proposal.
Doch schließlich überzeugten die Gäste ihre Gastgeber.
But eventually the guests persuaded their hosts.
Schließlich stimmten die Gastgeber der Vereinbarung zu.
Finally the hosts consented to the arrangement.

Sahasra-Dal und Champa-Dal ritten auf ihren Pferden davon.
Sahasra-Dal and Champa-Dal rode off on their horses.
Gleich nach dem Kerzenlicht erreichten sie den Tempel.
Immediately after candle light they reached the temple.
Sie gingen in den Tempel und schlossen die Tür.
They went into the temple, and shut the door.
Sahasra sagte seinem Bruder, er solle schlafen gehen.

Sahasra told his brother to go to sleep.
„Ich werde über deinen Schlaf wachen"
"I will guard over your sleep"
Rakshasi aufpassen "
"I will watch out for the terrible Rakshasi"
Champa schlief bald fest.
Champa was soon in a fine sleep.
Sahasra lag wach und wartete auf den Rakshasi .
Sahasra lay awake, waiting for the Rakshasi.
In den frühen Nachtstunden passierte nichts.
Nothing happened during the early hours of the night.
Doch dann ertönte der Gong der Königsglocke.
But then the gong of the king's bell sounded.
Es war Mitternacht, die tote Stunde der Nacht.
It was midnight, the dead hour of the night.
Sahasra hörte das Geräusch eines tosenden Sturms.
Sahasra heard the sound as of a rushing tempest.
Er nutzte sein Wissen über Rakshasas.
He used the knowledge he had of Rakshasas.
Er kam zu dem Schluss, dass Rakshasi nahe war.
He concluded the Rakshasi was nigh.
An der Tür war ein donnerndes Klopfen zu hören.
A thundering knock was heard at the door.
Die folgenden Worte begleiteten das Klopfen an der Tür:
The following words accompanied the knock at the door:
„Wie, mäh, khow ! Ich rieche einen Menschen."
"How, mow, khow! A human being I smell"
„Wer hält in diesem Tempel Wache?"
"Who keeps guard inside this temple?"
Auf diese Frage antwortete Sahasra-Dal wie folgt:
To this question Sahasra-Dal made the following reply:
„Sahasra-Dal hält in diesem Tempel Wache"
"Sahasra-Dal keeps guard inside this temple"
„Champa-Dal hält in diesem Tempel Wache"
"Champa-Dal keeps guard inside this temple"
„Zwei geflügelte Pferde halten in diesem Tempel Wache"
"Two winged horses keep guard inside this temple"

Durch Sahasra-Dals Adern floss Rakshasa-Blut.
Rakshasa blood flowed through Sahasra-Dal's veins.
Der Rakshasi wusste, dass Sahasra-Dal kein Mensch war.
The Rakshasi knew Sahasra-Dal was not human.
Und so wandte sich der Rakshasi mit einem Stöhnen ab.
And so the Rakshasi turned away with a groan.
Nach einer Stunde kehrte der Rakshasi zum Tempel zurück.
After an hour the Rakshasi returned to the temple.
Der Rakshasi donnerte erneut gegen die Tür.
The Rakshasi thundered at the door again.
„Wie, mäh, khow ! Ich rieche einen Menschen."
"How, mow, khow! A human being I smell"
„Wer hält in diesem Tempel Wache?"
"Who keeps guard inside this temple?"
Auf diese Frage antwortete Sahasra-Dal erneut:
To this question Sahasra-Dal again replied:
„Sahasra-Dal hält in diesem Tempel Wache"
"Sahasra-Dal keeps guard inside this temple"
„Champa-Dal hält in diesem Tempel Wache"
"Champa-Dal keeps guard inside this temple"
„Zwei geflügelte Pferde halten in diesem Tempel Wache"
"Two winged horses keep guard inside this temple"
Der Rakshasi stöhnte erneut und ging weg.
The Rakshasi again groaned and went away.
Um zwei Uhr erschien der Rakshasi erneut.
At two o'clock the Rakshasi appeared once more.
Und um drei Uhr kam der Rakshasi wieder.
And at three o'clock the Rakshasi came again.
Jedes Mal stellte der Rakshasi die gleiche Frage.
Each time the Rakshasi made the same inquiry.
Und jedes Mal verließ der Rakshasi mit einem Stöhnen den Raum.
And each time the Rakshasi left with a groan.
Nach drei Uhr jedoch war Sahasra-Dal sehr schläfrig.
After three o'clock, however, Sahasra-Dal felt very sleepy.
Er konnte nicht länger wach bleiben.
He could not any longer keep awake.

Deshalb weckte er Champa.
He therefore roused Champa.
Und er befahl ihm, den Tempel zu bewachen.
And he told him to keep guard over the temple.
„Der Rakshasi wird in einer Stunde wiederkommen"
"The Rakshasi will come again in an hour"
„Der Rakshasi wird fragen, wer hier Wache hält."
"The Rakshasi will ask who keeps guard here"
„Sie müssen zuerst Sahasras Namen erwähnen."
"You must mention Sahasra's name first"
Nachdem er diese Anweisungen gegeben hatte, ging er schlafen.
Having given these instructions he went to sleep.
Um vier Uhr erschien die Rakshasi erneut.
At four o'clock the Rakshasi again made her appearance.
Der Rakshasi donnerte an die Tür und sagte:
The Rakshasi thundered at the door, and said:
„Wie, mäh, khow ! Ich rieche einen Menschen."
"How, mow, khow! A human being I smell"
„Wer hält in diesem Tempel Wache?"
"Who keeps guard inside this temple?"
Champa-Dal hatte schreckliche Angst.
Champa-Dal was in a terrible fright.
Er hatte die Anweisungen seines Bruders vergessen.
He had forgotten the instructions of his brother.
„Champa-Dal hält in diesem Tempel Wache"
"Champa-Dal keeps guard inside this temple"
„Sahasra-Dal hält in diesem Tempel Wache"
"Sahasra-Dal keeps guard inside this temple"
„Zwei geflügelte Pferde halten in diesem Tempel Wache"
"Two winged horses keep guard inside this temple"
Der Rakshasi stieß einen Jubelschrei aus.
The Rakshasi uttered a shout of exultation.
Und der Rakshasi lachte, wie nur Dämonen lachen können.
And the Rakshasi laughed how only demons can laugh.
Mit einem fürchterlichen Geräusch flog die Tür auf.
With a dreadful noise the door broke open.

Der Lärm riss Sahasra aus dem Schlaf.
The noise roused Sahasra from his sleep.
Innerhalb eines Augenblicks sprang er auf die Füße.
Within a moment he sprung to his feet.
Sein Schwert hatte er nicht nur tagsüber bei sich.
He had his sword with him not only by day.
Auch nachts hatte er sein Schwert dabei.
He had his sword with him by night too.
Sein Schwert war so geschmeidig wie ein Palmblatt.
His sword was as supple as a palm-leaf.
Und er schlug dem Rakshasi den Kopf ab .
And he cut off the head of the Rakshasi.
Der riesige Berg eines Körpers fiel zu Boden.
The huge mountain of a body fell to the ground.
Der Körper machte ein lautes Geräusch, als er fiel.
The body made a great noise when it fell.
Und die Leiche bedeckte viele Hektar der umliegenden
Fläche.
And the body covered many surrounding acres.
Sahasra-Dal behielt den abgetrennten Kopf des Rakshasi .
Sahasra-Dal kept the severed head of the Rakshasi.
Und er schlief wieder mit dem Kopf in seiner Nähe.
And he slept again with the head near him.

Früh am Morgen kamen einige Holzfäller.
Early in the morning some wood-cutters came.
Die Holzfäller kamen in der Nähe des Tempels vorbei.
The wood-cutters were passing near the temple.
Die Holzfäller sahen den riesigen Körper auf dem Boden.
The wood-cutters saw the huge body on the ground.
Also gingen sie zum Tempel.
So they walked towards the temple.
Bald erkannten sie, dass es ein Kadaver war.
Soon they saw that it was a carcass.
Der Kadaver des schrecklichen Rakshasi .
The carcass of the terrible Rakshasi.
Die Rakshasi , die das Land beinahe entvölkert hätten.

The Rakshasi that had nearly depopulated the land.
Rakshasi war ein Kopfgeld ausgesetzt .
There had been a bounty for this Rakshasi.
Der König bot ihm die Hand seiner Tochter an.
The king offered the hand of his daughter.
Und der König hatte das halbe Königreich angeboten.
And the king had offered half the kingdom.
Er würde alles für den Kopf des Rakshasi eintauschen .
He would trade it all for the head of the Rakshasi.
Die Holzfäller sahen keinen Anspruchsteller in der Nähe.
The wood-cutters saw no claimant at hand.
Also gingen sie los, um die Belohnung abzuholen.
So they went to get the reward.
Jeder Holzfäller schnitt dem Rakshasi ein Glied ab .
Each wood-cutter cut off a limb from the Rakshasi.
Und jeder Holzfäller ging zum König.
And each wood-cutter went to the king.
**Und jeder Holzfäller versuchte, die Belohnung
einzufordern.**
And each wood-cutter tried to claim the reward.
„Ich bin der Zerstörer des großen Menschenfressers"
"I am the destroyer of the great man eater"
„Ich bin gekommen, um meine Belohnung einzufordern"
"I have come to claim my reward"
Der König wusste, dass es nur einen Helden geben konnte.
The king knew there could only be one hero.
Also erkundigte er sich bei seinem Minister.
So he made an inquiry with his minister.
„Welche Familie war gestern Abend an der Reihe ? "
"What family's turn was it last night?"
„Und wer ist das Oberhaupt dieser Familie?"
"And who is the head of that family?"
**Der Minister des Königs machte sich auf die Suche nach der
Familie.**
The king's minister set out to find the family.
Er brachte das Familienoberhaupt zum König.
He brought the head of the family to the king.

Und das Familienoberhaupt erzählte von seinen Gästen.

And the head of the family told of his guests.

„Letzte Nacht kamen zwei junge Reisende zu mir"

"Last night two youthful travelers came to me"

„Wir haben angeboten, ihre Gastgeber für die Nacht zu sein"

"We offered to be their hosts for the night"

„Sie haben bald erkannt, welches Problem wir hatten"

"Soon they discovered the problem we had"

„Und sie haben sich freiwillig bereit erklärt, unseren Platz einzunehmen"

"And they volunteered to take our place"

„Sie gingen zum Tempel, statt einer von uns"

"They went to the temple, instead of one of us"

Der König führte seine Männer zum Tempel.

The king took his men to the temple.

Die Tür des Tempels wurde aufgebrochen.

The door of the temple was broken open.

Sie fanden die beiden Brüder schlafend vor.

They found the two brothers sleeping.

Und auch die Pferde waren im Tempel sicher.

And the horses were safe in the temple too.

Und der Anführer der Rakshasi war auch dort.

And the head of the Rakshasi was there too.

Es gab keinen Zweifel darüber, wer das Monster getötet hatte.

There was no doubt about who had killed the monster.

Der wahre Held war entdeckt worden.

The real hero had been discovered.

Und der König hielt sein Wort.

And the king kept true to his word.

Er gab Sahasra-Dal die Hand seiner Tochter.

He gave the hand of his daughter to Sahasra-Dal.

Und er gab ihm auch die Hälfte seines Königreichs.

And he gave him half his kingdom too.

Champa-Dal blieb bei seinem Freund.

Champa-Dal remained with his friend.

Und er freute sich über Sahasra-Dals Wohlstand.

And he rejoiced in Sahasra-Dal's prosperity.

Und sie lebten eine Zeit lang glücklich zusammen.

And they lived together happily for some time.

Doch eines Tages kam es zwischen ihnen zu einem Missverständnis.

But one day a misunderstanding arose between them.

Die Königinmutter hatte eine gewisse Dienerin.

The queen-mother had a certain maid-servant.

Dieses Dienstmädchen war die nützlichste Hausangestellte.

This maid-servant was the most useful domestic.

Sie konnte sich jeder Aufgabe widmen.

She could turn her hand to any task.

Und sie besaß für eine Frau ungewöhnliche Kraft.

And she had uncommon strength for a woman.

Auch an Intelligenz mangelte es ihr nicht.

Her intelligence was not lacking either.

Und sie hatte bemerkenswert viel Energie.

And she had a remarkable amount of energy.

Im Palast hätte man sie schnell vermisst.

She would have been quickly missed in the palace.

Die Zenana war völlig von ihr abhängig.

The zenana was completely dependent on her.

Daher wurden ihre Dienste sehr geschätzt.

Hence her services were highly valued.

Die Königinmutter schätzte sie sehr.

The queen-mother appreciated her very much.

Und auch die Damen des Palastes schätzten sie.

And the ladies of the palace valued her too.

Aber diese wertvolle Frau war keine Frau.

But this valuable woman was not a woman.

Diese Frau war eine Rakshasi .

What this woman was was a Rakshasi.

Sie hatte das Aussehen einer Frau aufgesetzt.

She had put on the appearance of a woman.

Sie hatte ihre eigenen schändlichen Gründe dafür.

She had her own nefarious reasons for doing this.
Und dann trat sie in den Dienst des königlichen Haushalts.
And then she took service in the royal household.
Nachts nahm sie ihre wahre Gestalt an.
At night she used to assume her own real form.
Als alle im Palast schliefen.
When everyone in the palace was asleep.
Und dann machte sie sich auf die Suche nach Nahrung.
And then she went about in search of food.
Denn ihr Hunger wurde im Palast nicht gestillt.
Because her hunger was not satisfied at the palace.
Ein Rakshasi braucht viel mehr Nahrung als ein Mann oder eine Frau.
A Rakshasi needs much more food than a man or woman.
Zu dieser Zeit war Champa-Dal noch nicht verheiratet.
At this time Champa-Dal had no wife.
Deshalb schlief er oft außerhalb der Zenana.
So he often slept outside the zenana.
Er war nicht weit vom äußeren Tor des Palastes entfernt.
He was not far from the outer gate of the palace.
Und von dort aus konnte er sie beobachten.
And from there he could observe her.
Er sah, wie sie verschiedene Ziegen und Schafe verschlang.
He saw her devouring sundry goats and sheep.
Und er sah, wie sie Pferde und Elefanten verschlang.
And he saw her devouring horses and elephants.
Das war natürlich nicht gut für das Dienstmädchen.
This of course was not good for the maid-servant.
Champa-Dal stand ihrem Abendessen im Weg.
Champa-Dal was in the way of her supper.
Deshalb war sie entschlossen, ihn loszuwerden.
So she was determined to get rid of him.
Eines Tages ging sie zur Königinmutter.
One day she went to the queen-mother.
„Königinmutter", sagte sie zu ihr.
"Queen-mother," she said to her.
„Ich kann nicht mehr im Palast arbeiten"

"I can no longer work in the palace"
„Warum?", fragte die Königinmutter.
"Why?" asked the queen-mother.
„Was ist los, Dasi?", wollte sie wissen.
"What is the matter, Dasi" she wanted to know.
„Wie kann ich ohne dich weitermachen?"
"How can I go on without you?"
„Erzählen Sie mir Ihre Gründe für die Abreise"
"Tell me your reasons for leaving"
Das Dienstmädchen erklärte ihre Situation.
The maid-servant explained her situation.
„Ich bin nur eine arme Frau in diesem Palast"
"I am but a poor woman in this palace"
„Eine Frau wie ich kann hier ihre Ehre nicht bewahren"
"A woman like me can't preserve her honour here"
„Ihr Schwiegersohn hat einen Freund, Champa-Dal"
"Your son-in-law has a friend, Champa-Dal"
„Er macht ständig unanständige Witze mit mir"
"He always cracks indecent jokes with me"
„Ich würde lieber um meinen Reis betteln, als meine Ehre zu verlieren "
"I would rather beg for my rice than to lose my honour"
„Wenn Champa-Dal im Palast bleibt, muss ich gehen."
"If Champa-Dal remains in the palace I must go away"
Die Dienstmagd war im Palast unersetzlich.
The maid-servant was irreplicable in the palace.
Die Königinmutter wusste, welches Opfer sie bringen musste.
The queen-mother knew what sacrifice to make.
Champa-Dal musste den Palast verlassen.
Champa-Dal was going to have to leave the palace.
Und sie erzählte Sahasra-Dal alle ihre Gründe.
And she told Sahasra-Dal all her reasons.
„Champa-Dal ist ein schlechter Mensch"
"Champa-Dal is a bad man"
„Sein Charakter und seine Moral sind locker"
"His character and morals are loose"

„Er muss diesen Palast sofort verlassen"
"He must leave this palace at once"
Sahasra-Dal tat sein Bestes, um sie vom Gegenteil zu überzeugen.
Sahasra-Dal did his best to persuade her otherwise.
Er flehte inständig im Namen seines Freundes.
He earnestly pleaded on behalf of his friend.
Doch seine Bemühungen waren vergeblich.
But his efforts were in vain.
Die Königinmutter hatte sich entschieden.
The queen-mother had made up her mind.
Er musste aus dem Palast vertrieben werden.
He had to be driven out of the palace.
Sahasra-Dal hatte nicht den Mut, es seinem Freund zu erzählen.
Sahasra-Dal had not the courage to tell his friend.
Deshalb schrieb er ihm einen Brief.
He therefore wrote a letter to him.
In dem Brief blieb er hinsichtlich des Grundes vage.
In the letter he was vague about the reason.
Aber so oder so würde er gehen müssen.
But either way, he was going to have to leave.
Champa-Dal ging baden.
Champa-Dal went to have a bath.
Und der Brief wurde in sein Zimmer gelegt.
And the letter was put in his room.
Champa-Dal war betrübt, als er den Brief las.
Champa-Dal was grieved upon reading the letter.
Er bestieg seine Pferdeflotte.
He mounted his fleet of horses.
Und auf seinen Pferden verließ er den Palast.
And on his horses he left the palace.

Champas Pferde waren ungewöhnlich schnell.
Champa's horses were uncommonly fleet.
Bald hatte er Tausende von Meilen zurückgelegt.
Soon he had traversed thousands of miles.

Und schließlich erreichte er eine neue Stadt.
And eventually he reached a new city.
Er stand am Tor eines prächtigen Palastes.
He stood at the gateway of a magnificent palace.
Er stieg von seinem Pferd.
He dismounted from his horse.
Und er betrat den Palast.
And he entered the palace.
Doch im Palast begegnete er keinem einzigen Lebewesen.
But in the palace he met not a single creature.
Er ging von Wohnung zu Wohnung.
He went from apartment to apartment.
Alle Räume waren reich ausgestattet.
All the rooms were richly furnished.
Aber keines der Zimmer war bewohnt.
But none of the rooms were lived in.
Aber am Ende kam er in ein anderes Zimmer.
But in the end he came to a different room.
In diesem Zimmer lebte eine junge Dame.
In this room there was a young lady.
Die junge Dame war von himmlischer Schönheit.
The young lady was of heavenly beauty.
Und sie lag auf einem prächtigen Bettgestell.
And she was lying down on a splendid bedstead.
Die schöne junge Dame schlief.
The beautiful young lady was asleep.
Champa-Dal betrachtete die schlafende Schönheit.
Champa-Dal looked upon the sleeping beauty.
Er war fasziniert von dem, was er sah.
He was captivated by what he was seeing.
Er hatte noch nie eine so schöne Frau gesehen.
He had not seen any woman so beautiful.
Auf dem Bett lagen zwei Stöcke.
Upon the bed there were two sticks.
**Die beiden Stöcke befanden sich in der Nähe des Kopfes der
Frau.**
The two sticks were near the woman's head.

Einer der Stäbe war aus Silber.
One of the sticks was made of silver.
Und der andere Stock war aus Gold.
And the other stick was made of gold.
Champa nahm den silbernen Stock in die Hand.
Champa took the silver stick into his hand.
Und mit dem Stock berührte er den Körper der Dame.
And with the stick he touched the body of the lady.
Doch in ihrem Schlaf war keine Veränderung erkennbar.
But no change was perceptible to her sleep.
Dann nahm er den goldenen Stock.
He then took up the gold stick.
Und mit dem Stock berührte er den Körper der Dame.
And with the stick he touched the body of the lady.
Diesmal wachte die junge Dame tatsächlich auf.
This time the young lady did awake.
Sie musterte den Fremden und fragte, wer er sei.
Eyeing the stranger, she inquired who he was.
„Ich bin Champa-Dal", sagte er ihr.
"I am Champa-Dal," he told her.
„Es war einmal ein armer, dämlicher Brahmane"
"There was once a poor dimwitted Brahman"
„Dieser dämliche Mann hatte eine Frau, aber keine Kinder"
"This dimwitted man had a wife, but no children"
„Aber für ihn war es wahrscheinlich das Beste, keine Kinder zu haben."
"But him not having children was probably for the best"
„Weil er kaum in der Lage war, seinen eigenen Bedarf zu decken"
"Because he was barely able to meet his own needs"
„Und er konnte kaum genug für seine Frau sorgen"
"And he could hardly supply enough for his wife"
„Aber seine Dummheit war nicht einmal sein größtes Problem"
"But his dimwittedness was not even his biggest problem"
Und er hat die Geschichte so fortgesetzt, wie wir sie verfolgt haben.

And he continued the story as we have followed it.

„Meine Mutter kam zu dem Schluss, dass ihr Schicksal besiegelt war"

"My mother concluded her fate was sealed"

„Und sie dachte, meinem Vater würde das gleiche Schicksal widerfahren"

"And she thought my father would meet the same fate"

„Und sie hat auch nicht damit gerechnet, dass ich verschont bleibe"

"And she did not expect me to be spared either"

„In dieser Nacht hat sie kaum geschlafen"

"That night she hardly slept at all"

„Der Rakshasi hatte ihr verboten, meinen Vater zu sehen."

"The Rakshasi had prevented her from seeing my father"

„Am nächsten Morgen ging ich früh zur Schule"

"Early next morning I went to school"

„Bevor ich zur Schule ging, schenkte sie mir eine goldene Flasche"

"Before I went to school she gave me a golden bottle"

„In der goldenen Flasche war ihre eigene Muttermilch"

"In the golden bottle was her own breast milk"

„Mir wurde gesagt, ich solle genau auf die Farbe der Milch achten"

"I was told to carefully watch the colour of the milk"

Und er hat die Geschichte so fortgesetzt, wie wir sie verfolgt haben.

And he continued the story as we have followed it.

„Wir stehen stellvertretend für Ihre Familie"

"We will stand as proxies for your family"

„Es gab große Einwände gegen unseren Vorschlag"

"There was a great deal of objection to our proposal"

„Aber schließlich haben wir unsere Gastgeber überzeugt"

"But eventually we persuaded our hosts"

„Schließlich stimmten die Gastgeber der Vereinbarung zu"

"Finally the hosts consented to the arrangement"

Und er hat die Geschichte so fortgesetzt, wie wir sie verfolgt haben.

And he continued the story as we have followed it.

„Deshalb habe ich oft außerhalb der Zenana geschlafen."

"So I often slept outside the zenana"

„Ich war nicht weit vom äußeren Tor des Palastes entfernt"

"I was not far from the outer gate of the palace"

„Und von dort aus konnte ich sie beobachten"

"And from there I could observe her"

„Ich sah, wie sie verschiedene Ziegen und Schafe verschlang"

"I saw her devouring sundry goats and sheep"

„Und ich sah, wie sie Pferde und Elefanten verschlang"

"And I saw her devouring horses and elephants"

Und er hat die Geschichte so fortgesetzt, wie wir sie verfolgt haben.

And he continued the story as we have followed it.

„Eines Tages wurde ein Brief in mein Zimmer gelegt"

"One day a letter was put in my room"

„Ich war betrübt, als ich den Brief las"

"I was grieved upon reading the letter"

„Ich bestieg meine Pferdeflotte"

"I mounted my fleet of horses"

„Und auf meinen Pferden verließ er den Palast"

"And on my horses he left the palace"

„Meine Pferde sind ungewöhnlich schnell"

"My horse are uncommonly fleet"

„Bald hatte ich Tausende von Meilen zurückgelegt"

"Soon I had traversed thousands of miles"

„Und irgendwann erreichte ich eine neue Stadt"

"And eventually I reached a new city"

Und er hat die Geschichte so fortgesetzt, wie wir sie verfolgt haben.

And he continued the story as we have followed it.

„Ich nahm ihm den silbernen Stock in die Hand"

"I took the silver stick into his hand"

„Und mit dem Stock berührte ich deinen Körper"

"And with the stick I touched your body"

„Aber es war keine Veränderung in Ihrem Schlaf spürbar"

"But no change was perceptible to your sleep"
„Dann nahm ich den Goldstab"
"I then took up the gold stick"
Und mit dem Stock berührte er deinen Körper.
And with the stick he touched your body.
„Diesmal bist du aus deinem Schlaf erwacht"
"This time you did awake from your sleep"
Die junge Dame hatte Champa-Dals Geschichte angehört.
The young lady had listened to Champa-Dal's story.
Die junge Dame war tatsächlich eine Prinzessin.
The young lady was in fact a princess.
„Unglücklicher Mann! Warum bist du hierher gekommen?"
"Unhappy man! why have you come here?"
„Dies ist das Land der Rakshasas"
"This is the country of Rakshasas"
„Nicht weniger als siebenhundert Rakshasas leben hier"
"No less than seven hundred Rakshasas live here"
„Jeden Morgen gehen die Rakshasas"
"Every morning the Rakshasas leave"
„Sie gehen auf die andere Seite des Ozeans"
"They go to the other side of the ocean"
„Und sie suchen dort nach Proviant"
"And they search for provisions there"
„Und vor Einbruch der Dunkelheit kehren sie wieder zurück"
"And before dusk they return again"
„Mein Vater war König in diesen Regionen"
"My father was king in these regions"
„Sein Königreich hatte Millionen von Untertanen"
"His kingdom had millions of subjects"
„Sie lebten in blühenden Städten"
"They lived in flourishing towns and cities"
„Aber vor einigen Jahren drangen die Rakshasas ein"
"But some years ago the Rakshasas invaded"
„Und sie verschlangen alle Untertanen des Königreichs"
"And they devoured all the subjects of the kingdom"

„Die Rakshasas haben meinen Vater und meine Mutter
verschlungen"
"The Rakshasas devoured my father and my mother"
„Die Rakshasas haben meine Brüder und Schwestern
verschlungen"
"The Rakshasas devoured my brothers and sisters"
„Und sie verschlangen alles Vieh des Landes"
"And they devoured all the cattle of the country"
„In diesen Regionen gibt es keinen lebenden Menschen"
"There is no living human being in these regions"
„Ich bin der letzte lebende Mensch"
"I am the last human living left"
„Auch ich wäre längst verschlungen worden"
"I too would have been devoured long ago"
„Aber ein alter Rakshasi fand Gefallen an mir"
"But an old Rakshasi took a liking to me"
„Sie verhindert, dass die anderen Rakshasas mich fressen."
"She prevents the other Rakshasas from eating me"
„Sehen Sie diese Silber- und Goldstäbe?"
"Do you see those sticks of silver and gold?"
„Jeden Morgen tötet sie mich mit dem Silberstab"
"Every morning she kills me with the silver stick"
„Jeden Abend belebt sie mich mit dem Goldstab neu"
"Every evening she re-animates me with the gold stick"
„Ich weiß nicht, was ich Ihnen raten soll"
"I do not know how to advise you"
„Wenn die Rakshasas dich sehen, bist du ein toter Mann."
"If the Rakshasas see you, you are a dead man"
Dann unterhielten sie sich sehr liebevoll.
Then they talked in a very affectionate manner.
Und sie legten ihre Köpfe zusammen.
And they laid their heads together.
Und sie dachten darüber nach, einen Fluchtweg zu finden.
And they thought to devise a means of escape.
**Irgendeine Möglichkeit, den Händen der Rakshasas zu
entkommen.**
Some way to get out of the hands of the Rakshasas.

Die Stunde der Rückkehr der Rakshasas kam.
The hour of the return of the Rakshasas was coming.
Die siebenhundert Fleischfresser kehrten bald zurück.
The seven hundred flesh-eaters were soon returning.
Keshavati rief Champa-Dal.
Keshavati called out to Champa-Dal.
(Weil das der Name der Prinzessin war)
(Because that was the name of the princess)
„Verstecke dich in den Haufen des heiligen Kleeblattes "
"Hide yourself in the heaps of the sacred trefoil"
Aber zuerst nahm Champ Dal den Silberstab in die Hand.
But first Champ Dal picked up the silver stick.
Er berührte Keshavati mit dem silbernen Stock.
He touched Keshavati with the silver stick.
Und sobald er sie berührte, starb sie.
And as soon as he touched her, she died.
Dann ging er in die Mitte des Shiva-Tempels.
Then he went to the center of the temple of Siva.
**Und er versteckte sich unter den Haufen heiliger
Kleeblätter.**
And he hid beneath the heaps of sacred trefoil.
Von seinem Versteck aus hörte er das Rauschen des Windes.
From his hiding place he heard the sound of wind rushing.
Dann hörte er schreckliche Geräusche im Palast.
Then he heard terrible noises in the palace.
Die Rakshasas waren von ihrer Jagd nach Hause gekommen.
The Rakshasas had come home from their hunt.
Sie hatten ihre Mägen mit Fleisch gefüllt.
They had filled their stomachs with meat.
Verschiedene Ziegen, Schafe, Kühe, Pferde, Büffel.
Sundry goats, sheep, cows, horses, buffaloes.
Und sie hatten auch Elefanten verschlungen.
And they had devoured elephants too.
Auch der alte Rakshasi kehrte in den Palast zurück.
The old Rakshasi returned to the palace too.
Sie ging in das Zimmer der schlafenden Prinzessin.

She went to the room of the sleeping princess.
Und sie weckte sie mit dem goldenen Stock.
And she woke her with the stick made of gold.
„Hye, mye , khye ! Ich rieche einen Menschen."
"Hye, mye, khye! A human being I smell"
„Ich bin der einzige Mensch hier", sagte die Prinzessin.
"I am the only human being here," said the princess.
„Iss mich, wenn du willst", fügte Keshavati hinzu .
"Eat me if you like," added Keshavati.
Darauf antwortete der Rakshasi :
To this the Rakshasi replied:
„Lass mich deine Feinde auffressen"
"Let me eat up your enemies"
„Warum sollte ich dich essen?", fragte sie die Prinzessin.
"Why should I eat you?" she asked the princess.
Sie legte sich auf den Boden.
She laid herself down on the ground.
Sie war so lang und hoch wie die Vindhya-Berge.
She was as long and high as the Vindhya Hills.
Und in dieser Position schlief sie ein.
And in this position she fell asleep.
die anderen Rakshasas und Rakshasis schliefen bald ein.
The other Rakshasas and Rakshasis soon fell asleep too.
Arbeit müde waren .
Because they were tired from their gigantic labour.
Keshavati legte sich schlafen.
Keshavati also composed herself to sleep.
**Aber Champa traute sich nicht, unter den Blättern
hervorzukommen.**
But Champa did not dare to come out from under the leaves.
Und er versuchte sein Bestes, zum Gott der Ruhe zu beten.
And he tried his best to pray to the god of repose.

**Bei Tagesanbruch standen alle siebenhundert Rakshasas
wieder auf.**
At daybreak all seven hundred Rakshasas got up again.
Sie machten ihren üblichen Raubzug.

They went on their usual predatory excursion.
Und mit ihnen ging der alte Rakshasi .
And along with them went the old Rakshasi.
Doch zunächst nahm der alte Rakshasi den Silberstab in die Hand.
But first the old Rakshasi picked up the silver stick.
Und sie berührte Keshavati mit dem silbernen Stock.
And she touched Keshavati with the silver stick.
Bald war die Luft rein für Champa-Dal.
Soon the coast was clear for Champa-Dal.
Und er wagte es, unter dem Laubhaufen hervorzukommen.
And he dared to come out from under the pile of leaves.
Er ging zurück in das Zimmer der Prinzessin.
He walked back into the room of the princess.
Und er berührte sie mit dem goldenen Stock.
And he touched her with the golden stick.
Und die Prinzessin erwachte von den Toten.
And the princess revived from her death again.
Sie schlenderten in den Gärten umher.
They sauntered about in the gardens.
Sie genossen die kühle Brise des Morgens.
They enjoyed the cool breeze of the morning.
Sie badeten in einem klaren Wasserbecken.
They bathed in a lucid pool of water.
Und sie aßen und tranken im Palast.
And they ate and drank food in the palace.
Und sie verbrachten den Tag in netten Gesprächen.
And they spent the day in sweet converse.
Und sie schmiedeten einen Plan zu ihrer Befreiung.
And they concocted a plan for their deliverance.
Keshavaity wollte mit der alten Rakshasi sprechen .
Keshavaity was going to speak to the old Rakshasi.
Sie wollte fragen, wovon das Leben eines Rakshasa abhängt.
She was going to ask on what a Rakshasa's life depended.
Und mit diesem Geheimnis würden sie entsprechend handeln.
And with that secret they were going to act accordingly.

Die Stunde der Rückkehr der Rakshasas kam erneut.
The hour of the return of the Rakshasas was coming again.
Und die Ereignisse entwickelten sich wie am Abend zuvor.
And events unfolded as they had the evening before.
Die siebenhundert Fleischfresser kehrten zum Palast zurück.
The seven hundred flesh-eaters were returning to the palace.
Champ Dal berührte Keshavati mit dem silbernen Stock.
Champ Dal touched Keshavati with the silver stick.
Sie starb, wie sie in der Nacht zuvor gestorben war.
She died like the had died the night before.
Champa-Dal ging zum Zentrum des Shiva-Tempels.
Champa-Dal went to the centre of the temple of Siva.
Er versteckte sich wieder unter den Haufen heiliger Kleeblätter.
He hid beneath the heaps of sacred trefoil again.
Er hörte das Rauschen des Windes.
He heard the sound of wind rushing.
Und er hörte schreckliche Geräusche im Palast.
And he heard terrible noises in the palace.
Die Rakshasas waren von ihrer Jagd nach Hause gekommen.
The Rakshasas had come home from their hunt.
Sie hatten ihre Mägen mit Fleisch gefüllt.
They had filled their stomachs with meat.
Verschiedene Ziegen, Schafe, Kühe, Pferde, Büffel.
Sundry goats, sheep, cows, horses, buffaloes.
Und sie hatten auch Elefanten verschlungen.
And they had devoured elephants too.
Auch der alte Rakshasi kehrte in den Palast zurück.
The old Rakshasi returned to the palace too.
Sie ging in das Zimmer der schlafenden Prinzessin.
She went to the room of the sleeping princess.
Und sie weckte sie mit dem goldenen Stock.
And she woke her with the stick made of gold.
„Hye, mye , khye ! Ich rieche einen Menschen.“
"Hye, mye, khye! A human being I smell"

„Ich bin der einzige Mensch hier", sagte die Prinzessin.
"I am the only human being here," said the princess.
„Iss mich, wenn du willst", fügte Keshavati hinzu .
"Eat me if you like," added Keshavati.
Darauf antwortete der Rakshasi :
To this the Rakshasi replied:
„Lass mich deine Feinde auffressen"
"Let me eat up your enemies"
„Warum sollte ich dich essen?", fragte sie die Prinzessin.
"Why should I eat you?" she asked the princess.
Sie legte sich auf den Boden.
She laid herself down on the ground.
Und sie sah aus, als wäre sie Teil des Himalaya-Gebirges.
And she looked like a part of the Himalaya mountains.
Keshavati hatte eine Phiole mit erhitztem Senföl.
Keshavati had a phial of heated mustard oil.
Und sie näherte sich dem Fuß des Rakshasi .
And she approached the foot of the Rakshasi.
„Mutter, deine Füße tun vom Gehen weh"
"Mother, your feet are sore from walking"
„Lass mich deine wunden Füße mit Öl einreiben"
"Let me rub your sore feet with oil"
Füße der Rakshasi mit Öl einzureiben .
And she began to rub with oil the Rakshasi's feet.
Dann fielen ein paar Tränen aus den Augen der Prinzessin.
Then a few tear-drops fell from the eyes of the princess.
Und die Tränen landeten auf den Beinen des Monsters.
And the tear-drops landed on the monster's legs.
Die Rakshasi kostete die Tränen mit ihren Lippen.
The Rakshasi tasted the tear-drops with her lips.
Und sie fand, dass die Tränen salzig schmeckten.
And she found the tear-drops tasted briny.
„Warum weinst du, Liebling?", fragte der Rakshasi .
"Why are you weeping, darling?" asked the Rakshasi.
„Was fehlt dir?", wollte sie wissen.
"What aileth thee?" she wanted to know.
Die Prinzessin versuchte, ihre Tränen zurückzuhalten.

The princess tried to stop herself from crying.
„Mutter, ich weine, weil du alt bist"
"Mother, I am weeping because you are old"
**„Wenn du stirbst, wird mich einer der Rakshasas
verschlingen."**
"When you die one of the Rakshasas will devour me"
„Wenn ich sterbe?! Sei nicht dumm, Mädchen"
"When I die?! Don't be foolish, girl"
„Weißt du nicht, dass Rakshasas niemals sterben?"
"Don't you know that Rakshasas never die?"
„Wir sind nicht von Natur aus unsterblich"
"We are not naturally immortal"
„Es gibt ein Geheimnis unserer Stärke"
"There is a secret to our strength"
„Aber kein Mensch kann dieses Geheimnis lüften"
"But no human can unravel this secret"
„Aber lass mich dir das Geheimnis verraten"
"But let me tell you the secret"
„Damit du ein wenig getröstet bist"
"So that you are comforted a little"
„Sehen Sie das Wasserbecken im Palast?"
"Do you see the pool of water in the palace?"
„In diesem Wasserbecken ist ein Sphatikasthamba "
"In that pool of water is a Sphatikasthamba"
„Der Sphatikasthambha liegt tief im Wasser"
"The Sphatikasthambha is deep in the water"
„Und auf dem Sphatikasthambha sind zwei Bienen"
"And on the Sphatikasthambha are two bees"
„Ein Mensch müsste ins Wasser eintauchen"
"A human being would have to dive into the water"
„Der Mensch müsste die Bienen aufs Trockene bringen"
"The human being would have to bring the bees onto dry
land"
„Dann müsste der Mensch die beiden Bienen töten"
"Then the human being would have to kill the two bees"
„Aber kein Tropfen ihres Blutes darf den Boden berühren "
"But not a drop of their blood must touch the ground"

„Nur dann kann ein Mensch einen Rakshasa töten"
"Only then can a human kill a Rakshasa"
„Aber wenn das Blut den Boden berührt, werden tausend Rakshasas auferstehen."
"But if the blood touches the ground, a thousand Rakshasas will rise"
„Aber welcher Mensch wird dieses Geheimnis herausfinden?"
"But what human will find out this secret?"
„Und welcher Mensch kann diese Leistung vollbringen?"
"And what human can achieve this feat?"
„Kein Mensch kennt das Geheimnis des Lebens eines Rakshasa"
"No human knows the secret to the life of a Rakshasa"
„Und kein Mensch kann eine solche Leistung vollbringen"
"And no human can achieve such a feat"
„Also gibt es keinen Grund traurig zu sein, mein Liebling"
"So there is no reason to be sad, my darling"
„Ich bin praktisch unsterblich", bestätigte sie.
"I am practically immortal," she confirmed.
Keshavati bewahrte das Geheimnis in ihrer Erinnerung.
Keshavati treasured the secret in her memory.
Und dann schlief sie wieder ein.
And then she went back to sleep.

Am nächsten Morgen gingen die Rakshasas wie üblich weg.
Next morning the Rakshasas, as usual, went away.
Champa kam aus seinem Versteck.
Champa came out of his hiding-place.
Und er weckte Keshavati aus ihrem Schlaf.
And he roused Keshavati from her sleep.
Die Prinzessin erzählte ihm das Geheimnis, das sie erfahren hatte.
The princess told him the secret she had learnt.
Champa-Dal begann sofort mit der Zubereitung.
Champa-Dal immediately started to prepare himself.
Er brachte ein Messer zum Pool.

He brought to the pool a knife.
Und er brachte eine Menge Asche mit.
And he brought a quantity of ashes.
Er zog seine schwere Kleidung aus.
He took off his heavy clothes.
Er gab ein oder zwei Tropfen Senföl in jedes Ohr.
He put a drop or two of mustard oil into each ear.
Um zu verhindern, dass Wasser in seine Ohren eindringt.
To prevent water from entering into his ears.
Er schwamm in die Mitte des Wassers.
He swam out into the middle of the water.
Und von dort tauchte er in den Pool hinab.
And from there he dove down into the pool.
Bald erreichte er die Spitze der Kristallsäule.
Soon he reached the top of the crystal pillar.
Und auf Sphatikasthambha waren die beiden Bienen.
And on Sphatikasthambha were the two bees.
Er fing die beiden Bienen, die er dort fand.
He caught hold of the two bees he found there.
Und mit einem einzigen Atemzug schwamm er wieder nach oben.
And he swam up again in a singular breath.
Er nahm das Messer, das er am Wasserrand zurückgelassen hatte.
He took the knife he had left at the edge of the water.
Und über der Asche zerschnitt er die Bienen.
And over the ashes he cut up the bees.
Ein oder zwei Tropfen Blut fielen von den Bienen.
A drop or two of the blood fell from the bees.
Aber ihr Blut berührte den Boden nicht.
But their blood did not touch the ground.
Stattdessen landete ihr Blut auf der Asche.
Instead, their blood landed on the ashes.
In der Ferne war ein schrecklicher Schrei zu hören.
A terrible scream was heard at a distance.
Der Schrei war das Wehklagen der Rakshasas.
The scream was the wailing of the Rakshasas.

Sie rannten alle so schnell sie konnten nach Hause.
They were all running home as fast as they could.
Sie wollten verhindern, dass die Bienen getötet werden.
They wanted to prevent the bees from being killed.
Aber sie konnten den Palast nicht rechtzeitig erreichen.
But they could not reach the palace in time.
Denn die Bienen waren bereits verendet.
Because the bees had already perished.
In dem Moment, als die Bienen getötet wurden, starben alle Rakshasas.
The moment the bees were killed, all the Rakshasas died.
Ihre Kadaver fielen genau an die Stelle, an der sie gestanden hatten.
Their carcases fell on the very spot they were standing.
Ihre Kadaver blockierten nun das Tor des Palastes.
Their carcases now blocked the gateway of the palace.
Auf diese Weise wurden die siebenhundert Rakshasas vernichtet.
In this manner the seven hundred Rakshasas were destroyed.

heirateten Champa-Dal und Keshavati .
Afterwards Champa-Dal and Keshavati got married.
Sie führten den traditionellen Austausch von Blumengirlanden durch.
They made the traditional exchange of garlands of flowers.
Die Prinzessin hatte das Haus nie verlassen.
The princess had never been out of the house.
Daher äußerte sie ganz natürlich den Wunsch, die Außenwelt zu sehen.
So she naturally expressed a desire to see the outer world.
Jeden Morgen und Abend machten sie lange Spaziergänge.
Every morning and evening they went on long walks.
Es gab einen großen Fluss, in dem Keshavati baden wollte.
There was a large river Keshavati wished to bathe in.
Beim Baden fiel Keshavati ein Haar aus.
As she bathed one of Keshavati's hairs came off.
Damals gab es einen besonderen Brauch.

There was a special custom in those times.
Eine Frau wirft nie ein Haar einfach so weg.
A woman never threw away a hair away by itself.
Eine Muschel schwamm im Wasser.
A sea-shell was floating in the water.
Also band Keshavati die Haarsträhne an die Muschel.
So Keshavati tied the strand of hair to the sea-shell.
Und dann kehrte das Paar in den Palast zurück.
And then the couple returned to the palace.
Währenddessen trieb die Muschel den Bach hinunter.
Meanwhile the sea-shell floated down the stream.
Und zu gegebener Zeit erreichte die Muschel einen anderen Badeplatz.
And in due time the sea-shell reached another bathing spot.
Dies war der Badeplatz, zu dem Sahasra-Dal ging.
This was the bathing spot Sahasra-Dal went to.
Hier führte Champa-Dals Bruder seine Waschungen durch.
Here Champa-Dal's brother performed his ablutions.
An diesem Tag war Sahasra-Dal im Wasser.
On this day Sahasra-Dal was in the water.
Er badete und schwamm mit seinen Freunden.
He was bathing and swimming with his friends.
Und so trieb die Muschel an den Männern vorbei.
And so the sea-shell floated past the men.
Die Männer waren an diesem Tag in Spiellaune.
The men were in a playful mood that day.
„Wer zuerst die Muschel erreicht, hat gewonnen"
"Whoever gets to the sea-shell first wins"
Und so schwammen sie alle zur Muschel.
And so they all swam towards the sea-shell.
Sahasra-Dal war der stärkste Schwimmer unter seinen Freunden.
Sahasra-Dal was the strongest swimmer among his friends.
Und so war er der Erste, der die Muschel erreichte.
And so he was the first the reach the sea-shell.
Als er die Muschel untersuchte, fand er ein daran befestigtes Haar.

Examining the seashell, he found a hair tied to it.

Aber es war ein Haar von außergewöhnlicher Länge.

But it was a hair of extraordinary length.

Er hatte noch nie so lange Haare gesehen.

He had never seen such a long hair.

Die Haarsträhne war genau sieben Ellen lang.

The strand of hair was exactly seven cubits long.

„Diese Haarsträhne muss einer Frau gehören"

"This strand of hair must belong to a woman"

„Und diese Frau muss sehr bemerkenswert sein"

"And this woman must be very remarkable"

„Ich muss sehen, wer diese bemerkenswerte Frau ist"

"I must see who this remarkable woman is"

Sahasra-Dal war entschlossen, die bemerkenswerte Frau zu finden.

Sahasra-Dal was determined to find the remarkable woman.

Nachdenklich ging er vom Fluss nach Hause.

He went home from the river in a pensive mood.

Und er ging nicht zum Frühstück in die Zenana.

And he did not proceed to the zenana for breakfast.

Stattdessen blieb er im äußeren Teil des Palastes.

Instead he remained in the outer part of the palace.

Die Königinmutter hörte von Sahasra-Dals Melancholie .

The queen-mother heard about Sahasra-Dal's meloncholy.

Und sie hörte, dass er nicht zum Frühstück gekommen war.

And she heard he had not come to breakfast.

Also ging sie zu ihm und fragte nach dem Grund.

So she went to him and asked the reason.

Er zeigte ihr die Haarsträhne, die er gefunden hatte.

He showed her the strand of hair he had found.

„Ich muss die Frau sehen, deren Kopf diese Haarsträhne schmückt."

"I must see the woman who's head this strand of hair adorned"

Die Königinmutter war ihrem Schwiegersohn gern behilflich.

The queen-mother was happy to help her son-in-law.

„Sehr gut", sagte sie zu ihm.

"Very well," she said to him.

„Sie werden diese Dame bald im Palast haben"

"You shall soon have that lady in the palace"

„Ich verspreche dir, sie hierher zu bringen"

"I promise you to bring her here"

Die Königinmutter hatte bereits einen Plan.

The queen mother already had a plan.

Ihre Lieblings -Hausangestellte wäre für diese Aufgabe gut geeignet.

Her favourite maid-servant would be good at the job.

Denn diese Dienstmagd war sehr einfallsreich.

Because this maid-servant was very resourceful.

Natürlich kannte die Königinmutter ihre Zofe nicht wirklich.

Of course the queen-mother did not really know her maid.

Sie wusste nicht, dass ihr Lieblingsmädchen eine Rakshasi war .

She did not know her favourite maid was a Rakshasi.

„Bitte finden Sie den Besitzer dieser Haarsträhne", bat sie.

"Please find the owner of this strand of hair," she asked.

Und ihre Dienstmagd stimmte mehr als höflich zu.

And her maid-servant more than politely agreed.

„Es wäre mir eine Freude, diese Frau zu finden"

"It would my pleasure to find this woman"

„Ich werde sie bald zum Palast bringen"

"I will soon bring her to the palace"

„Ich brauche ein Boot aus Hajol -Holz."

"I will need a boat build from Hajol wood"

„Die Ruder des Bootes müssen aus Mon- Paban -Holz sein"

"The oars of the boat must be made from Mon-Paban wood"

Die Bootsbauer stellten das Boot bald her.

The boat makers soon made the boat.

Und das Boot wurde auf dem Fluss zu Wasser gelassen.

And the boat was launched on the stream.

Die Magd ging an Bord des Bootes.

The maid-servant went on board of the boat.

Sie nahm einige Weidenkörbe mit.
With her she took some baskets of wicker.
Die Weidenkörbe waren von besonderer Handwerkskunst.
The baskets of wicker were of curious workmanship.
Sie nahm auch einige Süßigkeiten mit.
She also took with her some sweetmeats.
In die Süßigkeiten war etwas Gift gemischt.
Into the sweetmeats some poison had been mixed.
Sie schnippte dreimal mit den Fingern.
She snapped her fingers thrice.
Und dann sprach sie folgenden Zauberspruch:
And then she uttered the following charm:
„Boot von Hajol ! Ruder von Mon Paban !"
"Boat of Hajol! Oars of Mon Paban!"
„Bring mich zum Ghat"
"Take me to the Ghat,"
„Der Ghat, in dem Keshavati badet"
"The Ghat in which Keshavati bathes"
Das Boot gehorchte ihrem Befehl.
The boat heeded to her command.
Und das Boot flog wie ein Blitz über das Wasser.
And the boat flew like lightning over the waters.
Und das Boot ließ viele Städte und Dörfer hinter sich.
And the boat left many towns and cities behind.
Schließlich hielt das Boot an einem Badeplatz.
At last the boat stopped at a bathing-place.
Die Rakshasi -Dienstmagd hatte ihr Ziel erreicht.
The Rakshasi maid-servant had reached her goal.
Sie kam zu dem Schluss, dass es sich um den Badeplatz von Keshavati handelte .
She concluded it was the bathing ghat of Keshavati.
Sie landete mit den Süßigkeiten in der Hand.
She landed with the sweetmeats in her hand.
Sie ging zum Tor des Palastes und rief laut:
She went to the gate of the palace, and cried aloud:
„Oh Keshavati ! Keshavati ! Ich bin deine Tante."
"Oh Keshavati! Keshavati! I am your aunt"

„Oh Keshavati , ich bin die Schwester deiner Mutter."
"Oh Keshavati, I am your mother's sister"
„Ich bin gekommen, um dich zu sehen, mein Liebling"
"I have come to see you, my darling"
„Ich bin nach so vielen Jahren gekommen"
"I have come after so many years"
„Bist du zu Hause, Keshavati ?", fragte sie.
"Are you home, Keshavati?" she asked.
Die Prinzessin hörte die Worte der falschen Tante.
The princess heard the words of the false-aunt.
Sie kam aus ihrem Zimmer und zum Eingang des Palastes.
She came out of her room and to the entrance of the palace.
Sie hatte keinen Zweifel, dass es wirklich ihre Tante war.
She had no doubt that it was really her aunt.
Und sie umarmte und küsste ihre Tante.
And she embraced and kissed her aunt.
Sie weinten beide Ströme der Freude.
They both wept rivers of joy.
Obwohl Sie wissen sollten, dass die Rakshasi zuerst
geweint hat.
Although you should know the Rakshasi wept first.
Keshavati weinte aus Mitgefühl mit ihr.
Keshavati wept with her out of empathy.
Champa-Dal glaubte auch, dass die Rakshasi ihre Tante sei.
Champa-Dal also believed the Rakshasi to be her aunt.
Sie alle aßen und tranken und genossen den freudigen
Anlass.
They all ate and drank and enjoyed the happy occasion.
Und dann machten sie mitten am Tag eine Pause.
And then they took rest in the middle of the day.
Und am Abend wurde noch einmal gefeiert.
And they celebrated again in the evening.

Am nächsten Tag wurden die Feierlichkeiten beim
Frühstück fortgesetzt.
The next day the celebrations continued at breakfast.

Champa-Dal hatte die Angewohnheit, nach dem Frühstück zu schlafen.
Champa-Dal had a habit of sleeping after breakfast.
Gegen Nachmittag sagte die angebliche Tante zu Keshavati :
Towards afternoon, the supposed aunt said to Keshavati:
„Lasst uns beide zum Fluss gehen und uns waschen:
"Let us both go to the river and wash ourselves:
Keshavati antwortete: „Wie können wir jetzt gehen?"
Keshavati replied, "How can we go now?"
„Mein Mann schläft", erklärte sie.
"My husband is sleeping," she explained.
„Machen Sie sich keine Sorgen um den Schlaf Ihres Mannes", sagte die Tante.
"Do not worry about your husband's sleep," said the aunt.
„Lass ihn so viel schlafen, wie er möchte"
"Let him sleep as much as he likes"
„Lass mich diese Süßigkeiten neben sein Bett legen"
"Let me put these sweetmeats near his bedside"
„So hat er etwas zu essen, wenn er aufwacht."
"That way, when he awakes, he has something to eat"
Dann gingen sie zum Flussufer.
Then they then went to the river-side.
Sie gingen in die Nähe der Stelle, wo das Boot lag.
They went close to the spot where the boat was.
Aus der Ferne sah Keshavati die geflochtenen Körbe.
From a distance Keshavati saw the baskets of wicker-work.
„Tante, was sind das für schöne Dinge!"
"Aunt, what beautiful things are those!"
„Ich wünschte, ich könnte ein paar dieser Weidenkörbe bekommen."
"I wish I could get some of those wicker baskets"
Ihre Tante kam ihrer Bitte gerne nach.
Her aunt happily obliged her.
„Komm, mein Kind, und sieh dir die Weidenkörbe an"
"Come, my child, and look at the wicker baskets"
„Sie können so viele Körbe haben, wie Sie möchten "
"You can have as many baskets as you like"

Keshavati weigerte sich zunächst, ins Boot zu steigen.
Keshavati at first refused to go into the boat.
Aber ihre Tante war sehr überzeugend.
But her aunt was very persuasive.
Und schließlich ging sie auf das Boot.
And finally she went onto the boat.
Doch als sie erst einmal auf dem Boot war, tat ihre Tante etwas Seltsames.
But once on the boat her aunt did a strange thing.
Die Tante schnippte dreimal mit den Fingern und sagte:
The aunt snapped her fingers thrice and said:
„Boot von Hajol ! Ruder von Mon- Paban !"
"Boat of Hajol! Oars of Mon-Paban!"
„Bring mich zum Ghat"
"Take me to the Ghat,"
„Der Ghat, in dem Sahasra-Dal badet"
"The Ghat in which Sahasra-Dal bathes"
Und das Boot gehorchte ihrem Befehl.
And the boat heeded to her command.
Und das Boot flog wie ein Pfeil über das Wasser.
And the boat flew like an arrow over the waters.
Keshavati erschrak und begann zu weinen.
Keshavati was frightened and began to cry.
Aber das Boot fuhr trotz ihres Weinens weiter.
But the boat went on despite her crying.
Und das Boot ließ viele Städte und Dörfer hinter sich.
And the boat left behind many towns and cities.
Im Nu erreichte das Boot sein Ziel.
In a trice the boat reached its destination.
Der Ghat, an dem Sahasra-Dal gewöhnlich badete.
The ghat where Sahasra-Dal was in the habit of bathing.
Keshavati wurde zum Palast gebracht.
Keshavati was taken to the palace.
Sahasra-Dal bewunderte ihre Schönheit und die Länge ihres Haares.
Sahasra-Dal admired her beauty and the length of her hair.

Und die Damen des Palastes taten ihr Bestes, um sie zu trösten.

And the ladies of the palace tried their best to comfort her.

Doch sie stieß einen lauten Protestschrei aus.

But she set up a loud cry of protest.

Und sie wollte zu ihrem Mann zurückgebracht werden.

And she wanted to be taken back to her husband.

Schließlich sah sie, dass sie gefangen genommen worden war.

Finally she saw that she had been taken captive.

Also sprach sie mit den Damen des Palastes.

So she spoke to the ladies of the palace.

„Bei der Hochzeit habe ich meinem Mann ein Gelübde abgelegt"

"Upon marriage I made a vow to my husband"

„Ich habe versprochen, keinem anderen Mann ins Gesicht zu sehen."

"I promised not to look upon the face of any other man"

„Ich habe versprochen, dieses Gelübde sechs Monate lang einzuhalten"

"I promised to uphold this vow for six months"

Sie wurde dann getrennt von den anderen im Palast untergebracht.

She was then lodged away from the others in the palace.

Und sie bekam ein kleines Haus zum Wohnen.

And she was given a small house to live in.

Das Fenster des Hauses ging auf die Straße hinaus.

The window of the house overlooked the road.

Dort verbrachte sie den ganzen Tag.

There she spent the livelong day.

Und dort verbrachte sie die ganze Nacht.

And there she spent the livelong night.

Weil sie sehr wenig geschlafen hat.

Because she had very little sleep.

Weil sie ihre Zeit mit Seufzen und Weinen verbrachte.

Because her time was spent in sighing and weeping.

Inzwischen erwachte Champa-Dal aus seinem Schlaf.
In the meantime Champa-Dal awoke from his sleep.
Der Kummer, seine Frau nicht gefunden zu haben, machte ihn abgelenkt.
He was distracted with the grief of not finding his wife.
Keshavatis Tante .
His suspicions turned to the aunt of Keshavati.
Er wusste, dass sie eine Betrügerin und Hochstaplerin war.
He knew she was a cheat and an impostor.
Keshavati weggetragen hat .
It must have been her who carried away Keshavati.
Er aß die Süßigkeiten, die man ihm hingestellt hatte, nicht.
He did not eat the sweetmeats left for him.
Weil er vermutete, dass die Süßigkeiten vergiftet waren.
Because he suspected the sweets to have been poisoned.
Er warf einer Krähe eine der Süßigkeiten zu.
He threw one of the sweets to a crow.
In dem Moment, als die Krähe die Süßigkeit fraß, fiel sie tot um.
The moment the crow ate the sweet, it dropped down dead.
Dies bestätigte seinen Verdacht gegenüber der vorgeblichen Tante.
This confirmed his suspicion of the pretend aunt.
Wahnsinnig vor Kummer stürmte er aus dem Haus.
Maddened with grief, he rushed out of the house.
Er war entschlossen, dorthin zu gehen, wohin ihn seine Füße trugen.
He was determined to go wherever his feet took him.
Wie ein Verrückter schluchzte er: „Oh Keshavati ! Oh Keshavati !"
Like a madman he blubbered, "Oh Keshavati! Oh Keshavati!"
Er war Tag für Tag zu Fuß unterwegs.
He travelled on foot day after day.
Und er folgte jedem Weg, den seine Füße ihn führten.
And he followed whatever way his feet took him.
Sechs Monate verbrachte er auf diese ermüdende Art und Weise auf Reisen.

Six months he spent travelling in this wearisome manner.
Nach sechs Monaten erreichte er die Hauptstadt von Sahasra-Dal.
After six month he reached the capital of Sahasra-Dal.
Er ging am Tor des Palastes vorbei.
He passed by the gate of the palace.
Und von der Straße aus konnte er ein kleines Haus sehen.
And from the road he could see a small house.
Und aus dem Haus konnte er Seufzer hören.
And from in the house he could hear sighs.
Champa-Dal erkannte seine Frau sofort.
Champa-Dal instantly recognized his wife.
Und Keshavita erkannte ihren Mann sofort.
And Keshavita instantly recognized her husband.
Keshavita erzählte ihrem Mann alles, was passiert war.
Keshavita told her husband everything that had happened.
„Die Frau wollte nach dem Frühstück baden gehen"
"The woman asked to go bathing after breakfast"
„Am Fluss war ein Boot"
"At the river there was a boat"
„Die Frau hat mich überredet, auf das Boot zu gehen"
"The woman persuaded me onto the boat"
„Und dann brachte uns das Boot zu diesem Ort"
"And then the boat took us to this place"
„Mir wurde klar, dass ich gefangen genommen worden war"
"I realized that I had been made captive"
„Also erzählte ich ihnen von meinen Gelübden dir gegenüber."
"So I told them of my vows to you"
„Aber morgen ist das Ende der sechs Monate"
"But tomorrow will be the end of six month"
Damals gab es einen Brauch.
There was a custom in those days.
Die Erfüllung der Gelübde wurde öffentlich rezitiert.
The fulfilments of vows were publicly recited.
Dies wurde normalerweise von einem gelehrten Brahmanen erfüllt.

This was normally fulfilled by a learned Brahman.
Sie hatten geplant, dass Champa-Dal diese Rolle übernimmt.
They planned for Champa-Dal to take on this role.
Und so wurde an diesem Abend die Palasttrommel geschlagen.
And so that evening the palace drum was beat.
Der König wollte, dass ein gelehrter Brahmane eine Rezitation vortrug.
The king wanted a learned Brahman to make a recitation.
Die Geschichte von Keshavati und der Erfüllung ihres Gelübdes.
The story of Keshavati on the fulfilment of her vow.
Champa-Dal berührte die Trommel und meldete sich freiwillig.
Champa-Dal touched the drum and volunteered.
Keshavitas Gelübde rezitieren ."
"I will make the recitation of Keshavita's vows"
Am nächsten Morgen versammelten sich alle im Hof.
The next morning all assembled in the courtyard.
Der alte König und die Königinmutter.
The old king and the queen mother.
Sahasra-Dal und seine Frau waren dort.
Sahasra-Dal and his wife were there.
Alle Höflinge und gelehrten Brahmanen des Landes.
All the courtiers and the learned Brahmans of the country.
Alle Mitglieder des Königshauses befanden sich unter einem riesigen Baldachin aus Seide.
All royalty was under a huge canopy of silk.
Kashavati war auch da, aber hinter einem Schleier.
Kashavati was also there, but behind a veil.
Damit sie nicht den unhöflichen Blicken der Leute ausgesetzt wäre.
So that she wouldn't be exposed to the rude gaze of people.
Champa-Dal, der Rezitator, saß auf einem Podium.
Champa-Dal, the reciter, sat on a dais.
Keshavati zu erzählen .

And he began to tell the story of Keshavati.
„Es war einmal ein armer, dämlicher Brahmane"
"There was once a poor dimwitted Brahman"
„Dieser dämliche Mann hatte eine Frau, aber keine Kinder"
"This dimwitted man had a wife, but no children"
„Aber für ihn war es wahrscheinlich das Beste, keine Kinder zu haben."
"But him not having children was probably for the best"
„Weil er kaum in der Lage war, seinen eigenen Bedarf zu decken"
"Because he was barely able to meet his own needs"
„Und er konnte kaum genug für seine Frau sorgen"
"And he could hardly supply enough for his wife"
„Aber seine Dummheit war nicht einmal sein größtes Problem"
"But his dimwittedness was not even his biggest problem"
Und er hat die Geschichte so fortgesetzt, wie wir sie verfolgt haben.
And he continued the story as we have followed it.
Und manchmal wandte er sich Keshavati zu .
And sometimes he turned around to Keshavati.
Und er fragte sie, ob er die Geschichte richtig erzählte.
And he asked her if he was telling the story correctly.
Und sie sagte ihm, dass er die Geschichte richtig erzählt habe.
And she told him he was telling the story correctly.
„Die Brahmane kam zu dem Schluss, dass ihr Schicksal besiegelt war."
"The Brahman woman concluded her fate was sealed"
„Und sie dachte, ihrem Mann würde das gleiche Schicksal widerfahren"
"And she thought her husband would meet the same fate"
„Und sie hatte nicht damit gerechnet, dass auch ihr Sohn verschont bliebe"
"And she did not expect her son to be spared either"
„In dieser Nacht hat sie kaum geschlafen"
"That night she hardly slept at all"

„Die Rakshasi hatte ihr verboten, ihren Mann zu sehen."
"The Rakshasi had prevented her from seeing her husband"
„Am nächsten Morgen ging Champa-Dal früh zur Schule"
"Early next morning Champa-Dal went to school"
„Bevor er zur Schule ging, schenkte sie ihrem Sohn eine goldene Flasche"
"Before he went to school, she gave her son a golden bottle"
„In der goldenen Flasche war ihre eigene Muttermilch"
"In the golden bottle was her own breast milk"
„Achten Sie genau auf die Farbe der Milch"
"Carefully watch the colour of the milk"
Während der Rezitation wurde die Rakshasi -Dienstmagd blass.
During the recitation the Rakshasi maid-servant grew pale.
Sie erkannte, dass ihr wahrer Charakter entdeckt werden würde.
She perceived that her real character was going to be discovered.
Und Sahasra-Dal war erstaunt über das Wissen des Rezitators.
And Sahasra-Dal was astonished at the knowledge of the reciter.
Der Rezitator erzählte anschaulich die Lebensgeschichte des Prinzen.
The reciter clearly told the history of the prince's life.
„Ein oder zwei Tropfen Blut fielen von den Bienen"
"A drop or two of the blood fell from the bees"
„Aber ihr Blut berührte den Boden nicht"
"But their blood did not touch the ground"
„Stattdessen landete ihr Blut auf der Asche"
"Instead, their blood landed on the ashes"
„Ein schrecklicher Schrei war in der Ferne zu hören"
"A terrible scream was heard at a distance"
„Der Schrei war das Wehklagen der Rakshasas"
"The scream was the wailing of the Rakshasas"
„Sie rannten alle so schnell sie konnten nach Hause"
"They were all running home as fast as they could"

„Sie wollten verhindern, dass die Bienen getötet werden"
"They wanted to prevent the bees from being killed"
„Aber sie konnten den Palast nicht rechtzeitig erreichen"
"But they could not reach the palace in time"
„Weil die Bienen bereits getötet waren"
"Because the bees had already been killed"
„In dem Moment, als die Bienen getötet wurden, starben alle Rakshasas."
"The moment the bees were killed, all the Rakshasas died"
„Ihre Kadaver fielen genau an die Stelle, an der sie gestanden hatten."
"Their carcasses fell on the very spot they were standing"
„Ihre Kadaver blockierten nun das Tor des Palastes"
"Their carcasses now blocked the gateway of the palace"
„Auf diese Weise wurden die siebenhundert Rakshasas vernichtet."
"In this manner the seven hundred Rakshasas were destroyed"
Alle waren von der Geschichte der Rakshasas fasziniert.
All where enthralled by the story of the Rakshasas.
Weil die Geschichte von einem wahren Geschichtenerzähler erzählt wurde.
Because the story was being told by a true storyteller.
Allen außer dem Dienstmädchen gefiel die Geschichte.
All enjoyed the story except for the maid-servant.
Denn ihr wahrer Charakter würde zwangsläufig ans Licht kommen.
Because her real character was bound to be discovered.
„Champa-Dal berührte die Trommel und meldete sich freiwillig.
"Champa-Dal touched the drum and volunteered.
Keshavitas Gelübde rezitieren ."
"I will make the recitation of Keshavita's vows"
„Am nächsten Morgen versammelten sich alle im Hof"
"The next morning all assembled in the courtyard"
„Der alte König und die Königinmutter"
"The old king and the queen mother"

„Sahasra-Dal und seine Frau waren dort“
“Sahasra-Dal and his wife were there”
„Alle Höflinge und gelehrten Brahmanen des Landes“
“All the courtiers and the learned Brahmans of the country”
„Alle Könige befanden sich unter einem riesigen
Seidenbaldachin“
“All royalty was under a huge canopy of silk”
„ Kashavati war auch da, aber hinter einem Schleier“
“Kashavati was also there, but behind a veil”
„Damit sie nicht den unhöflichen Blicken der Leute
ausgesetzt wäre“
“So that she wouldn't be exposed to the rude gaze of people”
„Champa-Dal, der Rezitator, saß auf einem Podium“
“Champa-Dal, the reciter, sat on a dais”
Keshavati zu erzählen “
“And he began to tell the story of Keshavati”
Sahasra-Dal sprang von seinem Sitz auf.
Sahasra-Dal jumped up from his seat.
Und er umarmte den Erzähler der Geschichte.
And he embraced the reciter of the story.
„Du kannst niemand anderes sein als mein Bruder Champa-
Dal“
“You can be none other than my brother Champa-Dal”
Da geriet der Prinz in Wut.
Then the prince was inflamed with rage.
Er befahl der Magd, zu ihm zu kommen.
He ordered the maid-servant to come into his presence.
Ein mannshohes Loch wurde in den Boden gegraben.
A hole the height of a man was dug in the ground.
Und die Magd wurde stehend in das Loch gesetzt.
And the maid-servant was put into the hole, standing.
Um sie herum türmten sich stachelige Dornen.
Prickly thorns were heaped around her.
Bis zum Scheitel war sie mit Dornen bedeckt.
Up to the crown of her head she was covered in thorns.
Auf diese Weise wurde die Magd lebendig begraben.
In this way the maid-servant was buried alive.

Danach lebten alle viele Jahre glücklich zusammen.
After this all lived happily together for many years.
**Sahasra-Dal und seine Prinzessin sowie Champa-Dal und
Keshavati .**
Sahasra-Dal and his princess, and Champa-Dal and Keshavati.

Die Geschichte von Swet und Bachanta
The Story of Swet and Bachanta

Es war einmal ein reicher Kaufmann.
There was once upon a time a rich merchant.
Dieser reiche Kaufmann hatte nur einen Sohn.
This rich merchant had only one son.
Und er liebte seinen einzigen Sohn sehr.
And he loved his only son very much.
Er gab seinem Sohn alles, was er wollte.
He gave to his son whatever he wanted.
Natürlich wollte sein Sohn ein schönes Haus.
Of course his son wanted a beautiful house.
Und einen großen Garten wollte er auch haben.
And he also wanted to have a large garden.
Also wurde ein schönes Haus für ihn gebaut.
So a beautiful house was built for him.
Und auch für ihn wurde ein schöner Garten angelegt.
And a fine garden was made for him too.
Der Kaufmannssohn war mit dem Garten zufrieden.
The merchant's son was pleased with the garden.
Und er genoss die Spaziergänge im Garten.
And he enjoyed walking in the garden.
Eines Tages erregte ein Vogelnest seine Aufmerksamkeit.
One day a bird's nest caught his attention.
Dieser Vogel heißt zufällig Toontooni .
This bird happens to be called Toontooni.
Er steckte seine Hand in das kleine Vogelnest.
He put his hand into the small bird's nest.
Und im Nest fand er ein Ei.
And in the nest he found an egg.
Er nahm das Ei aus seinem Nest.
He took the egg out of its nest.
In der Wand seines Hauses befand sich ein Schrank.
There was an almirah in the wall of his house.
Also legte er das Ei in den Schrank.
So he put the egg in the almirah.

Er schloss die Tür des Schranks.
He closed the door of the almirah.
Und dann dachte er nicht mehr an das Ei.
And then he thought no more of the egg.
Der Sohn des Kaufmanns hatte ein eigenes Haus.
The merchant's son had a house of his own.
Aber er hatte ein Haus ohne Haushalt.
But he had a house without a household.
In seinem Haus gab es also keinen Koch.
So in his house there was no cook.
Einen eigenen Koch brauchte er jedoch nicht.
But he had no need for his own cook.
Denn seine Mutter schickte ihm regelmäßig Essen.
Because his mother regularly sent him food.
Am Morgen schickte sie ihm Frühstück.
In the morning she sent him breakfast.
Und jeden Tag ließ sie ihm das Abendessen schicken.
And every day she had dinner sent to him.
Eines Tages platzte das Ei im Schrank.
One day the egg in the almirah burst.
Aber es war kein Vogel, der aus dem Ei schlüpfte.
But it was not a bird that came out of the egg.
Aus dem Ei kam ein wunderschönes Baby.
Out of the egg came a beautiful infant.
Das Baby war kein Vogel, sondern ein Menschenmädchen.
The infant was not a bird, but a human girl.
Doch der Kaufmannssohn wusste nichts von dem Vorfall.
But the merchant's son knew nothing of the event.
Er hatte alles über das Ei vergessen.
He had forgotten everything about the egg.
Die Tür des Wandschranks war geschlossen gehalten worden.
The door of the wall-almirah had been kept closed.
Der Sohn des Kaufmanns schloss die Tür jedoch nicht ab.
However, the merchant's son did not lock the door.
Das Kind wuchs im Wandschrank auf.
The child grew up within the wall-almirah.

Sie wusste nichts vom Sohn des Kaufmanns.
She had no knowledge of the merchant's son.
Sie kannte auch niemanden sonst.
Nor did she know of anyone else.
Als das Kind laufen konnte, wurde es neugierig.
When the child could walk it grew curious.
Und aus Neugier öffnete sie die Tür.
And out of curiosity she opened the door.
Auch an diesem Tag hatte die Mutter Frühstück geschickt.
That day, too, the mother had sent breakfast.
Und das Frühstück wurde auf den Boden gestellt.
And the breakfast had been put on the floor.
Das Kind sah das Essen, das auf dem Boden lag.
The child saw the food that was on the floor.
Natürlich hat das Kind von dem Essen gegessen.
Of course the child ate from the food.
Und dann kehrte das Kind in die Wand zurück.
And then the child returned into the wall.
Die Mutter des Kaufmanns kochte immer viel.
The merchant's mother always made a lot of food.
Es war mehr Essen, als er jemals essen konnte.
It was more food than he could possibly eat.
Daher fiel ihm nicht auf, dass etwas zu essen fehlte.
So he didn't notice that any food was missing.
Das Mädchen aus dem Wandschrank kam jeden Tag heraus.
The girl of the wall-almirah came out every day.
Und jeden Tag aß sie einen Teil des Essens.
And every day she ate a part of the food.
Nachdem sie gegessen hatte, kehrte sie zum Schrank zurück.
After eating the food she returned to the almirah.
Doch mit der Zeit wurde das Mädchen immer älter.
But with time the girl got older and older.
Und mit zunehmendem Alter wurde sie immer größer.
And with age she got bigger and bigger.
Und je größer sie wurde, desto hungriger wurde sie.
And the bigger she got the hungrier she got.
Und sie begann, jeden Tag mehr von dem Futter zu essen.

And she began to eat more of the food each day.
Schließlich bemerkte der Sohn des Kaufmanns das fehlende Essen.
Eventually the merchant's son noticed the missing food.
Aber er hatte keine Möglichkeit herauszufinden, wohin das Essen ging.
But he had no way of knowing where the food went.
Das Letzte, was er vermutete, war ein Mädchen im Schrank.
The last thing he suspected was a girl from inside the almirah.
Und so kam er zu einem ganz anderen Schluss.
And so he came to a very different conclusion.
„Warum schickt Mutter so wenig Essen?"
"Why is mother sending such a small quantity of food?".
Und er ließ seiner Mutter eine Nachricht schicken.
And he had a message sent to his mother.
„Warum wird mir nicht genügend Essen geschickt?"
"Why am I being sent insufficient food?".
„Und warum wird das Gericht so schlampig serviert?".
"And why is the dish served so slovenly?".
Natürlich wissen wir, warum die Verpflegung unzureichend war.
Of course we know why the food was insufficient.
Und wir wissen, warum das Essen schlampig präsentiert wurde.
And we know why the food was presented slovenly.
Das Mädchen aus der Mauer aß von seinem Essen.
The girl from in the wall ate from his food.
Und während sie aß, befingerte sie den Reis und das Curry.
And as she ate she fingered the rice and curry.
Und sie eilte immer zurück in ihre Zelle in der Wand.
And she always hurried back into her cell in the wall.
Damit sie von niemandem gesehen wird.
So that she would not be seen by anyone.
Sie hatte keine Zeit, den Reis in die richtige Reihenfolge zu bringen.
She had no time to put the rice in proper order.
Die Mutter war über die Beschwerde ihres Sohnes erstaunt.

The mother was astonished at her son's complaint.

Sie gab ihm mehr, als er essen konnte.

She gave him more than he could eat.

Das Essen wurde auf einem silbernen Teller serviert.

The food was served up on a silver plate.

Und sie hat das Essen selbst ordentlich angerichtet.

And she neatly arranged the food herself.

Doch ihr Sohn wiederholte die gleiche Beschwerde noch einmal.

But her son repeated the same complaint again.

Tag für Tag beschwerte er sich über die kleinen Portionen.

Day after day he complained of the small portions.

Tag für Tag beschwerte er sich über das unordentliche Essen.

Day after day he complained of the messy food.

Und so begann seine Mutter, ein Verbrechen zu vermuten.

And so his mother began to suspect foul play.

Sie sagte ihrem Sohn, er solle auf das Essen aufpassen.

She told her son to watch over the food.

„Schauen Sie, ob jemand Ihr Essen isst."

"See if anyone is eating your food".

Am nächsten Tag brachte ein Diener das Essen.

The next day a servant brought the food.

Der Diener stellte das Essen an einen sauberen Ort.

The servant laid the food in a clean place.

Normalerweise nahm der Sohn des Kaufmanns ein Bad.

Normally the merchant's son took a bath.

Aber an diesem Tag ging er nicht baden.

But this day he did not go for a bath.

Stattdessen versteckte er sich an diesem Tag in der Nähe.

Instead, on this day he hid himself nearby.

Von seinem Versteck aus konnte er das Essen sehen.

From his hiding place he could see the food.

Der Kaufmannssohn musste nicht lange warten.

The merchant's son did not have to wait for long.

Bald sah er, dass der Wandschrank offen stand.

Soon he saw the wall-almirah open.

Und er sah eine wunderschöne Jungfrau heraustreten.
And he saw a beautiful damsel step out.
Sie konnte nicht älter als sechzehn gewesen sein.
She could not have been more than sixteen.
Sie saß auf dem Teppich beim Frühstück.
She sat on the carpet by the breakfast.
Und sie begann, das Essen zu essen, das auf dem Boden lag.
And she began to eat from the food left on the floor.
Der Sohn des Kaufmanns kam aus seinem Versteck.
The merchant's son came out of his hiding-place.
Und das Mädchen konnte ihm nicht entkommen.
And the damsel could not escape from him.
„Wer bist du, schönes Geschöpf?"
"Who are you, beautiful creature?".
„Sie scheinen nicht auf der Erde geboren zu sein."
"You do not seem to be earth-born".
„Bist du eine der Töchter der Götter?"
"Are you one of the daughters of the gods?".
Das Mädchen antwortete: „Ich weiß nicht, wer ich bin."
The girl replied, "I do not know who I am".
„Aber eines weiß ich", fuhr das Mädchen fort.
"But there is one thing I do know," the girl continued.
„Eines Tages fand ich mich im Schrank in der Wand wieder."
"One day I found myself in the almirah in the wall".
„Und seitdem lebe ich in der Mauer."
"And since then I have been living in the wall".
Der Sohn des Kaufmanns fand ihre Geschichte seltsam.
The merchant's son thought her story was strange.
Aber dann dachte er noch etwas über die Geschichte nach.
But then he thought a bit more about the story.
Und er erinnerte sich an die Ereignisse vor sechzehn Jahren.
And he remembered what happened sixteen years ago.
Er erinnerte sich an das Nest des Toontoori- Vogels.
He remembered the nest of the toontoori bird.
Und er erinnerte sich, ein Ei im Nest gefunden zu haben.
And he remembered finding an egg in the nest.

Und er erinnerte sich daran, das Ei in den Schrank gelegt zu haben.

And he remembered putting the egg in the almirah.

Das Mädchen mit dem Wandschrank war von ungewöhnlicher Schönheit.

The wall-almirah girl was of uncommon beauty.

Und der Sohn des Kaufmanns war von ihrer Schönheit beeindruckt.

And the merchant's son was struck by her beauty.

Ihre Schönheit hinterließ einen tiefen Eindruck bei ihm.

Her beauty made a deep impression on his mind.

Und er beschloss, sie zu heiraten.

And he resolved in his mind to marry her.

Von da an blieb das Mädchen nicht mehr im Schrank.

From then on the girl didn't stay in the almirah.

Sie bekam ein Zimmer im Haus des Kaufmannssohns.

She was given a room in the merchant's son's house.

Am nächsten Tag schrieb der Sohn des Kaufmanns eine Nachricht.

The next day the merchant's son wrote a message.

Und er ließ die Nachricht an seine Mutter schicken.

And he had the message sent to his mother.

Sie können das allgemeine Thema der Nachricht erraten.

You can guess the general theme of the message.

Der Sohn des Kaufmanns sagte, er würde gern heiraten.

The merchant's son said he would like to get married.

Die Mutter des Kaufmannssohnes machte sich Vorwürfe.

The mother of the merchant's son reproached herself.

Sie hatte nicht versucht, eine Frau für seinen Sohn zu finden.

She had not tried to find a wife for his son.

Sie hatte das Gefühl, sie hätte an seine Heirat denken sollen.

She felt she should have thought of his marriage.

Und so antwortete sie umgehend auf die Nachricht ihres Sohnes.

And so she promptly replied to her son's message.

Ghataks aussenden .

She and her father were going to send out ghataks.
Die Ghataks wollten in verschiedene Länder gehen.
The ghataks were going to go to different countries.
Dort wollten sie nach geeigneten Bräuten suchen.
There they were going to look for suitable brides.
Doch der Sohn des Kaufmanns meinte, das sei nicht nötig.
But the merchant's son said there would be no need.
Er hatte sich eine reizende junge Dame gesichert.
He had secured himself a lovely young lady.
Wenn sie keine Einwände hätten, würde er sie ihnen vorstellen.
If they had no objection, he would introduce her to them.
Und so wurde die junge Dame zum Haus des Kaufmanns gebracht.
And so the young lady was taken to the merchant's house.
Der Kaufmann und seine Frau hießen den Fremden willkommen.
The merchant and his wife welcomed the stranger.
Und sie waren auch von ihrer unvergleichlichen Schönheit beeindruckt.
And they were also struck by her unmatched beauty.
Das Mädchen war von vollkommener Schönheit und Anmut.
The girl was of perfect loveliness and grace.
Die Eltern stellten zu ihrer Geburt keine Fragen.
The parents made no questions to her birth.
Und die Hochzeit wurde dort und dann gefeiert.
And the nuptials were celebrated there and then.

Im Laufe der Zeit bekam der Kaufmannssohn zwei Söhne.
In the course of time the merchant's son had two sons.
Den ältesten der Söhne nannte er Swet.
The elder of the sons he named Swet.
Und den jüngeren Sohn nannte er Basanta.
And the younger son he named Basanta.
Nach einiger Zeit starb der alte Kaufmann.
After the passing of more time the old merchant died.

So wurde der Sohn des Kaufmanns nun selbst Kaufmann.
So the merchant's son now became the merchant.
Und nach einiger Zeit starb auch seine Mutter.
And after some time his mother died too.
Swet und Basanta sind zu tollen Jungs herangewachsen.
Swet and Basanta grew up to be fine lads.
Und der ältere Sohn heiratete zu gegebener Zeit.
And the elder son was in due time married.
Einige Zeit nach Swets Hochzeit starb auch seine Mutter.
Sometime after Swet's marriage his mother also died.
Das Mädchen aus der Mauer war nicht mehr.
The girl from in the wall was no more.
Der Witwer verlor keine Zeit und heiratete erneut.
The widower lost no time in marrying again.
Und er hatte eine neue, junge und schöne Frau.
And he had a new young and beautiful wife.
Swets Frau war älter als seine Stiefmutter.
Swet's wife was older than his stepmother.
So wurde seine Frau zur Herrin des Hauses.
So his wife became the mistress of the house.
Die Stiefmutter war wie alle Stiefmütter.
The stepmother was like all stepmothers are.
Sie hasste Swet und Basanta mit einem vollkommenen Hass.
She hated Swet and Basanta with a perfect hatred.
Und die beiden Damen konnten sich auch nicht ausstehen.
And the two ladies also couldn't stand each other.
Eines Tages kam zufällig ein Fischer.
It so happened one day that a fisherman came.
Der Fischer brachte dem Händler einen Fisch.
The fisherman brought to the merchant a fish.
Dieser Fisch war von einzigartiger und bemerkenswerter Schönheit.
This fish was of singular and remarkable beauty.
Er war anders als alle anderen Fische, die man je gesehen hatte.
It was unlike any other fish that had been seen.
Und der Fisch hatte noch andere Qualitäten.

And the fish had other qualities too.
Der Fischer erklärte die Wunder des Fisches.
The fisherman explained the wonders of the fish.
„Wenn Sie diesen Fisch essen, werden zwei Dinge passieren."
"Two things will happen if you eat this fish".
„Wenn du lachst, fallen dir Maniks aus dem Mund."
"When you laugh maniks will drop from your mouth".
„Und wenn du weinst, werden Perlen aus deinen Augen fallen."
"And when you weep pearls will drop from your eyes".
Der Kaufmann war erstaunt über das, was er gehört hatte.
The merchant was astounded by what he had heard.
Und er wollte die wunderbaren Eigenschaften des Fisches.
And he wanted the wonderful properties of the fish.
Und so kaufte er den Fisch für tausend Rupien.
And so he bought the fish at one thousand rupees.
Und er legte den Fisch in die Hände von Swets Frau.
And he put the fish into the hands of Swet's wife.
Denn Swets Frau war die Herrin des Hauses.
Because Swet's wife was the mistress of the house.
Er wies sie streng an, den Fisch gut zu garen.
He strictly instructed her to cook the fish well.
Und er sagte ihr, sie solle ihm allein den Fisch zu essen geben.
And he told her to give the fish to him alone to eat.
Die Hausmutter kannte jedoch das Geheimnis des Fisches.
The house-mother however knew the fish's secret.
Sie hatte mitgehört, was der Fischer gesagt hatte.
She had overheard what the fisherman had said.
Insgeheim schmiedete sie einen anderen Plan.
Secretly she made a different plan in her mind.
Sie wollte den Fisch für ihren Mann kochen.
She was going to cook the fish for her husband.
Und sie wollte den Fisch mit seinem Bruder teilen.
And she was going to share the fish with his brother.
Für ihren Schwiegervater wollte sie einen Frosch zubereiten.

For her father-in-law she was going to prepare a frog.
Bald war sie mit dem Kochen des wunderbaren Fisches fertig.
Soon she had finished cooking the marvelous fish.
Und sie hatte auch einen Frosch fertig gekocht.
And she had finished cooking a frog too.
Gezänk hören .
But from the kitchen she could hear a squable.
Sie konnte hören, wer stritt.
She could hear who it was that was arguing.
Ihre Stiefmutter und der Bruder ihres Mannes.
Her stepmother-in-law and her husband's brother.
Und sie verstand den Grund des Streits.
And she understood the cause of the argument.
Basanta war noch ein kleiner Junge.
Basanta was still but a young lad.
Aber seine Tauben waren seine Leidenschaft.
But he was passionately fond of his pigeons.
Und er hat seine Tauben sehr gut gezähmt.
And he tamed his pigeons very well.
Trotzdem war eine seiner Tauben entkommen.
Nonetheless, one of his pigeons had escaped.
Und die Taube flog in das Zimmer seiner Stiefmutter.
And the pigeon flew into his stepmother's room.
Seine Stiefmutter versteckte die Taube in ihrer Kleidung.
His stepmother hid the pigeon in her clothes.
Basanta eilte der Taube ins Zimmer hinterher.
Basanta rushed after the pigeon into the room.
Und er verlangte lautstark, die Taube zurückzubekommen.
And he loudly demanded to have the pigeon back.
Seine Stiefmutter bestritt, die Taube zu besitzen.
His stepmother denied having the pigeon.
Swet wusste jedoch, dass sie die Taube hatte.
Swet, however, did know she had the pigeon.
Und der ältere Bruder nahm den Vogel gewaltsam.
And the older brother forcibly took the bird.
Und er befreite die Taube von ihren Kleidern.

And he freed the pigeon from her clothes.
Und er gab die Taube seinem Bruder zurück.
And he gave the pigeon back to his brother.
Die Stiefmutter fluchte und fluchte und fügte hinzu:
The stepmother cursed and swore, and added;
„Warten Sie, bis das Oberhaupt des Hauses nach Hause kommt."
"Wait until the head of the house comes home".
„Er wird kein Wasser bekommen, bis er dein Blut vergossen hat."
"He will get no water till he sheds your blood".
Swets Frau rief ihren Mann an und sagte zu ihm:
Swet's wife called her husband and said to him;
„Mein liebster Herr, diese Frau ist eine äußerst böse Frau."
"My dearest lord, that woman is a most wicked woman".
„Und sie hat grenzenlosen Einfluss auf meinen Schwiegervater."
"And she has boundless influence over my father-in-law".
„Sie wird ihn dazu bringen, das zu tun, womit sie gedroht hat."
"She will make him do what she has threatened".
„Unsere aller Leben sind in unmittelbarer Gefahr."
"All our lives are in imminent danger".
„Aber lasst uns zuerst etwas essen", fügte sie hinzu.
"But let us first eat a little," she added.
„Und dann lasst uns alle drei von diesem Ort weglaufen."
"And then let us all three run away from this place".
Swet rief Basanta sofort zu sich.
Swet forthwith called Basanta to him.
Und er erzählte ihm, was er von seiner Frau gehört hatte.
And he told him what he had heard from his wife.
Sie beschlossen, vor Einbruch der Dunkelheit zu fliehen.
They resolved to run away before nightfall.
Die Frau legte ihrem Mann den Fisch vor.
The woman placed before her husband the fish.
Und auch ihr Schwager aß von dem Fisch.
And her brother-in-law ate of the fish too.

Und sie aßen herzhaft von dem Fisch.
And they ate of the fish heartily.
Die Frau packte all ihren Schmuck in eine Schachtel.
The woman packed up all her jewels in a box.
Im Stall war nur ein Pferd.
There was only one horse in the stables.
Aber das Pferd war ungewöhnlich schnell.
But the horse was of uncommon fleetness.
Sie könnten alle zusammen auf dem Pferd sitzen.
They could all sit on the horse together.
Swet hielt die Zügel des Pferdes.
Swet held the reins of the horse.
Die Frau saß in der Mitte des Pferdes.
The woman sat in the middle of the horse.
Und sie hatte die Schmuckschatulle auf ihrem Schoß.
And she had the jewel-box in her lap.
Und Basanta saß auf dem Rücken des Pferdes.
And Basanta sat on the rear of the horse.
Das Pferd galoppierte mit äußerster Schnelligkeit.
The horse galloped with the utmost swiftness.
Sie kamen durch viele einfache und bekannte Städte.
They passed through many a plain and noted town.
Nach Mitternacht fanden sie sich in einem Wald wieder.
After midnight they found themselves in a forest.
Und sie waren nicht weit vom Ufer eines Flusses entfernt.
And they were not far from the banks of a river.
Hier ereignete sich das höchst ungünstige Ereignis.
Here the most untoward event took place.
Swets Frau begann, die Geburtswehen zu spüren.
Swet's wife began to feel the pains of child-birth.
Sie stiegen unverzüglich vom Pferd.
They dismounted from the horse without delay.
**Und innerhalb einer Stunde brachte Swets Frau einen Sohn
zur Welt.**
And within an hour Swet's wife gave birth to a son.
Was sollten die beiden Brüder in diesem Wald tun?
What were the two brothers to do in this forest?

Sie wussten, dass ein Feuer entfacht werden musste.
They knew that a fire had to be kindled.
Die Mutter und das Neugeborene brauchten Wärme.
The mother and the new-born baby needed warmth.
Aber woher sollte das Feuer kommen?
But from where was there fire to be gotten?
Es waren keine menschlichen Behausungen zu sehen.
There were no human habitations visible.
Trotzdem musste ein Feuer entfacht werden.
Nonetheless, a fire had to be procured.
Und es war der Wintermonat Dezember.
And it was the winter month of December.
Die Mutter und das Baby würden mit Sicherheit umkommen.
The mother and the baby would certainly perish.
Swet sagte Basanta, er solle sich neben seine Frau setzen.
Swet told Basanta to sit beside his wife.
Und er machte sich in der Dunkelheit der Nacht auf den Weg.
And he set out in the darkness of the night.
Und er machte sich auf die Suche nach Holz, um ein Feuer zu machen.
And he went in search of wood to make a fire.
Swet ist viele Meilen durch die Dunkelheit gelaufen.
Swet walked many a mile through the darkness.
Doch trotz der Entfernung sah er keine menschlichen Behausungen.
But despite the distance he saw no human habitations.
Aber schließlich konnte seinen Augen geholfen werden.
But eventually his eyes were given some help.
Das freundliche Licht von Sukra erhellte seinen Weg ein wenig.
The genial light of Sukra somewhat illumined his path.
Und er sah in der Ferne etwas, das wie eine große Stadt aussah.
And he saw at a distance what seemed a large city.
Er gratulierte sich selbst zum Ende seiner Reise.

He was congratulating himself on his journey's end.

Und er gratulierte sich selbst dazu, das Feuer gefunden zu haben.

And he congratulated himself for finding fire.

Das Feuer sollte seiner armen Frau zugute kommen.

The fire that was going to benefit his poor wife.

Seine Frau, die kalt im Wald lag.

His wife that was lying cold in the forest.

Das Feuer, das sein neugeborenes Kind retten sollte.

The fire that was going to save his new-born child.

Das neugeborene Baby wurde in die Kälte hineingeboren.

The new-born baby born into the coldness.

Plötzlich schoss ein Elefant über seinen Weg.

Suddenly an elephant shot across his path.

Der Elefant war prächtig geschmückt.

The elephant was gorgeously caparisoned.

Und der Elefant hob ihn sanft mit seinem Rüssel hoch.

And the elephant gently picked him with his trunk.

Er legte ihn auf den Rücken des reichen Howdah.

He placed him on the rich howdah on its back.

Der Elefant ging dann schnell in Richtung Stadt.

The elephant then walked rapidly towards the city.

Swet war von den Ereignissen ziemlich überrascht.

Swet was quite taken aback by the events.

Er verstand das Verhalten des Elefanten nicht.

He did not understand the elephant's actions.

Und er fragte sich, was ihn erwarten würde.

And he wondered what was in store for him.

Ihm stand eine Krone bevor.

A crown is that which was in store for him.

Er wurde in die Hauptstadt eines Königreichs gebracht.

He was being taken to the chief city of a kingdom.

In diesem Königreich wurde jeden Morgen ein König gewählt.

In this kingdom every morning a king was elected.

Denn die Könige dieser Stadt hielten nur einen Tag durch.

Because the kings of this city lasted but a day.

Jede Nacht gesellte sich der neue König zur Königin in ihr Zimmer.
Every night the new king joined the queen in her room.
Und jeden Morgen wurde der vorherige König tot aufgefunden.
And every morning the previous king was found dead.
Niemand wusste, was die Todesursache der Könige war.
No one knew what caused the deaths of the kings.
Nicht einmal die Königin wusste, was die Todesursache war.
Not even the queen knew what caused their death.
Dieses Königreich hatte also seinen eigenen Königsmacher.
So this kingdom had its own king-maker.
Der Elefant, der Swet plötzlich packte.
The elephant who suddenly took hold of Swet.
Früh am Morgen streifte der Elefant umher.
Early in the morning the elephant roamed about.
Manchmal ging der Elefant an weit entfernte Orte.
Sometimes the elephant went to distant places.
Und jeden Abend kam der Elefant mit einem Mann zurück.
And every evening the elephant returned with a man.
Der Mann auf dem Elefanten wurde ihr König.
The man on the elephant's became their king.
Der Elefant marschierte majestätisch durch die Straßen.
The elephant majestically marched through the streets.
Eine Menschenmenge hieß ihren neuen König willkommen.
A crowd of people welcomed their new king.
Aber Swet verstand ihren Jubel noch nicht.
But Swet did not yet understand their cheers.
Der Elefant betrat den Palast des Königreichs.
The elephant entered the kingdom's palace.
Und der Elefant setzte Swet auf den Thron.
And the elephant placed Swet on the throne.
Unter großem Jubel wurde er zum König ausgerufen.
Amid much rejoicing he was proclaimed king.
Doch auch in der Menge gab es Wehklagen.
But there were lamentations in the crowd too.

Im Laufe des Tages hörte er von dem Fluch.
In the course of the day he heard of the curse.
Der nächtliche Tod jedes neu gewählten Königs.
The nightly death of every newly elected king.
Aber Swet verfügte über große Diskretion.
But Swet was possessed of great discretion.
Und er hatte den Mut, keinen Fluchtversuch zu unternehmen.
And he had the courage not to try an escape.
Er traf alle möglichen Vorsichtsmaßnahmen.
He took every precaution that he could take.
Doch er wusste nicht, wie er die Katastrophe abwenden konnte.
But he did not know how to avert the catastrophe.
Und er wusste nicht, welche Mittel er ergreifen sollte.
And he knew not what expedients to adopt.
Weil er die Art der Gefahr nicht kannte.
Because he didn't know the nature of the danger.
Er beschloss jedoch zwei Dinge;
He resolved, however, upon two things;
Er wollte bewaffnet ins Schlafzimmer gehen.
He was going to go armed into the bedchamber.
Und er würde die ganze Nacht wach bleiben.
And he was going to stay awake the whole night.
Die Königin war jung und von erlesener Schönheit.
The queen was young and of exquisite beauty.
Ihr Gesichtsausdruck war arglos und gütig.
Guileless and benevolent was the expression of her face.
Es war unmöglich, ihr irgendeine böse Absicht zu unterstellen.
It was impossible to attribute her any malice.
Niemand glaubte, dass sie für den Tod aller Könige verantwortlich war.
No one believed she caused all the kings' deaths.
Im Gemach der Königin verbrachte Swet einen angenehmen Abend.
In the queen's chamber Swet spent an agreeable evening.

Als die Nacht fortschritt, schlief die Königin ein.
As the night advanced the queen fell asleep.
Aber Swet blieb wach und war auf der Hut.
But Swet kept awake, and was on the alert.
Er betrachtete jede Ecke und jeden Winkel des Zimmers.
He looked at every creek and corner of the room.
Und er rechnete jede Minute damit, ermordet zu werden.
And he expected every minute to be murdered.
Aber die Königin erhob sich nicht, um ihn zu ermorden.
But the queen did not rise to murder him.
Und niemand betrat den Raum, um ihn zu ermorden.
And no one entered the room to murder him either.
Er fühlte auch nichts anderes als Schläfrigkeit.
Nor did he feel anything other than sleepiness.
Doch mitten in der Nacht bemerkte er etwas.
But in the dead of night he perceived something.
Aus dem Nasenloch der Königin kam ein Faden.
A thread was coming out the queen's nostril.
Der Faden war so dünn, dass er fast unsichtbar war.
The thread was so thin that it was almost invisible.
Langsam erreichte der Faden eine Länge von mehreren Metern.
Slowly the thread reached several yards in length.
Und irgendwann kam der ganze Faden heraus.
And eventually all the thread came out.
Erst dann begann der Faden dicker zu werden.
Only then did the thread begin to grow thicker.
Bald nahm der Faden seine eigentliche Form an.
Soon the thread took on its real shape.
Der Faden war in Wirklichkeit eine riesige Schlange.
The thread was in fact a huge serpent.
Sofort schlug Swet der Schlange den Kopf ab.
Immediately Swet cut off the head of the serpent.
Der Körper der Schlange wand sich heftig.
The body of the serpent wriggled violently.
Er saß still im Zimmer und erwartete weitere Abenteuer.
He sat quiet in the room, expecting other adventures.

Aber den Rest der Nacht passierte nichts mehr.
But nothing else happened the rest of the night.
Die Königin schlief länger als gewöhnlich.
The queen slept longer than usual.
Denn sie war von der riesigen Schlange befreit worden.
Because she had been relieved of the huge snake.
Früh am nächsten Morgen kamen die Minister.
Early next morning the ministers came.
Sie erwarteten, vom Tod des Königs zu hören.
They were expecting to hear of the king's death.
Die Damen des Schlafzimmers klopften an die Tür.
The ladies of the bedchamber knocked at the door.
Aber zu ihrem Erstaunen kam Swet heraus.
But to their astonishment Swet come out.
Das Volk erfuhr das Geheimnis um den Tod aller Könige.
The folk learned the mystery of all the kings' deaths.
Und nun freute sich das Land über seinen ständigen König.
And now the country rejoiced their permanent king.
Es gibt eine merkwürdige Sache, die Ihnen wahrscheinlich aufgefallen ist.
There is a strange thing you probably noticed.
Swet erinnerte sich nicht an die Frau, die er zurückgelassen hatte.
Swet did not remember his wife he left behind.
Es ist seltsam, aber dennoch wahr.
It is a strange thing, nevertheless it is true.
wehrlose Neugeborene konnte er sich nicht erinnern .
Nor did he remember the defenceless new-born babe.
Und auch an seinen Bruder konnte er sich nicht erinnern.
And he did not remember his brother either.
Er hatte keine Zeit, sich zu erinnern, wann der Elefant kam.
He had no time to remember when the elephant came.
In der ersten Nacht musste er um sein Leben fürchten.
On the first night he had to worry for his own life.
Und nun brachte die Krone seine Vergesslichkeit mit sich.
And now the crown brought on his forgetfulness.
Aber er hatte Basanta seine Frau und sein Kind anvertraut.

But he had entrusted his wife and child to Basanta.
Und sein Bruder saß viele ermüdende Stunden da und wartete.
And his brother sat waiting for many weary hours.
Jeden Moment erwartete er, dass Swet mit Feuer zurückkommen würde.
Every moment he expected to see Swet return with fire.
Doch die ganze Nacht verging, ohne dass er zurückkehrte.
But the whole night passed away without his return.
Bei Sonnenaufgang ging er zum Flussufer.
At sunrise he went to the bank of the river.
Dort hielt er ängstlich nach seinem Bruder Ausschau.
There he anxiously looked about for his brother.
Aber sein Warten und Suchen waren vergebens.
But his waiting and searching were all in vain.
Unermesslich verzweifelt weinte er am Flussufer.
Distressed beyond measure, he wept at the riverside.
Während er weinte, kam ein Boot vorbei.
As he was weeping a boat was passing by.
Im Boot war ein Kaufmann auf dem Rückweg von seinem Geschäft.
In the boat a merchant was returning from business.
Das Boot war nicht weit vom Ufer entfernt.
The boat was not far from the shore.
So konnte der Händler sehen, wie Basanta weinte.
So the merchant could see Basanta weeping.
Etwas erregte die Aufmerksamkeit des Händlers.
Something struck the attention of the merchant.
Neben dem weinenden Mann schien ein Haufen Perlen zu sein.
By the weeping man appeared to be a pile of pearls.
Der Kaufmann forderte den Bootsmann auf, anzuhalten.
The merchant requested the boatman to halt.
Und der Kaufmann ging zu dem weinenden Mann.
And the merchant went to the weeping man.
Bei dem weinenden Mann befand sich tatsächlich ein Haufen Perlen.

By the weeping man was in fact a pile of pearls.
Und die Perlen waren von höchster Qualität.
And the pearls were of the highest quality.
Und noch etwas erstaunte den Kaufmann.
And another thing astonished the merchant.
Der Perlenhaufen wurde mit jeder Sekunde größer.
The pile of pearls grew larger every second.
Denn der Mann weinte, aber es waren keine Tränen.
Because the man was crying, but not tears.
Denn seine Tränen verwandelten sich in Perlen auf dem Boden.
Because his tears turned to pearls on the ground.
Der Kaufmann verstaute die Perlen in seinem Boot.
The merchant stowed away the pearls into his boat.
Dann holte sich der Kaufmann seine Diener zur Hilfe.
Then the merchant got his servants to help him.
Und gemeinsam nahmen sie den weinenden Mann gefangen.
And together they captured the crying man.
Sie brachten ihn an Bord des Schiffes.
They put him on board of the vessel.
Und er band ihn an einen der Schiffsmasten.
And he tied him to one of the ship's masts.
Basanta versuchte natürlich sein Bestes, Widerstand zu leisten.
Basanta, of course, tried his best to resist.
Aber was konnte er gegen so viele Seeleute ausrichten?
But what could he do against so many sailors?
Er dachte an seinen Bruder, der nie zurückgekehrt war.
He thought of his brother who never returned.
Er dachte an seine Schwägerin im Wald.
He thought of his sister-in-law in the forest.
Und er dachte an seine neugeborene Nichte.
And he thought of his newly born niece.
Und er weinte noch bitterlicher als zuvor.
And he cried even more bitterly than before.
Sein Weinen gefiel dem Kaufmann ungemein.

His weeping mightily pleased the merchant.
Denn es fielen noch mehr Perlen zu Boden.
Because even more pearls were falling to the ground.
Und der Kaufmann wurde immer reicher.
And the merchant became richer and richer.
Schließlich erreichte der Kaufmann seine Heimatstadt.
Eventually the merchant reached his native town.
Als sie dort ankamen, sperrte er Basanta in ein Zimmer.
When they got there he confined Basanta in a room.
Er ließ ihn jeden Tag zu festgelegten Zeiten auspeitschen.
At stated hours every day he had him whipped.
Um ihn noch mehr Tränen vergießen zu lassen.
In order to make him shed yet more tears.
Und jede Träne verwandelte sich in eine leuchtende Perle.
And every tear converted into a bright pearl.
Eines Tages sagte der Kaufmann zu seinen Dienern:
The merchant one day said to his servants;
„Der Kerl macht mich reich durch sein Weinen."
"The fellow is making me rich by his weeping".
„Mal sehen, was er mir mit seinem Lachen schenkt."
"Let us see what he gives me by laughing".
Also begann er, seine Gefangene zu kitzeln.
Accordingly, he began to tickle his captive.
Als Basanta gekitzelt wurde, begann er zu lachen.
Upon being tickled Basanta began to laugh.
Natürlich lachte er nicht vor Freude.
Of course he was not laughing out of happiness.
Aber nichtsdestotrotz kamen Maniks aus seinem Mund.
But none the less maniks dropped from his mouth.
Danach wurde Basanta nicht mehr einfach ausgepeitscht.
After this Basanta was not just whipped anymore.
Nun wurde er abwechselnd ausgepeitscht und gekitzelt.
Now he was alternately whipped and tickled.
**Den ganzen Tag und bis spät in die Nacht wurde er
ausgebeutet.**
All day and far into the night he was exploited.
Der Reichtum des Kaufmanns wuchs Tag und Nacht.

The merchant's wealth increased day and night.
Bald wurde er der reichste Mann des Landes.
Soon he became the wealthiest man in the land.
**Aber kommen wir später auf Basantas Unterwerfung
zurück.**
But let us return to Basanta's subjugation later.
Wenden wir uns nun Swets Frau zu.
Now let us turn our attention to Swet's wife.

Swets verlassene Frau war immer noch im Wald.
Swet's abandoned wife was still in the forest.
Sie hatte gerade ihr Kind zur Welt gebracht.
She had just given birth to her child.
Doch nun war sie allein im Wald.
But now she was alone in the forest.
Zuerst hatte ihr Mann sie verlassen.
First her husband had abandoned her.
Und jetzt hat auch ihr Schwager sie verlassen.
And now her brother-in-law abandoned her too.
Stellen Sie sich vor, wie sehr sie von Trauer überwältigt war.
Imagine how overwhelmed with grief she felt.
Allein und in einem Wald, weit weg von der Zivilisation.
Alone, and in a forest, far from civilization.
Ihr Fall verdiente tatsächlich Mitgefühl.
Her case was indeed deserving of sympathy.
Sie weinte Ströme trauriger und einsamer Tränen.
She wept rivers of sad and lonely tears.
Übermäßiger Kummer verschaffte ihr jedoch Erleichterung.
Excessive grief, however, brought her relief.
Sie schlief mit dem Neugeborenen in ihren Armen ein.
She fell asleep with the new-born in her arms.
**Während sie tief und fest schlief, ereignete sich eine weitere
Tragödie.**
While she was deep in sleep another tragedy took place.
Zufällig kam der Kotwal vorbei.
It so happened that the Kotwal was passing by.
Er hatte vor kurzem selbst Unglück erlitten.

He had recently suffered his own misfortune.

Doch sein Unglück war anderer Natur.

But his misfortune was of a different nature.

Die Kinder seiner Frau starben kurz nach der Geburt.

The children his wife bore died shortly after birth.

Und nun wollte er das letzte Kind begraben.

And he was now going to bury the last infant.

Er war auf dem Weg zum Flussufer.

He was heading to the banks of the river.

Der Ort, an dem die anderen Säuglinge begraben wurden.

The place where the other infants were buried.

Doch dann sah er die Frau im Wald schlafen.

But then he saw the woman sleeping in the forest.

Und er sah, dass sie ein Baby in ihren Armen hielt.

And in her arms he saw her holding a baby.

Das Kind war ein lebhafter und hübscher Junge.

The infant was a lively and beautiful boy.

Seine Lebhaftigkeit störte den Schlaf seiner Mutter nicht.

His liveliness did not disturb his mother's sleep.

Der Kotwal wünschte sich das süße Baby sehr.

The Kotwal wanted the lovely infant very much.

Er nahm seiner Mutter das Kind stillschweigend ab.

He quietly took the child from his mother.

Und in ihre Arme legte er sein eigenes totes Kind.

And in her arms he placed his own dead child.

Das konnte er seiner Frau natürlich nicht sagen.

Of course this is not what he could tell his wife.

„Wir dachten beide, unser Sohn sei gestorben."

"We both thought that our son had died".

„Und ich trug seinen Leichnam zum Flussufer."

"And I carried his body to the river bank".

„Und dann geschah ein Wunder."

"And that was when a miracle occurred".

„Unser Sohn öffnete noch einmal seine jungen Augen."

"Once more our son opened his young eyes".

„Und jetzt haben wir einen wunderschönen und lebhaften Jungen."

"And now we have a beautiful and lively boy".
Doch Swets Frau kannte die wahren Umstände nicht.
But Swet's wife did not know the true events.
Als sie aufwachte, hielt sie das tote Kind in ihren Armen.
When she woke she held the dead child in her arms.
Und sie dachte, ihr Kind sei gestorben.
And she thought it was her child that had died.
Man kann sich leicht vorstellen, wie verzweifelt sie war.
The distress of her mind may easily be imagined.
Die ganze Welt wurde dunkel für sie.
The whole world became dark to her.
Der Verlust ihres Kindes hat sie abgelenkt.
She was distracted by the loss of her child.
Und in ihrer Zerstreutheit fasste sie einen Entschluss.
And in her distraction she formed a resolution.
Sie hatte beschlossen, sich das Leben zu nehmen.
She had resolved to take her own life.
Der Fluss war nicht weit von der Stelle entfernt, an der sie geschlafen hatte.
The river was not far from where she had slept.
Und sie beschloss, sich im Fluss zu ertränken.
And she determined to drown herself in the river.
Sie nahm das Juwelenbündel in die Hand.
She took in her hand the bundle of jewels.
Und dann ging sie zum Flussufer.
And then she proceeded to the river-side.
Ein alter Brahmane war nicht weit entfernt.
An old Brahman was at no great distance.
Der Brahmane führte seine Morgenwaschung durch.
The Brahman was performing his morning ablutions.
Er bemerkte, wie die Frau ins Wasser ging.
He noticed the woman going into the water.
Natürlich dachte er, dass sie baden würde.
Naturally he thought that she was going to bathe.
Doch dann sah er, wie sie ins tiefe Wasser ging.
But then he saw her going into the deep waters.
So etwas wie Misstrauen stieg in ihm auf.

Something akin to suspicion arose in his mind.
Der Brahmane stellte seine Andacht ein.
The Brahman discontinued his devotions.
Auch er watete in die Tiefe des Flusses.
He too waded out towards the river's depth.
Und er befahl der Frau, zu ihm zu kommen.
And he ordered the woman to come to him.
Swets Frau hörte, wie der alte Mann sie rief.
Swet's wife heard the old man calling her.
Also ging sie denselben Weg zurück zu dem alten Mann.
So she retraced her steps to the old man.
„Was waren Ihre Absichten?", fragte der Brahma.
"What were your intentions?" asked the Braham.
Und die Frau bestätigte seinen Verdacht.
And the woman confirmed his suspicions.
„Ich wollte meinem Leben ein Ende setzen."
"I was going to put an end to my life".
Und sie dankte dem Brahmanen für ihre Rettung.
And she thanked the Brahman for saving her.
„Nehmen Sie diese Juwelen als Zeichen der Wertschätzung an."
"Accept these jewels as a sign of appreciation".
Der Brahmane nahm das Zeichen der Anerkennung entgegen.
The Brahman accepted the sign of appreciation.
Aber ihre Geschichte interessierte ihn mehr.
But he was more interested in her story.
Und auf seine Bitte hin erzählte sie ihre Geschichte.
And at his request she related her story.
Sie war ihrer Stiefmutter entkommen.
She had escaped from her stepmother in law.
Im Wald brachte sie ein Kind zur Welt.
In the forest she gave birth to a child.
Zuerst machte sich ihr Mann auf die Suche nach Feuer.
First her husband went looking for fire.
Aber ihr Mann kam nie zu ihr zurück.
But her husband never came back to her.

Dann suchte ihr Schwager nach ihrem Mann.
Then her brother-in-law looked for her husband.
Doch auch ihr Schwager kehrte nicht zurück.
But her brother-in-law did not return either.
Schließlich schlief sie mit ihrem Kind ein.
Eventually she fell asleep with her child.
Doch als sie aufwachte, war ihr Kind tot.
But when she woke her child was dead.
Und da beschloss sie, sich zu ertränken.
And that's when she decided to drown herself.
Es war eine Erleichterung für sie, ihr Schicksal mitzuteilen.
She felt the relieve of telling her fate.
Der Brahmane lud die Frau zu sich nach Hause ein.
The Brahman invited the woman to his house.
Und die Frau wurde in seine Familie aufgenommen.
And the woman was accepted into his family.
Die Frau des Brahmanen behandelte sie wie eine Tochter.
The Brahman's wife treated her like a daughter.
Und sie verbrachte Jahre mit ihrer neuen Familie.
And she spent years with her new family.
Swet verbrachte diese Jahre in seinem Königreich.
Swet spend those years in his kingdom.
Basanta wurde diese Jahre lang gefoltert.
Basanta spent those years being tortured.
Und der Adoptivsohn des Kotwal wuchs heran.
And the adopted son of the Kotwal grew up.
Das Haus des Brahmanen war nicht weit vom Haus der Kotwals entfernt.
The Brahman's house was not far from the Kotwal's.
So lernte der Sohn des Kotwal die Adoptivtochter des Brahmanen kennen.
So the Kotwal's son met the Brahman's adopted daughter.
Und der Junge glaubte, er hätte sich in sie verliebt.
And the lad thought he fell in love with her.
Er sprach mit seinem Vater über die Frau.
He spoke to his father about the woman.
Und der Vater sprach mit dem Brahmanen über die Frau.

And the father spoke to the Brahman about the woman.
Die Wut des Brahmanen kannte keine Grenzen.
The Brahman's rage knew no bounds.
„Was ist das für eine Unverschämtheit!", protestierte der Brahmane.
"What is this insolence!" the Brahman protested.
„Ihr Sohn ist der Sohn eines Ungläubigen."
"Your son is the son of an infidel".
„Wie kann er nach der Hand einer Brahmanentochter streben!?".
"How can he aspire to the hand of a Brahman's daughter!?".
„Ein Zwerg könnte genauso gut danach streben, den Mond zu erobern!"
"A dwarf may as well aspire to catch hold of the moon!".
Doch der Sohn des Kotwal war entschlossen, sie mit Gewalt zu bekommen.
But the Kotwal's son determined to have her by force.
Eines Tages erklomm er die Mauer des Brahmanenhauses.
One day he scaled the wall of the Brahman's house.
Er gelangte auf das Strohdach des Kuhstalls.
He got upon the thatched roof of the cow-house.
Und von dieser erhabenen Position aus erkundete er die Gegend.
And from that lofty position he reconnoitered.
Und er sah zwei junge Kälber unter sich.
And he saw two young calves below him.
Und er belauschte das Gespräch zweier junger Kälber.
And he overheard the conversation of two young calves.
„Die Menschen werfen uns brutale Ignoranz und Unmoral vor."
"Men accuse us of brutish ignorance and immorality".
„Aber meiner Meinung nach sind Männer fünfzigmal schlimmer."
"But in my opinion men are fifty times worse".
„Wie kommst du darauf, Bruder?", fragte das Kalb.
"What makes you say so, brother?" the calf asked.
„Haben Sie Fälle menschlicher Verderbtheit erlebt?"

"Have you witnessed instances of human depravity?".
„Wer ist ein größeres Monster als der Sohn des Kotwal?"
"Who is a greater monster than the Kotwal's son?".
„Derselbe Junge steht auf dem Strohdach."
"The same lad standing on the thatched roof".
„Das Dach dieser Hütte über unseren Köpfen".
"The roof of this hut above our heads".
„Ich dachte, er wäre nur der Sohn unseres Kotwal."
"I thought he was just the son of our Kotwal".
„Ich habe nie gehört, dass er außergewöhnlich bösartig war."
"I never heard that he was exceptionally vicious".
„Vielleicht haben Sie noch nie von seiner Schlechtigkeit gehört."
"You may have never heard of his wickedness".
„Aber jetzt werdet ihr von mir von seiner Bosheit hören."
"But now you will hear of his wickedness from me".
„Dieser böse Junge schmiedet jetzt unmoralische Pläne."
"This wicked lad is now making immoral plans".
„Er versucht, seine eigene Mutter zu heiraten!"
"He is trying get married to his own mother!".
Das erste Kalb erzählte dann die ganze Geschichte.
The First Calf then related the whole story.
Und das neugierige zweite Kalb hörte zu.
And the inquisitive Second Calf listened.
Und das Kalb erzählte Swets und Basantas Geschichte.
And the calf told Swet's and Basanta's story.
„Ein Kaufmann baute ein Haus für seinen Sohn"
"A merchant built a house for his son"
„Im Garten des Hauses war ein Toontooni- Vogel"
"In the garden of the house was a Toontooni bird"
„Im Nest des Toontooni- Vogels war ein Ei"
"In the nest of the Toontooni bird was an egg"
„Der Sohn des Kaufmanns legte das Ei in ein Schrank"
"The merchant's son put the egg in a almirah"
„Aus dem Ei kam ein wunderschönes Mädchen"
"Out of the egg came a beautiful girl"

„Schließlich heiratete der Sohn des Kaufmanns dieses schöne Mädchen"

"Eventually the merchant's son married this beautiful girl"

„Zusammen hatten sie zwei Kinder: Swet und Basanta."

"Together they had two children; Swet and Basanta"

„Einige Zeit später starb der Großvater der Kinder"

"Some time later the grandfather of the children died"

„Einige Zeit später starb auch ihre Großmutter"

"Some time later again their grandmother died too"

„Zur rechten Zeit heiratete der älteste Sohn, Swet"

"At the right time, the oldest son, Swet, got married"

„Seine Mutter, die Toontooni- Frau, starb einige Zeit später."

"His mother, the Toontooni woman, died sometime later"

„Kurz darauf heiratete ihr Vater eine jüngere Frau"

"Soon after their father married a younger woman"

„Aber ihre neue Stiefmutter hasste ihre Stiefsöhne"

"But their new stepmother hated her stepsons"

„Und sie hasste auch ihre neue Stiefschwiegertochter"

"And she also hated her new stepdaughter-in-law"

„Eines Tages kam zufällig ein Fischer zum Kaufmann"

"One day a fisherman happened to visit the merchant"

„Der Fischer hatte dem Händler einen magischen Fisch verkauft"

"The Fisherman had sold the merchant a magical fish"

„Wer den Fisch aß, würde lachen, Maniks "

"Whoever ate the fish would laugh maniks"

„Und wer den Fisch aß, weinte um Perlen"

"And whoever ate the fish would weep pearls"

„Am selben Tag gab es einen Streit wegen einiger Tauben"

"The same day there was an argument over some pigeons"

„Die Stiefmutter war ihren Stiefsöhnen gegenüber schrecklich rachsüchtig"

"The stepmother was terribly vengeful to her stepsons"

„Und sie schwor Rache an ihren Stiefsöhnen"

"And she swore revenge on her stepsons"

„An diesem Tag entkamen Swet, seine Frau und Basanta"

"That day Swet, his wife, and Basanta escaped"
„Aber bevor sie gingen, aßen sie den magischen Fisch "
"But before leaving they ate the magical fish"
„Auf ihrer Reise brachte Swets Frau einen kleinen Jungen zur Welt"
"On their journey Swet's wife gave birth to a baby boy"
„Swet ging Holz suchen, um ein Feuer zu machen"
"Swet went to look for wood to make a fire"
„Aber er wurde von einem Elefanten weggetragen"
"But he was carried away by an elephant"
„Er wurde zu einer Königin gebracht, die von einer Schlange heimgesucht wurde "
"He was taken to a Queen haunted by a snake"
„Aber es gelang ihm, die Schlange zu töten"
"But he succeeded in killing the serpent"
„Und so wurde er König des Landes." „ Basanta machte sich auf die Suche nach seinem Bruder."
"And so he became king of the land""Basanta went looking for his brother"
„Aber er wurde von einem Kaufmann gefangen genommen"
"But he was captured by a merchant"
„Und jetzt wird er täglich ausgepeitscht und gekitzelt"
"And now he's flogged and tickled daily"
„Und er weint Perlen und lacht Maniks "
"And he cries pearls and laughs maniks"
„Der Sohn des Kotwal war in dieser Nacht gestorben"
"The Kotwal's son had died that night"
„Also tauschte der Kotwal die beiden Babys aus"
"So the Kotwal exchanged the two babies"
„Die Mutter konnte den Verlust ihres Kindes nicht ertragen"
"The mother couldn't bear the loss of her child"
„Also traf sie die Entscheidung, sich zu ertränken"
"So she made the decision to drown herself"
„Aber da war ein Brahmane, der ihr das Leben rettete"
"But there was a Brahman that saved her life"
„Und dieser Brahmane nahm sie in sein Haus auf."

"And this Brahman took her into his home"
„Der Sohn der Kotwals wuchs als robuster Junge auf"
"The Kotwal's son grew up a hardy boy"
„Und er verliebte sich in die Frau"
"And he fell in love with the woman"
„Und jetzt steht er auf dem Dach"
"And now he stands on the roof"
„Und er hat es auf die Frau abgesehen"
"And he's intent on having the woman"
All dies hörte der Sohn des Kotwal.
All this the Kotwal's son heard.
Und er war von Entsetzen erfüllt.
And he was struck with horror.
Er stieg sofort vom Strohdach herunter.
He forthwith got down from the thatch.
Und er ging nach Hause zu seinem Vater.
And he went home to his father.
Und er sagte, er müsse mit dem König sprechen.
And he said he must speak with the king.
Der Vater protestierte gegen den Antrag.
The father protested against the request.
Aber er bekam ein Gespräch mit dem König.
But he got an interview with the king.
Er erzählte dem König von den beiden Kälbern.
He told the king about the two calves.
Und er wiederholte die ganze Geschichte.
And he repeated the whole story.
Der König erinnerte sich nun an seine arme Frau.
The king now remembered his poor wife.
Also wurde ein Diener zum Brahmanen geschickt.
So a servant was sent to the Brahman.
Und der Brahmane wurde reich belohnt.
And the Brahman was richly rewarded.
Und seine Frau wurde zurück in den Palast gebracht.
And his wife was brought back to the palace.
Seine Frau erhielt die ihr zustehende Stellung.
His wife was put in her proper position.

Und sie wurde Königin des Königreichs.
And she became queen of the kingdom.
Der angebliche Sohn des Kotwal wurde wieder adoptiert.
The reputed son of the Kotwal was readopted.
Und er wurde zum Thronfolger ernannt.
And he was proclaimed heir to the throne.
Basanta wurde aus dem Kerker geholt.
Basanta was brought out of the dungeon.
Und der böse Kaufmann wurde lebendig begraben.
And the wicked merchant was buried alive.
Und man legte Dornen auf seine Grabstätte.
And thorns were put in his burying-place.
Und alle lebten viele Jahre glücklich zusammen.
And all lived together happily for many years.
Swet, seine Frau und sein Sohn und Basantas.
Swet, his wife and son, and Basantas.

Der böse Blick von Sani
The Evil Eye of Sani

Es war einmal, da gerieten Sani und Lakshmi in Streit.
Once upon a time Sani and Lakshmi fell out with each other.
Sani, auch Saturn genannt, ist der Gott des Unglücks.
Sani, also known as Saturn, is the God of bad luck.
Und Lakshmi ist die Göttin des Glücks.
And Lakshmi is the Goddess of good luck.
Und diese beiden Götter gerieten im Himmel in Streit.
And these two Gods fell out with each other in heaven.
Sani sagte, sein Rang sei höher als der von Lakshmi.
Sani said he was higher in rank than Lakshmi.
Und Lakshmi sagte, sie habe einen höheren Rang als Sani.
And Lakshmi said she was higher in rank than Sani.
Aber es gab genauso viele Götter wie Göttinnen.
But there were just as many Gods as there were Goddesses.
Daher konnte der Streit nicht im Himmel beigelegt werden.
Therefore the dispute could not be settled in heaven.
Die streitenden Gottheiten einigten sich darauf, die Angelegenheit den Menschen zu überlassen.
The contending deities agreed to refer the matter to humans.
Die Menschen hatten einen Namen für Weisheit und Gerechtigkeit.
The humans had a name for wisdom and justice.
Zu dieser Zeit lebte auf der Erde ein Mann namens Sribatsa .
There lived at that time upon earth a man named Sribatsa.
(Sri ist ein anderer Name von Lakshmi).
(Sri is another name of Lakshmi).
(Und „Batsa " ist ein anderes Wort für Kind).
(And"batsa" is another word for child).
(Sribatsa bedeutet also wörtlich „das Kind des Glücks").
(so Sribatsa literally means"the child of fortune").
Sribatsa besaß ebenso viel Weisheit wie Reichtum.
Sribatsa had as much wisdom as he had wealth.
Und er war ebenso schön wie reich.
And he was as fair as he was rich, too.

Er war daher ein guter Richter für den Streit.
He was therefore a good judge for the dispute.
Und der Gott und die Göttin waren sich einig, dass er über ihren Fall richten könne.
And the God and Goddess agreed he could judge their case.
Eines Tages wurde Sribatsa kontaktiert.
One day, accordingly, Sribatsa was contacted.
Ihm wurde gesagt, dass Sani und Lakshmi zu ihm kommen würden.
He was told that Sani and Lakshmi would come to him.
Und man sagte ihm, sie wünschten, er würde ihren Streit beilegen.
And he was told they wished for him to settle their dispute.
Dies brachte Sribatsa in eine heikle Lage.
This put Sribatsa in a delicate situation.
Er könnte sagen, dass Sani einen höheren Rang als Lakshmi hatte.
He could say Sani was higher in rank than Lakshmi.
Aber dann wäre sie wütend auf ihn und würde ihn im Stich lassen.
But then she would be angry with him and forsake him.
Er könnte sagen, dass Lakshmi einen höheren Rang als Sani hat.
He could say Lakshmi was higher in rank than Sani.
Aber dann würde Sani seinen bösen Blick auf ihn werfen.
But then Sani would cast his evil eye upon him.
Er nahm sich vor, nichts direkt zu sagen.
He made up his mind not to say anything directly.
Der Gott und die Göttin mussten seine Handlungen beobachten.
The god and the goddess had to observe his actions.
Und aus seinen Handlungen konnten sie ihre Meinung ableiten.
And from his actions they could gather their opinions.
Sribatsa gab die Anfertigung von zwei Stühlen in Auftrag.
Sribatsa ordered two chairs to be made.
Einer der Stühle war aus Gold.

One of the chairs was made from gold.
Und der andere Stuhl war aus Silber.
And the other chair was made from silver.
Und er stellte die beiden Stühle neben sich.
And he placed the two chairs beside himself.
Der Tag kam, an dem Sani und Lakshmi Sribatsa besuchten.
The day came when Sani and Lakshmi visited Sribatsa.
Er sagte Sani, er solle sich auf den silbernen Stuhl setzen.
He told Sani to sit upon the silver chair.
Und er sagte Lakshmi, sie solle sich auf den goldenen Stuhl setzen.
And he told Lakshmi to sit upon the gold chair.
Sani wurde rasend vor Wut und sprach wütend;
Sani became mad with rage, and spoke angrily;
„Sie halten mich für rangniedriger als Lakshmi."
"You consider me lower in rank than Lakshmi"
„Drei Jahre lang werde ich mein Auge auf dich werfen"
"I will cast my eye on you for three years"
„Wir werden sehen, wie es Ihnen am Ende dieses Zeitraums ergeht."
"We shall see how you fare at the end of that period"
Der Gott ging dann in großem Zorn weg.
The god then went away in great anger.
Bevor Lakshmi wegging, sagte sie zu Sribatsa :
Lakshmi, before she went away, said to Sribatsa;
„Mein Kind, fürchte dich nicht. Ich werde dein Freund sein."
"My child, do not fear. I'll befriend you"
Der Gott und die Göttin gingen dann weg.
The god and the goddess then went away.
Sribatsa sprach mit seiner Frau Chantamani ;
Sribatsa spoke to his wife, Chantamani;
„Liebste, der böse Blick von Sani wird auf mir ruhen"
"Dearest, the evil eye of Sani will be upon me"
„Ich sollte besser das Haus verlassen"
"I had better go away from the house"

„Wenn ich bleibe, wird dir und mir Böses widerfahren."

"If I stay evil will befall you and me"

„Wenn ich aber gehe, wird mich nur das Böse ereilen"

"But if I go, evil will overtake me only"

Chintamani sagte: „So kann es nicht sein."

Chintamani said, "it cannot be that way"

„Wohin du auch gehst, ich werde mit dir gehen"

"Wherever you go, I will go with you"

„Dein Glück soll auch mein Glück sein"

"Your good luck shall be my good luck"

„Und dein Unglück wird mein Unglück sein"

"And your bad luck shall be my bad luck"

Der Ehemann versuchte mit aller Kraft, seine Frau zum Bleiben zu überreden.

The husband tried hard to persuade his wife to stay.

Doch alle seine Bemühungen waren vergebens.

But all his efforts were of no use.

Sie weigerte sich, ihren Mann zu verlassen.

She refused to abandon her husband.

Sribatsa sagte seiner Frau, sie solle eine Öffnung in ihre Matratze machen.

Sribatsa told his wife to make an opening in their mattress.

Und er sagte ihr, sie solle ihr gesamtes Geld und ihre Juwelen verstauen.

And he told her to stow away all their money and jewels.

Am Vorabend ihrer Abreise aus dem Haus rief Sribatsa Lakshmi an.

On the eve of leaving their house, Sribatsa invoked Lakshmi.

Als sie angerufen wurde, erschien Lakshmi sofort.

Upon being invoked, Lakshmi forthwith appeared.

„Mutter Lakshmi, der böse Blick von Sani liegt auf uns"

"Mother Lakshmi, the evil eye of Sani is upon us"

„Wir gehen ins Exil"

"We are going away into exile"

„Bitte seien Sie unser Freund und kümmern Sie sich um unser Eigentum."

"Please befriend us, and take care of our property"

Die Glücksgöttin antwortete.

The goddess of good luck answered.

„Hab keine Angst, ich werde dein Freund sein."

"Do not fear; I'll befriend you"

„Am Ende wird alles gut"

"In the end all will be right"

Dann machten sie sich auf die Reise.

They then set out on their journey.

Sribatsa rollte die Matratze zusammen und legte sie auf seinen Kopf.

Sribatsa rolled up the mattress and put it on his head.

Sie waren noch nicht viele Meilen gegangen, als sie einen Fluss sahen.

They had not gone many miles when they saw a river.

Da war ein Kanu, in dem ein Mann saß.

There was a canoe with a man sitting in it.

Die Reisenden baten den Fährmann, sie hinüberzubringen.

The travelers requested the ferryman to take them across.

Der Fährmann sagte, er könne immer nur einen auf einmal mitnehmen.

The ferryman said he could only take one at a time.

„Ihr seid zu dritt", wandte er ein.

"Tere are three of you," he objected.

„Da sind Sie, Ihre Frau und Ihre Matratze"

"There is you, your wife, and your mattress"

Sribatsa schlug vor, in welcher Reihenfolge sie den Fluss überqueren sollten.

Sribatsa proposed in what order they should ferry over the river.

„Zuerst sollte meine Frau über den Fluss gebracht werden"

"First my wife should be taken across the river"

„Bringt die Matratze nach meiner Frau über den Fluss"

"After my wife, take the mattress across the river"

„Und dann kannst du mich über den Fluss bringen"

"And then you can take me across the river"

Doch der Fährmann wollte davon nichts wissen.

But the ferryman would not hear of it.

„Nur eins auf einmal", wiederholte er.
"Only one at a time," he repeated.
„Lass mich zuerst über die Matratze gehen"
"First let me take across the mattress"
Sribatsa sah keinen Grund, Einwände gegen den Vorschlag zu erheben.
Sribatsa saw no reason to object to the proposal.
Der Fährmann begann, die Matratze über den Fluss zu bringen.
The ferryman started taking the mattress across the river.
Er hatte die Hälfte des Flusses überquert.
He had reached halfway across the river.
Doch dann kam aus dem Nichts ein heftiger Sturm auf.
But then, from nowhere, a fierce gale arose.
Der Fährmann verlor die Kontrolle über sein Kanu.
The ferryman lost control of his canoe.
Die Matratze wurde in den Fluss geweht.
The mattress was blown into the river.
Der Fluss hat alles mit sich gerissen.
The river carried everything away with it.
Und die Fährmänner, das Kanu und die Matratze wurden nie wieder gesehen.
And the ferrymen, canoe, and mattress were never seen again.
Aber das waren noch nicht einmal die seltsamsten Ereignisse.
But that was not even the strangest events.
Denn auch der Fluss löste sich in Luft auf.
Because the river also disappeared into thin air.
Wo Wasser war, war jetzt trockener Boden.
Where there was water there was now dry ground.
Sribatsa wusste, dass Sanis böser Blick sie beobachtet hatte.
Sribatsa knew the evil eye of Sani had been watching.

Sribatsa und seine Frau hatten keinen Cent in der Tasche.
Sribatsa and his wife had not a pice in their pockets.
Gemeinsam gingen sie verarmt in ein nahegelegenes Dorf.
Together, impoverished, they went to a nearby village.

Das Dorf wurde hauptsächlich von Holzfällern bewohnt.
The village was dwelt in mostly by wood-cutters.
Bei Sonnenaufgang gingen die Holzfäller los, um Holz zu schlagen.
At sunrise the woodcutters went to cut wood.
Und das Holz, das sie fällten, verkauften sie in einer weit entfernten Stadt.
And the wood they cut they sold in a faraway town.
Sribatsa bat darum, bei den Holzfällern arbeiten zu dürfen.
Sribatsa asked to work with the wood-cutters.
Und die Holzfäller waren einverstanden, dass er Holz fällte.
And the wood-cutters agreed to let him cut wood.
Er konnte Bäume genauso gut fällen wie die Besten.
He could fell trees as well as the best of them.
Aber Sribatsa war anders als die Holzfäller.
But Sribatsa was different from the wood-cutters.
Die Holzfäller schneiden jede Art von Holz.
The wood-cutters cut any and every sort of wood.
Aber Sribatsa schnitt nur die wertvollsten Holzarten.
But Sribatsa cut only the precious types of wood.
Seine Bemühungen konzentrierten sich auf das Fällen von Sandelholz.
His efforts were focused on cutting down sandal-wood.
Die Holzfäller brachten große Ladungen gewöhnlichen Holzes auf den Markt.
The wood-cutters brought to market large loads of common wood.
Sribatsa brachte nur wenige Stücke Sandelholz auf den Markt.
Sribatsa brought only a few pieces of sandal-wood to the market.
Er bekam wesentlich mehr Geld als die anderen.
He was paid a great deal more money than the others.
So ging es einige Tage lang weiter.
Things went on this way for some days.
Und die Holzfäller wurden eifersüchtig auf Sribatsa .
And the wood-cutters became jealous of Sribatsa.

In ihrer Eifersucht schmiedeten sie Pläne gegen Sribatsa .
In their jealousy they plotted against Sribatsa.
Und schließlich vertrieben sie Sribatsa und seine Frau aus
dem Dorf.
And finally they drove Sribatsa and his wife from the village.

Sribatsa und seine Frau machten sich auf den Weg in ein
anderes Dorf.
Sribatsa and his wife made their way to another village.
In diesem Dorf gab es viele Frauen, die webten.
In this village there were many women that weaved.
Hier machte sich Chintamani beim Baumwollspinnen
nützlich.
Here Chintamani made herself useful by spinning cotton.
Chintamani war eine intelligente und geschickte Frau.
Chintamani was an intelligent and skillful woman.
Sie hat also feineres Garn gesponnen als die anderen
Frauen.
So she spun finer thread than the other women.
Und sie bekam mehr Geld als die anderen Frauen.
And she got paid more money than the other women.
Dies weckte den Neid der einheimischen Frauen des Dorfes.
This roused the envy of the native women of the village.
Doch der Neid der anderen Frauen war nicht alles.
But the envy of the other women was not all.
Sribatsa wollte die Gunst der Weber gewinnen.
Sribatsa wanted to gain the good grace of the weavers.
Also lud er die Frauen, die Baumwolle spannen, zu einem
Fest ein.
So he invited the women that spun cotton to a feast.
Die Gerichte des Festes wurden alle von seiner Frau
gekocht.
The dishes of the feat were all cooked by his wife.
Chintamani war eine gute Weberin und eine ausgezeichnete
Köchin.
Chintamani was a good weaver, and an excellent in cook.
Sie stellte den Frauen die Köstlichkeiten vor.

She placed the delicacies before the women.
Und die barbarischen Weber waren ganz entzückt.
And the barbarous weavers were quite charmed.
Die Männer gingen mit vollem Bauch nach Hause.
The men went to their homes with their bellies full.
Doch als sie nach Hause kamen, machten sie ihren Frauen Vorwürfe.
But when they got home, they reproached their wives.
„Warum kochst du nicht wie die Frau von Sribatsa ?"
"Why do you not cook like the wife of Sribatsa"
Und die Männer nannten ihre Frauen Taugenichtse.
And the men called their wives good-for-nothing women.
Dies verstärkte den Hass der Frauen auf Chintamani noch mehr.
This made the women hate Chintamani the more.

Eines Tages ging Chintamani zum Flussufer.
One day Chintamani went to the river-side.
Sie wollte zusammen mit den anderen Frauen des Dorfes baden.
She wanted to bathe along with the other women of the village.
Am Ufer lag ein Boot, das auf dem Sand gestrandet war.
A boat had been lying on the bank, stranded on the sand.
Das Boot war dort viele Tage lang gestrandet.
The boat had been stranded there for many days.
Sie hatten vergeblich versucht, das Boot zu bewegen.
They had tried to move the boat, but in vain.
Es geschah, dass Chintamani das Boot berührte.
It so happened that Chintamani touched the boat.
Es war ein Unfall, denn sie wollte das Boot nicht berühren.
It was an accident, for she did not mean to touch the boat.
Doch ob sie es wollte oder nicht, das Boot bewegte sich.
But whether she meant to or not, the boat moved.
Und bald machte sich das Boot auf den Weg zum Fluss.
And soon the boat was heading off to the river.

Die Bootsführer waren erstaunt über das, was sie gesehen hatten.
The boatmen were astonished by what they had seen.
Sie dachten, die Frau habe außergewöhnliche Kräfte.
They thought that the woman had uncommon power.
Und so dachten sie, dass sie in Zukunft nützlich sein könnte.
And so they thought she might be useful in future.
Deshalb packten sie sie gegen ihren Willen.
They therefore caught hold of her, against her will.
Und sie setzten sie ins Boot und ruderten davon.
And they put her in the boat, and rowed off.
Die Frauen des Dorfes waren bei dieser Entführung anwesend.
The women of the village were present for this kidnapping.
Aber sie boten Chintamani keinerlei Hilfe an.
But they did not offer Chintamani any assistance.
Weil Chintamani sie in ein schlechtes Licht gerückt hatte.
Because Chintamani had put them in a bad light.

Sribatsa hörte, wie seine Frau von Bootsmännern weggetragen worden war.
Sribatsa heard how his wife had been carried away by boatmen.
Ich überlasse es Ihnen, sich vorzustellen, wie er vor Kummer rasend wurde.
I will let you imagine how he became mad with grief.
Er verließ das Dorf und ging zum Flussufer.
He left the village and went to the river-side.
Und er beschloss, dem Lauf des Baches zu folgen.
And he resolved to follow the course of the stream.
Entlang des Flusses würde er mit Sicherheit auf das Boot der Entführer treffen.
Along the stream he was sure to meet the kidnappers' boat.
Er reiste immer weiter am Flussufer entlang.
He travelled on and on, along the side of the river.
Und er reiste, bis es schließlich dunkel wurde.

And he travelled till it eventually became dark.
Dort, wo er war, waren keine Hütten zu sehen.
Where he was there were no huts to be seen.
Also kletterte er auf einen Baum, um dort zu schlafen.
So he climbed into a tree to sleep for the night.
Am nächsten Morgen stieg er vom Baum herunter.
In the next morning he got down from the tree.
Am Fuße des Baumes sah er eine Kapila-Kuh.
At the foot of the tree he saw a Kapila-cow.
Eine Kapila-Kuh bekommt nie eigene Kälber.
A Kapila-cow never has any calves of her own.
Aber sie kann zu jeder Tageszeit gemolken werden.
But she can be milked at all hours of the day.
Sribatsa melkte die Kuh, ohne dass sie Einwände hatte.
Sribatsa milked the cow without her objecting.
Und er trank die Milch nach Herzenslust.
And he drank the milk to his heart's content.
Und dann fiel ihm noch etwas an der Kuh auf.
And then he noticed something else about the cow.
Der Dung der Kuh hatte eine leuchtend gelbe Farbe.
The dung of the cow was of a bright yellow color.
Tatsächlich bestand der Kuhdung aus reinem Gold.
In fact, the dung of the cow was made of pure gold.
Der goldene Kuhdung war noch in einem weichen Zustand.
The golden cow dung was still in a soft state.
So konnte er seinen Namen in den goldenen Mist schreiben.
So he was able to write his name in the golden dung.
Im Laufe des Tages härtete der Mist aus.
During the course of the day the dung hardened.
Und schließlich sah der Mist aus wie ein Goldbarren.
And finally the dung looked like a brick of gold.
Der Baum, in dem er geschlafen hatte, wuchs am Flussufer.
The tree he had slept in grew on the river-side.
Und die Kapila-Kuh versorgte ihn den ganzen Tag mit Milch.
And the Kapila-cow supplied him with milk all day.
Also beschloss Sribatsa , dort auf das Boot zu warten.

So Sribatsa decided to wait there for the boat.
Am Morgen legte die Kuh den kostbaren Gegenstand ab.
In the morning the cow deposited the precious article.
Und nachts legte die Kuh den kostbaren Gegenstand ab.
And at night the cow deposited the precious article.
So vermehrten sich die Goldbarren täglich.
So the gold bricks increased every day.
Und in jeden goldenen Ziegelstein ließ er seinen Namen eingravieren.
And on each golden brick he had engraved his name.
Er stapelte die Ziegel übereinander.
He stacked the bricks on top of each other.
Aus der Ferne sah es aus wie ein Hügel aus Gold.
From a distance it looked like a hillock of gold.

Sribatsa verlassen, damit er sein Gold anhäufen kann.
But now we must leave Sribatsa to stack his gold.
Und wir müssen unsere Aufmerksamkeit Chintamani zuwenden.
And we must turn our attention to Chintamani.
Chintamani war eine anmutige Frau von großer Schönheit.
Chintamani was a graceful woman of great beauty.
Sie hatte befürchtet, dass ihre Schönheit ihr Verderben sein könnte.
She had worried her beauty might be her ruin.
Also sprach sie ein Gebet, als sie entführt wurde.
So she offered a prayer as she was being kidnapped.
„Lakshmi, oh Mutter Lakshmi! Hab Mitleid mit mir."
"Lakshmi, O Mother Lakshmi! have pity upon me"
„Du hast mich schön gemacht, das hast du"
"Thou hast made me beautiful, you have"
„Aber jetzt wird meine Schönheit zweifellos mein Untergang sein"
"But now my beauty will undoubtedly be my ruin"
„Ich werde meine Ehre und meine Keuschheit verlieren"
"I am bound to loss my honor and my chastity"
„Daher flehe ich dich an, gnädige Mutter."

"I therefore beseech thee, gracious Mother;"
„Nimm mir meine Schönheit und mach mich hässlich"
"Take my beauty from me, and make me ugly"
„Bedecke meinen Körper mit einer abscheulichen
Krankheit"
"Cover my body with some loathsome disease"
„So könnten mich die Bootsführer nicht berühren"
"That way the boatmen might not touch me"
Chintamani lag in den Armen der Bootsmänner.
Chintamani was in the arms of the boatmen.
Aber die Göttin des Glücks erhörte ihr Gebet.
But the Goddess of good fortune heard her prayer.
Im Handumdrehen veränderte sich ihre Gestalt.
In the twinkling of an eye her form changed.
Ihre natürlich schöne Gestalt verschwand.
Her naturally beautiful form faded away.
Und sie wurde in einen widerlichen Kadaver verwandelt.
And she was turned into a vile carcass.
Die Bootsmänner setzten sie ins Boot.
The boatmen were putting her down in the boat.
Sie stellten fest, dass ihr Körper mit abscheulichen Wunden
bedeckt war.
They found her body was covered with loathsome sores.
Und die Wunden verströmten einen widerlichen Gestank.
And the sores were giving out a disgusting stench.
Deshalb warfen sie sie in den Laderaum des Bootes.
They therefore threw her into the hold of the boat.
Und sie ließen sie bei der Ladung des Schiffes zurück.
And they left her amongst the cargo of the ship.
Morgens und abends schickten sie ihr etwas zu essen.
Morning and evening they sent her some food.
Ein wenig gekochter Reis und etwas Wasser zum Trinken.
A little boiled rice, and some water to drink.
Chintamani fühlte sich im Rumpf des Schiffes unglücklich.
Chintamani was miserable in the hull of the ship.
Aber sie zog das Elend der Alternative bei weitem vor.
But she greatly preferred misery to the alternative.

Sie wäre lieber unglücklich, als ihre Keuschheit zu verlieren.
She would rather be miserable than loss her chastity.

Die Bootsleute waren zu einem Hafen gefahren, um Fracht zu verkaufen.
The boatmen had gone to some port to sell cargo.
Auf der Rückfahrt erblickten sie etwas.
While sailing back they caught sight something.
Am Flussufer schien es einen Hügel aus Gold zu geben.
By the river-side there seemed to be a hillock of gold.
Sribatsa hatte am Fluss Wache gehalten.
Sribatsa had been keeping watch by the river.
Daher war er hocherfreut, als sich ihm ein Boot näherte.
So he was delighted to see a boat approach him.
Weil er sich sehnsüchtig vorstellte, dass seine Frau vielleicht an Bord sein könnte.
Because he fondly imagined his wife might be on board.
Die Bootsleute gingen gierig zum Hügel aus Gold.
The boatmen went greedily to the hillock of gold.
Natürlich sagte Sribatsa ihnen, dass das Gold ihm gehöre.
Of course Sribatsa told them the gold was his.
Sribatsa nicht sehr.
But that didn't help Sribatsa very much.
Die Matrosen nahmen ihn auf dem Boot gefangen.
The sailors took him prisoner on the boat.
Und sie luden das Gold auf ihr Schiff.
And they loaded the gold onto their vessel.
Sie sperrten ihn zufällig in der Nähe der hässlichen Frau ein.
They happened to imprison him close to the ugly woman.
Natürlich erkannten sich Mann und Frau wieder.
Of course the husband and wife recognized each other.
Trotz der Veränderung, die Chintamani durchgemacht hatte.
In spite of the change Chintamani had undergone.
Und trotz ihrer Aufregung behielten sie die Fassung.
And despite their excitement they kept their composure.

Und sie hielten es für klug, nicht miteinander zu sprechen.
And they thought it prudent not to speak to each other.
Stattdessen kommunizierten sie ihre Ideen durch Gesten.
Instead they communicated their ideas through gestures.
Es gibt etwas, das Sie über die Bootsmänner wissen sollten.
There is something you should know about the boatmen.
Diese Bootsleute spielten sehr gern Würfel.
These boatmen were very fond of playing at dice.
Sribatsa erschien ihnen als ein respektabler Mann.
Sribatsa appeared to them to be a respectable man.
Deshalb baten sie ihn immer, beim Spiel mitzumachen.
So they always asked him to join in the game.
Sribatsa war zufällig ein erfahrener Würfelspieler.
Sribatsa happened to be an expert dice player.
Trotz ihrer Bemühungen gewann er fast jedes Spiel.
Despite their efforts he won almost every game.
Sie können sich vorstellen, wie sich die Matrosen angesichts der Niederlage fühlten.
You can imagine how the sailors felt about losing.
Und aus Eifersucht warfen ihn die Bootsleute über Bord.
And in jealousy the boatmen threw him overboard.
Chintamani sah, wie die Männer ihren Mann über Bord warfen.
Chintamani saw the men throw her husband overboard.
Zum Glück für Sribatsa besaß seine Frau große Geistesgegenwart.
Fortunately for Sribatsa, his wife had great presence of mind.
Die Bootsleute hatten ihr ein Kissen gegeben, damit sie ihren Kopf darauf legen konnte.
The boatmen had allowed her a pillow to rest her head.
Und gleichzeitig warf sie dieses Kissen ins Wasser.
And she simultaneously threw this pillow into the water.
Sribatsa konnte das Kissen ergreifen.
Sribatsa was able to grab hold of the pillow.
Und das Kissen half ihm, den Bach hinunterzutreiben.
And the pillow helped him float down the stream.
Bis zum Einbruch der Nacht trug ihn der Fluss flussabwärts.

Up until nightfall the river carried him downstream.
Bei Einbruch der Dunkelheit erreichte er etwas, das wie ein Garten aussah.
At nightfall he arrived at what seemed to be a garden.
Da es dunkel war, konnte er nichts tun.
Because it was dark there was nothing he could do.
Also blieb er die ganze Nacht kalt und nass im Garten.
So all night he stayed in the garden, cold and wet.
Ich sollte Ihnen sagen, wem dieser Garten gehörte.
I should tell you who this garden belonged to.
Dies war der Garten einer alten verwitweten Frau.
This was the garden of an old widowed woman.
Diese Frau versorgte den König mit Blumen.
This woman used to supply flowers for the king.
Doch eines Tages war ihr Garten von einer Krankheit befallen.
But one day some blight had come over her garden.
Fast alle Bäume und Pflanzen haben aufgehört zu blühen.
Almost all the trees and plants ceased flowering.
Sie hatte daher ihr Geschäft aufgegeben.
She had therefore given up the business she had.
Und sie war nicht länger die königliche Blumenlieferantin.
And she was no longer the royal flower supplier.
Sribatsas Ankunft hatte ihren Garten jedoch verjüngt.
However, Sribatsa's arrival had rejuvenated her garden.
Am Morgen traute sie ihren Augen kaum.
She could scarcely believe her eyes in the morning.
Der ganze Garten erstrahlte wieder in voller Blütenpracht.
The whole garden was ablaze with flowers again.
Es gab keine Pflanze, die nicht blühte.
There was no plant that was not in bloom.
Und jeder ihrer Bäume war mit Blumen geschmückt.
And every tree she had was begemmed with flowers.
Sie hatte keine Möglichkeit, die Ursache des Wunders herauszufinden.
She had no way of knowing the cause of the miracle.
Und so machte sie einen Spaziergang durch den Garten.

And so she took a walk through the garden.
Aber sie fand bald die Ursache für all die Blumen.
But she soon found the cause of all the flowers.
Am Rand ihres Gartens stand ein kalter, nasser Mann.
At the edge of her garden was a cold, wet man.
Er zitterte und war aufgrund der Unterkühlung fast gestorben.
He was shivering and almost dead from hypothermia.
Sie brachte den Mann sofort in ihre Hütte.
She immediately brought the man into to her cottage.
Und sie zündete ein Feuer an, um ihm etwas Wärme zu geben.
And she lighted a fire to give him some warmth.
Sie pflegte ihn und schenkte ihm jede erdenkliche Aufmerksamkeit.
She nursed him and showed him every attention.
Und sie schrieb das Wunder seiner Anwesenheit zu.
And she ascribed the miracle to his presence.
Sie machte es ihm so bequem wie möglich.
She made him as comfortable as she could.
Und dann rannte sie zum Königspalast.
And then she ran to the king's palace.
Sie bat darum, mit dem obersten Diener des Königs zu sprechen.
She asked to speak to the king's chief servant.
Und sie erzählte ihm von dem Glück, das sie gehabt hatte.
And she told him the good fortune she had had.
„Ich kann den Palast wieder mit Blumen versorgen"
"I can again supply the palace with flowers"
Ihre Blumen wurden im Palast sehr vermisst.
Her flowers had been very much missed at the palace.
Daher wurde sie umgehend wieder in ihre frühere Position eingesetzt.
So she was immediately restored to her former position.
Sie war erneut die Blumenfrau des königlichen Haushalts.
She was again the flower-woman of the royal household.

Sribatsa verbrachte noch einige Tage damit, seine Gesundheit wiederherzustellen.
Sribatsa spent a few more days recovering his health.
Und schließlich erlangte er seine gesamte Vitalität zurück.
And eventually he had all his vitality back.
Er fragte die Frau, ob er mit einem Pfarrer sprechen könne.
He asked the woman if he could speak with a minister.
Also nahm die Frau ihn mit in den Palast.
So the woman took him to the palace with her.
Einer der Minister des Königs gab ihm eine Ernennung.
One of the king's ministers gave him an appointment.
Und man stellte sofort fest, dass er ein intelligenter Mann war.
And he was at once found to be a man of intelligence.
So wurde ihm eine Stelle im Dienste des Königs angeboten.
So was offered a position in the king's service.
Tatsächlich durfte er sich den Beruf aussuchen, den er wollte.
In fact, he was allowed to choose what job he wanted.
Er bat darum, Mauteinnehmer auf dem Fluss zu werden.
He asked to be collector of tolls on the river.
Der Minister war froh, Sribatsa den Job zu geben.
The minister was happy to give Sribatsa the job.
Das Königreich brauchte jemanden, der die Flusszölle eintrieb.
The kingdom needed someone to collect river-tolls.
Und Sribatsa begann sofort mit seiner neuen Arbeit.
And Sribatsa immediately started his new job.
Es dauerte nicht lange, bis sein Plan Früchte trug.
It wasn't long before his plan came to fruition.
Das Boot, auf dem seine Frau war, kam den Fluss herunter.
The boat his wife was on was coming down the river.
Auf Befehl des Königs hielt er das Boot fest.
Under the king's authority he detained the boat.
Und er beschuldigte die Bootsleute des Diebstahls von Goldbarren.
And he charged the boatmen with the theft of gold-bricks.

Dem König gefiel der Klang eines Bootes voller Gold.
The king liked the sound of a boat full of gold.
Also kam der König selbst zum Flussufer.
So the king himself came to the river-side.
Sogar er war erstaunt über die Menge an Gold, die sie hatten.
Even he was amazed by the quantity of gold they had.
Und jeder Goldbarren trug Sribatsas Inschrift.
And every gold brick had Sribatsa's inscription.
Gleichzeitig rettete er seine Frau aus den Fängen der Bootsleute.
At the same time he rescued his wife from the boatmen.
Zurück an Land erlangte sie ihre frühere Schönheit zurück.
Back on dry land she returned to her previous beauty.
Er erzählte dem König die Geschichte ihres Unglücks.
He told the king the story of their misfortune.
Und der König hatte sie als Gäste in seinem Palast.
And the king had them as a guest in his palace.
Der König schenkte ihnen Pferde und Elefanten.
The king gave them presents of horses and elephants.
Und auf Pferden und Elefanten ritten sie in ihr Land.
And on the horses and elephants they rode to their country.
Sribatsa abgewandt .
The evil eye of Sani was now turned away from Sribatsa.
Und er wurde wieder, was er vorher war.
And he again became what he formerly was.
Er war wieder Sribatsa , das Kind des Glücks.
He was again Sribatsa; the Child of Fortune.

Der Junge, den sieben Mütter stillten
The Boy whom Seven Mothers Suckled

Es war einmal ein König, der hatte sieben Königinnen.
Once on a time there reigned a king who had seven queens.
Er war sehr traurig, denn die sieben Königinnen waren alle unfruchtbar.
He was very sad, for the seven queens were all barren.
Eines Tages jedoch traf er einen heiligen Bettelmönch.
One day, however, he met a holy mendicant.
Der heilige Bettelmönch erzählte dem König von einem bestimmten Wald.
The holy mendicant told the king about a certain forest.
In diesem Wald wuchs eine besondere Baumart.
In this forest there grew a special kind of tree.
An einem Ast dieses Baumes hingen sieben Mangos.
On a branch of this tree hung seven mangoes.
Diese Mangos könnten die Fruchtbarkeit seiner Königinnen wiederherstellen.
These mangos could restore the fertilities of his queens.
Die Mangos musste der König jedoch selbst pflücken.
But the king had to pluck the mangoes himself.
Der König folgte dem Rat des Bettelmönchs.
The king followed the advice of the mendicant.
Und er machte sich auf den Weg zum Wald mit dem Mangobaum.
And he set off to go to the forest with the mango tree.
Bald hatte er den Baum gefunden, von dem der Bettler gesprochen hatte.
Soon he had found the tree the mendicant spoke of.
Und er pflückte die sieben Mangos, die an einem Zweig wuchsen.
And he plucked the seven mangoes that grew upon one branch.
Er gab jeder der Königinnen eine Mango zu essen.
He gave a mango to each of the queens to eat.

Innerhalb kurzer Zeit war das Herz des Königs mit Freude erfüllt.

In a short time the king's heart was filled with joy.

Ihm wurde gesagt, dass alle sieben Königinnen schwanger seien.

He was told that the seven queens were all with child.

Eines Tages war der König auf der Jagd.

One day the king was out hunting.

Auf seinem Weg sah er eine junge Dame von unvergleichlicher Schönheit.

On his path he saw a young lady of peerless beauty.

Er verliebte sich sofort in die schöne Frau.

He instantly fell in love with the beautiful woman.

Und er brachte sie in seinen Palast und heiratete sie.

And he brought her to his palace, and married her.

Diese Dame war jedoch kein Mensch.

This lady was, however, not a human being.

Aber diese Frau war eine Rakshasi .

But what this woman was was a Rakshasi.

Aber der König wusste das natürlich nicht.

But the king of course did not know this.

Der König schloss sie innig ins Herz.

The king became dotingly fond of her.

Und er tat alles, was sie ihm sagte.

And he did whatever she told him to do.

Eines Tages stellte sie dem König eine ganz besondere Bitte.

One day she made a very particular request of the king.

„Du sagst, dass du mich mehr liebst als alle anderen"

"You say that you love me more than anyone else"

„Lass mich sehen, ob du mich wirklich so sehr liebst, wie du sagst."

"Let me see whether you really love me as much as you say"

„Wenn du mich liebst, mache deine sieben anderen Königinnen blind"

"If you love me, make your seven other queens blind"

„Und wenn sie blind sind, sollen sie getötet werden."

"And once they are blind, let them be killed"
Der König war über diese schreckliche Bitte sehr traurig.
The king became very sad at the terrible request.
Er war besonders traurig, weil alle Königinnen schwanger waren.
He was especially sad because the queens were all pregnant.
Aber er hatte keine andere Wahl, als ihrer Bitte nachzukommen.
But he had no choice but to comply with her request.

Den Königinnen wurden die Augen aus den Höhlen gerissen.
The eyes of the queens were plucked out of their sockets.
Und die Königinnen wurden dem Ministerpräsidenten übergeben.
And the queens were delivered up to the chief minister.
Es war die Aufgabe des Ministerpräsidenten, die Königinnen zu vernichten.
It was up to the chief minister to destroy the queens.
Aber der Ministerpräsident war ein barmherziger Mann.
But the chief minister was a merciful man.
An der Seite des Hügels befand sich eine geheime Höhle.
In the side of the hill there was secret a cave.
Anstatt die Königinnen zu töten, versteckte der Minister sie.
Instead of killing the queens, the minister hid them.
Im Laufe der Zeit brachte die älteste der sieben Königinnen ein Kind zur Welt.
In course of time the eldest of the seven queens gave birth.
„Was soll ich mit dem Kind machen?", sagte sie.
"What shall I do with the child," said she.
„ Wir sind blind und sterben aus Mangel an Nahrung?"
"we are blind and are dying for want of food?"
„Lassen Sie mich das Kind töten", schlug sie vor.
"Let me kill the child," she proposed.
„ Lasst uns alle vom Fleisch des Kindes essen", fügte sie hinzu.
"let us all eat of the child's flesh" she added.

Sie hat das Kind genau wie angekündigt getötet.
Just as she said she would, she killed the infant.
Sie gab jeder ihrer Schwesterköniginnen einen Teil des Kindes.
She gave to each of her sister-queens a part of the child.
Und die Schwesterköniginnen aßen ihren Teil des Kindes.
And the sister queens ate their part of the child.
Aber die jüngste Königin aß ihren Anteil nicht.
But the youngest queen did not eat her share.
Stattdessen legte sie ihren Teil des Kindes neben sich.
Instead, she laid her part of the child beside her.
Wenige Tage später brachte auch die zweite Königin ein Kind zur Welt.
In a few days the second queen also was delivered of a child.
Sie machte mit ihrem Kind dasselbe, was ihre älteste Schwester mit ihrem gemacht hatte.
She did with her child as her eldest sister had done with hers.
Das Gleiche taten auch die dritte, die vierte, die fünfte und die sechste Königin.
So did the third, the fourth, the fifth, and the sixth queen.
Schließlich gebar die siebte Königin einen Sohn.
Eventually the seventh queen gave birth to a son.
Aber sie folgte nicht dem Beispiel ihrer Schwesterköniginnen.
But she did not follow the example of her sister-queens.
Stattdessen beschloss sie, das Kind großzuziehen.
Instead, she resolved to raise the child.
Die anderen Königinnen forderten ihren Anteil an den Neugeborenen.
The other queens demanded their portions of the newly-born.
Aber sie hatte immer noch die Portionen übrig, die sie nicht gegessen hatte.
But she still had the portions she had not eaten.
Und sie gab ihren Schwesterköniginnen die Teile ihrer Kinder zurück.
And she gave her sister-queens back their children's parts.

**Die anderen Königinnen bemerkten sofort, dass ihre
Portionen trocken waren.**
The other queens at once perceived that their portions were
dry.
Daher können die Teile nicht vom Neugeborenen stammen.
Therefore the parts could not be of the newly born child.
**„Ich habe beschlossen, mein Kind nicht zu töten", erklärte
sie.**
"I have decided not to kill me child," she explained.
**„Ich werde ihn nicht essen, sondern versuchen, ihn
großzuziehen"**
"I will not eat him, but try to raise him instead"
Die anderen waren froh, diese Neuigkeiten zu hören.
The others were glad to hear this news.
**Sie alle sagten, dass sie ihr beim Stillen des Kindes helfen
würden.**
They all said that they would help her in nursing the child.
Und so wurde das Kind von sieben Müttern gesäugt.
And so the child was suckled by seven mothers.
**Und das Kind wurde der härteste und stärkste Junge, der je
gelebt hat.**
And the child became the hardiest and strongest boy that ever
lived.

**In der Zwischenzeit trieb die Rakshasi -Königin unendlich
viel Unheil.**
In the meantime the Rakshasi-queen was doing infinite
mischief.
**Und sie brachte den königlichen Haushalt in allerlei
Schwierigkeiten.**
And she got the royal household into all sorts of trouble.
**Was sie an der königlichen Tafel aß, füllte ihren großen
Magen nicht.**
What she ate at the royal table did not fill her capacious
stomach.
Deshalb ging sie in der Dunkelheit der Nacht auf die Jagd.
She therefore, in the darkness of night, went hunting.

Nach und nach fraß sie alle Mitglieder der königlichen Familie auf.
Gradually she ate up all the members of the royal family.
Sie fraß alle Diener und Begleiter des Königs.
She ate all the king's servants, and his attendants.
Sie hat alle seine Pferde, Elefanten und Rinder gefressen.
She ate all his horses, elephants, and cattle.
Und schließlich blieben nur ihr königlicher Gemahl und der König übrig.
And eventually only her royal consort and the king were left.
Danach ging sie abends oft in die Stadt.
After that she used to go out in the evenings into the city.
Und sie fraß streunende Menschen, wo immer sie welche fand.
And she ate up stray human beings wherever she found any.
Der König blieb ohne Diener zurück.
The king was left without any servants.
Es war niemand mehr da, der für ihn kochen konnte.
There was no person left to cook for him.
Weil niemand diesen Job annehmen würde.
Because no one would accept this job.
Doch schließlich bot jemand seine Dienste an.
But at last someone volunteered their services.
Der Junge, der von sieben Müttern gesäugt wurde.
The boy who had been suckled by seven mothers.
Er war inzwischen zu einem rüstigen jungen Mann herangewachsen.
He had now grown up to be a stalwart youth.
Er kümmerte sich um den König und bereitete sein Essen zu.
He attended on the king and prepared his food.
Aber er war sehr vorsichtig, solange er mit der Königin zusammen war.
But he took every care while with the queen.
Und er sorgte dafür, dass sie ihn nicht verschluckte.
And he made sure that she did not swallow him up.
Die Rakshasi -Königin ergriff ihre Opfer nur nachts.
The Rakshasi-queen seized her victims only at night.

Also ging der Junge lange vor Einbruch der Dunkelheit nach
Hause.
So the boy he went home long before nightfall.
Also musste sie einen anderen Weg finden, den Jungen
loszuwerden.
So she had to find another way to get rid of the boy.

Der Junge prahlte immer damit, dass er jede Arbeit
erledigen könne.
The boy always boasted that he could do any work.
Also erfand die Königin eine Krankheit für sich selbst.
So the queen invented a disease for herself.
Sie sagte, es gäbe eine Heilung für ihre Krankheit.
She said that there was a cure for her disease.
Sie sagte jedoch, dass es nicht leicht sei, ein Heilmittel zu
bekommen.
But she said the cure was not easy to get.
Dies steigerte das Interesse des Jungen an der Aufgabe noch
mehr.
This made the boy even more interested in the task.
Sie sagte, es gäbe eine Melone, die ihre Krankheit heilte.
She said there was a melon which cured her disease.
Die Melone war zwölf Ellen lang.
The melon was twelve cubits in length.
Aber der Kern der Zitrone war dreizehn Ellen lang.
But the stone of the lemon was thirteen cubits long.
Die Früchte konnte sie nur von ihrer Mutter bekommen.
The fruit could only be gotten from her mother.
Und ihre Mutter lebte auf der anderen Seite des Ozeans.
And her mother lived on the other side of the ocean.
Sie gab ihm einen Empfehlungsbrief an ihre Mutter.
She gave him a letter of introduction to her mother.
Doch tatsächlich stand in der Notiz, dass sie den Jungen
essen solle.
But actually the note told her to eat the boy.
Der Junge hatte den Verdacht, dass etwas Falsches vorlag.
The boy had suspected there was some foul play.

Also zerriss er den Brief und setzte seine Reise fort.
So he tore up the letter and proceeded on his journey.
Der unerschrockene junge Mann durchquerte viele Länder.
The dauntless youth passed through many lands.
Nach langer Reise stand er am Ufer des Ozeans.
After much travel he stood on the shore of the ocean.
Auf der anderen Seite des Ozeans lag das Land der Rakshasis .
On the other side of the ocean was the country of the Rakshasis.
Dann brüllte er so laut er konnte und sagte:
He then bawled as loud as he could, and said;
„Oma! Oma! Komm und rette deine Tochter!"
"Granny! granny! come and save your daughter"
„Ihre Tochter, meine Mutter, ist lebensgefährlich krank"
"Your daughter, my mother, is dangerously ill"
Auf der anderen Seite des Ozeans hörte ihn ein alter Rakshasi .
On the other side of the ocean an old Rakshasi heard him.
Der alte Rakshasi überquerte den Ozean zu dem Jungen.
The old Rakshasi crossed the ocean to the boy.
Der Junge überbrachte ihr die Botschaft der Königin.
The boy told her the message of the queen.
Und die Rakshasi nahm den Jungen auf ihren Rücken.
And the Rakshasi took the boy on her back.
Sie überquerte den Ozean erneut in das Land der Rakshasi .
She re-crossed the ocean to the land of the Rakshasi.
Und der Junge bekam sofort die Heilmelone.
And the boy was at once given the medicinal melon.
Die Rakshasi sagte ihm, er solle schnell zu ihrer Tochter zurückkehren.
The Rakshasi told him to hurry back to her daughter.
Aber der Junge sagte, er sei zu müde, um weiterzureisen.
But the boy said he was too tired to keep travelling.
Und er bat darum, sich eines Tages ausruhen zu dürfen.
And he begged to be allowed to rest one day.
Die alte Rakshasi stimmte den Wünschen ihres Enkels zu.

The old Rakshasi consented to her grandson's wishes.

Dem Jungen fielen interessante Dinge im Zimmer der Rakshasi auf .
The boy noticed interesting things in the Rakshasi's room.
Im Zimmer hingen eine kräftige Keule und ein Seil.
There was a stout club and a rope hanging in the room.
Der Junge erkundigte sich, wozu die dicke Keule und das Seil seien.
The boy inquired what the stout club and rope were for.
„Kind, mit dieser Keule und diesem Seil überquere ich den Ozean"
"Child, with that club and rope I cross the ocean"
„Man muss nur den Schläger und das Seil in die Hand nehmen"
"One just has to take the club and the rope in his hands"
„Und dann musst du folgende Zauberworte sagen:"
"And then you have to say the following magical words:"
„O kräftige Keule! O starkes Seil!"
"O stout club! O strong rope!"
„Bring mich sofort auf die andere Seite"
"Take me at once to the other side"
„Dann bringen sie ihn auf die andere Seite des Ozeans"
"Then they will take him to the other side of the ocean"
Dem Jungen fiel noch etwas Interessantes im Zimmer auf.
The boy noticed another interesting thing in the room.
In der Ecke des Zimmers saß ein Vogel in einem Käfig.
There was a bird in a cage in the corner of the room.
Der Junge wollte auch wissen, wozu dieser Vogel da sei.
The boy also wanted to know what this bird was for.
„Der Vogel birgt ein Geheimnis, mein Kind"
"The bird contains a secret, my child"
„Aber dieses Geheimnis darf den Sterblichen nicht offenbart werden."
"But that secret must not be disclosed to mortals"
„Aber wie kann ich dieses Geheimnis vor meinem eigenen Enkel verbergen?"

"But how can I hide this secret from my own grandchild?"
„Dieser Vogel, Kind, enthält das Leben deiner Mutter.
"That bird, child, contains the life of your mother.
„Wenn der Vogel getötet wird, wird deine Mutter sofort sterben."
"If the bird is killed, your mother will at once die"
Mit diesen Geheimnissen bewaffnet ging der Junge an diesem Abend zu Bett.
Armed with these secrets, the boy went to bed that night.

Am nächsten Morgen reiste der alte Rakshasi in ferne Länder.
Next morning the old Rakshasi went to distant countries.
Gemeinsam mit allen anderen Rakshasis machte sie sich auf die Suche nach Futter.
Together with all the other Rakshasis, she went to forage.
Der Junge nahm den Vogelkäfig von der Decke.
The boy took down the bird-cage from the ceiling.
Und der Junge nahm die Keule und das Seil.
And the boy took the club and the rope.
Und dann sprach er die Zauberworte zu Keule und Seil.
And then he spoke the magic words to the club and rope.
„O kräftige Keule! O starkes Seil!"
"O stout club! O strong rope!"
„Bring mich sofort auf die andere Seite"
"Take me at once to the other side"
Im Handumdrehen wurde der Junge auf diese Seite des Ozeans gebracht.
In the twinkling of an eye the boy was put on this side of the ocean.
Dann ging er denselben Weg zurück zur Königin.
He then retraced his steps, back to the queen.
Zu ihrer Überraschung hatte er tatsächlich die medizinische Zitrone.
To her astonishment he really had the medicinal lemon.
Aber den Vogel im Käfig hielt er sorgfältig versteckt.
But the bird in the cage he kept carefully concealed.

Im Laufe der Zeit kamen die Menschen der Stadt zum König.

In the course of time the people of the city came to the king.

Und sie erzählten dem König von ihren Problemen.

And they told the king of their troubles.

„Jeden Abend kommt ein monströser Vogel aus dem Palast "

"A monstrous bird comes from the palace every evening"

„Der Vogel ergreift die Menschen auf der Straße"

"The bird seizes the people in the streets"

„Und der Vogel verschlingt die Menschen ganz"

"And the bird swallows the people up whole"

„Das geht schon lange so"

"This has been going on for a long time"

„Und jetzt ist die Stadt fast verödet"

"And now the city has become almost desolate"

Der König wusste nicht, was dieser monströse Vogel war.

The king did not know what this monstrous bird was.

Aber der Diener des Königs, der Junge, sagte, er wisse es.

But the king's servant, the boy, said he knew.

„Ich werde den monströsen Vogel töten", bot er an.

"I will kill the monstrous bird," he offered.

„Aber die Königin muss an unserer Seite stehen", fügte er hinzu.

"But the queen has to stand beside us," he added.

Der König sah keinen Grund, gegen den Vorschlag Einwände zu erheben.

The king saw no reason to object to the proposal.

Und so wurde die Königin dazu gebracht, neben dem König zu stehen.

And so the queen was made to stand beside the king.

Dann nahm der Junge den Vogel aus seinem Käfig.

The boy then took the bird out from its cage.

Als sie den Vogel sah, fiel sie in Ohnmacht.

On seeing the bird she fell into a fainting fit.

Dann wandte sich der Junge an den König und sprach.

Then the boy turned to the king, and spoke.

„König, du wirst bald erkennen, wer der monströse Vogel ist.“

“King, you will soon perceive who the monstrous bird is”

„Du wirst sehen, was dein Volk jeden Abend verschlingt“

“You will see what devours your people every evening”

„Ich reiße diesem Vogel jedes Glied ab“

“I tear off each limb of this bird”

„Das entsprechende Glied des Menschenfressers wird abfallen“

“The corresponding limb of the man-eater will fall off”

Dann riss der Junge dem Vogel in seiner Hand ein Bein ab.

The boy then tore off one leg of the bird in his hand.

Alle Anwesenden waren erstaunt über das, was als nächstes geschah.

All assembled were astonished at what happened next.

Ein Bein der Königin ist abgefallen.

One of the legs of the queen fell off.

Dann drückte der Junge dem Vogel die Kehle zu.

Then the boy squeezed the throat of the bird.

Und als er den Vogel drückte, gab die Königin den Geist auf.

And as he squeezed the bird, the queen gave up the ghost.

Dann erzählte der Junge dem König seine Geschichte erneut.

The boy then retold his history to the king.

„Du hattest sieben unfruchtbare Frauen“

“You used to have seven barren wives”

„Um ihre Unfruchtbarkeit zu behandeln, gabst du jedem von ihnen eine Mango.“

“To treat their barrenness, you gave them each a mango”

„Und jede eurer Frauen wurde mit einem Kind schwanger.“

“And each of your wives fell pregnant with a child”

„Doch dann hast du eine achte Frau geheiratet“

“However, you then married an eighth wife”

„Diese Frau hat dir befohlen, deine anderen Frauen zu blenden.“

"This wife ordered you to blind your other wives"
„Und sie hat euch befohlen, eure anderen Frauen töten zu
lassen."
"And she ordered you to have your other wives killed"
„Dein Pfarrer hat deine sieben Frauen geblendet"
"Your minister blinded your seven wives"
„Aber er war zu gutherzig, um eure Frauen zu töten."
"But he was too good hearted to kill your wives"
„Ihre sieben Frauen wurden in ein Versteck gebracht"
"Your seven wives were taken to a hiding place"
„Und in diesem Versteck brachten sie jeweils ein Kind zur
Welt."
"And in this hiding place they each gave birth"
„Aber sie wurden gezwungen, ihre neugeborenen Kinder zu
essen"
"But they were forced to eat their newly born children"
„Nur meine Mutter ließ nicht zu, dass ich gefressen wurde"
"Only my mother did not let me be eaten"
„Stattdessen wurde ich von sieben Müttern gesäugt"
"Instead, I was suckled by seven mothers"
„Und ich bin stark und fähig aufgewachsen"
"And I grew up strong and capable"
„Schließlich kam ich, um in Ihrem Palast zu arbeiten"
"Eventually I came to work in your palace"
„Deine Frau, meine Stiefmutter, hat mich auf eine Mission
geschickt"
"Your wife, my stepmother, sent me on a mission"
„Sie schickte mich zu ihrer Mutter, um ein Medikament zu
holen"
"She sent me to her mother for a medicine"
„Ihre Mutter war jedoch eine Rakshasi "
"However, her mother was a Rakshasi"
„Von ihr habe ich das Geheimnis des Lebens Ihrer Frau
erfahren"
"From her I found the secret of your wife's life"
„Und so brachte ich den Vogel, der das Leben Ihrer Frau in
sich trug."

"And so I brought the bird that held your wife's life"

Der König hatte sich die Geschichte angehört, die sein Sohn ihm erzählte.

The king had listened to the story his son told him.

Die sieben Königinnen wurden in den Palast zurückgebracht.

The seven queens were brought back to the palace.

Und ihre Augen wurden auf wundersame Weise wiederhergestellt.

And their eyes were miraculously restored.

Der Junge, der von sieben Müttern gesäugt wurde, wurde gekrönt.

The boy that was suckled by seven mothers was crowned.

Und er wurde vom König als sein rechtmäßiger Erbe anerkannt.

And he was recognized by the king as his rightful heir.

Und sie lebten glücklich zusammen.

And they lived together happily.

Die Geschichte von Prinz Sobur
The Story of Prince Sobur

Es war einmal ein Kaufmann.
Once upon a time there lived a merchant.
Dieser Kaufmann hatte sieben Töchter.
This merchant had seven daughters.
Eines Tages stellte ihnen der Händler eine Frage.
One day the merchant asked them a question.
„Von wessen Vermögen leben Sie?"
"From whose fortune do you live?"
Die älteste Tochter antwortete zuerst.
The eldest daughter answered first.
„Papa, ich lebe von deinem Vermögen"
"Papa, I live from your fortune"
Die zweite Tochter gab die gleiche Antwort.
The second daughter gave the same answer.
Die gleiche Antwort gab die dritte Tochter.
The same answer was given by the third daughter.
Auch seine vierte Tochter lebte von seinem Vermögen.
His fourth daughter also lived from his fortune.
Bei seiner fünften Tochter war es nicht anders.
His fifth daughter was no different.
Und seine sechste Tochter war wie die anderen.
And his sixth daughter was like the rest.
Doch seine jüngste Tochter überraschte ihn.
But his youngest daughter surprised him.
Sie hatte eine ganz andere Antwort.
She had a very different answer.
„Ich lebe von meinem eigenen Vermögen"
"I live from my own fortune"
Diese Antwort gefiel ihm nicht.
He did not like this answer.
Ihre Antwort machte den Händler sehr wütend.
Her answer made the merchant very angry.
„Sie sind sehr undankbar", sagte er zu ihr.
"You are very ungrateful," he told her.

„Sehen Sie, wie gut Sie alleine zurechtkommen"

"See how well you do on your own"

„Ich schmeiße dich aus meinem Haus"

"I am kicking you out of my house"

„Sie werden keine Rupie in der Tasche haben"

"You will not have a rupee in your pocket"

Er rief seine Sänften herbei.

He called his palanquins to come.

Und er befahl ihnen, das Mädchen wegzubringen.

And he ordered them to take the girl away.

„Lass sie mitten im Wald zurück"

"Leave her in the midst of a forest"

Das Mädchen bat darum, ihr eines erlauben zu dürfen.

The girl begged to be allowed one thing.

„Bitte lass mich meine Arbeitsbox nehmen"

"Please let me take my work-box"

„In der Kiste sind meine Nadeln und Fäden"

"In the box are my needles and threads"

Ihr Vater erlaubte ihr, ihre Kiste mitzunehmen.

Her father allowed her to take her box.

Sie setzte sich auf den Sitz der Sänfte.

She got into the seat of the palanquins.

Und die Träger hoben sie hoch.

And the bearers lifted her up.

Und sie legten sie auf ihre Schultern.

And they put her onto their shoulders.

Während die Träger rannten, skandierten sie.

As the bearers ran they chanted.

„ Hoon ! Hoon ! Hoon ! Hoon ! Hoon !"

"hoon! hoon! hoon! hoon! hoon!"

Aber sie kamen nicht sehr weit.

But they didn't get very far.

Eine alte Frau stand ihnen im Weg.

An old woman stood in their way.

Sie kam zur Kutsche.

She came up to the carriage.

„Wohin bringen Sie meine Tochter?"

"Where are you taking my daughter?"
Sie war die Magd des Kindes.
She was the maid of the child.
„Wir haben vom Händler Aufträge erhalten"
"We have been given orders by the merchant"
„Er sagte uns, wir sollten sie wegbringen"
"He told us to take her away"
„Wir werden sie in einem Wald zurücklassen"
"We will leave her in a forest"
„Wir werden seinen Befehlen gehorchen"
"We are going to do his bidding"
„Ich muss mit ihr gehen", sagte die alte Frau.
"I must go with her," said the old woman.
Doch die Träger waren sich nicht sicher.
But the bearers were not sure.
Träger rennen, wenn sie eine Sänfte tragen.
Bearers run when they carry a sedan chair.
„Wie können Sie mit uns Schritt halten?"
"How will you be able to keep pace with us?"
Die alte Frau ließ sich nicht beirren.
The old woman was not deterred.
„Es ist egal, wie ich es mache"
"It does not matter how I do it"
„Ich muss dorthin gehen, wo meine Tochter hingeht"
"I must go where my daughter goes"
Die jüngste Tochter flehte die Träger an.
The youngest daughter begged the bearers.
„Bitte trage meine Mutter mit mir "
"Please carry my mother with me"
Und die Träger stimmten gnädig zu.
And the bearers gracefully agreed.
Sie trugen Mutter und Kind in den Wald.
They carried mother and child to the forest.
„ Hoon ! Hoon ! Hoon ! Hoon ! Hoon !"
"hoon! hoon! hoon! hoon! hoon!"
Am Nachmittag erreichten sie einen dichten Wald.
In the afternoon they reached a dense forest.

Sie drangen immer tiefer in den Wald ein.
They went deeper and deeper into the forest.
Gegen Sonnenuntergang erreichten sie ihr Ziel.
Towards sunset they reached their goal.
Sie blieben am Fuß eines alten Baumes stehen.
They stopped at the foot of an old tree.
Sie ließen das Mädchen und die alte Frau hinunter.
They lowered the girl and the old woman.
Und sie ließen sie im Wald zurück.
And they left them in the forest.
Dann kehrten sie auf demselben Weg nach Hause zurück.
Then they retraced their steps home.

Die jüngste Tochter des Kaufmanns sah sich um.
The merchant's youngest daughter looked around.
Sie hätten nicht in ihrer Haut stecken wollen.
You would not have wanted to be in her shoes.
Ihre Situation war wirklich bemitleidenswert.
Her situation was truly pitiable.
Sie war kaum vierzehn Jahre alt.
She was hardly fourteen years old.
Sie war im Luxus aufgewachsen.
She had grown up in luxury.
Aber jetzt gab es für sie keinen Luxus mehr.
But now there was no luxury for her.
Sie war im Herzen eines dunklen Waldes.
She was in the heart of a dark forest.
Sie hatte keine einzige Rupie in der Tasche.
She had not a rupee in her pocket.
Und sie hatte keinen Schutz.
And she had nothing for protection.
Nichts außer einer alten, gebrechlichen Frau.
Nothing except an old, decrepit, woman.
Sogar die Bäume des Waldes hatten Mitleid mit ihr.
Even the trees of the forest pitied her.
Das junge Mädchen und die alte Frau saßen zusammen.
The young girl and old woman sat together.

Sie standen am Fuße eines alten Baumes.
They were at the foot of an old tree.
Und gemeinsam weinten sie über ihre Situation.
And together they cried over their situation.
Ich sollte sagen, dass das alles vor langer Zeit passiert ist.
I should say this all happened long ago.
In diesen Zeiten konnten die Bäume sprechen.
In these times the trees could talk.
Und der alte Baum sprach zu dem Mädchen.
And the old tree spoke to the girl.
„Ihr Unglücklichen, ihr tut mir sehr leid."
"Unhappy women, I much pity you"
„In diesem Wald gibt es wilde Tiere"
"There are wild beasts in this forest"
„Bald werden sie aus ihren Höhlen kommen"
"Soon they will come out of their lairs"
„Sie werden auf der Suche nach Beute umherstreifen"
"They will roam about for prey"
„Und sie werden euch beide sicher verschlingen."
"And they are sure to devour you two"
„Aber ich kann dir helfen, wenn du willst."
"But I can help you, if you want"
„Ich werde eine Öffnung für dich schaffen"
"I will make an opening for you"
„Wenn Sie die Öffnung sehen, gehen Sie hinein"
"When you see the opening, go into it"
„Und dann werde ich die Öffnung schließen"
"And then I will close the opening up"
„Solange du in mir bist, bist du sicher."
"As long as you are in me you'll be safe"
„So können dich die wilden Tiere nicht berühren"
"This way the wild beasts can't touch you"
Und dann spaltete sich der Baum in zwei Teile.
And then the tree split itself in two.
Die beiden Frauen gingen in den Baum hinein.
The two women went inside the tree.
Und der alte Baum nahm seine natürliche Form wieder an.

And the old tree resumed its natural shape.

Der Schatten der Nacht verdunkelte den Wald.
The shade of night darkened the forest.
Alles, was der Baum gesagt hatte, war wahr.
Everything the tree had said was true.
Die wilden Tiere kamen aus ihren Höhlen.
The wild beasts came out of their lairs.
Der wilde Tiger kam nachts heraus.
The fierce tiger came out at night.
Der wilde Bär verließ seine Höhle.
The wild bear left his lair.
Das Nashorn durchstreifte den Wald.
The rhinoceros roamed the forest.
Der Buschbär war in dieser Nacht dort.
The bushy bear was there that night.
Man konnte den großen Elefanten hören.
The great elephant could be heard.
Und da war der gehörnte Büffel.
And there was the horned buffalo.
Sie knurrten alle, während sie den Baum umkreisten.
They all growled as they circled the tree.
**Sie hatten den Geruch von menschlichem Blut
wahrgenommen.**
They had gotten the scent of human blood.
Sie konnten das Knurren der Tiere hören.
They could hear the growls of the beasts.
Die Bestien stürmten gegen den Baum.
The beasts came dashing against the tree.
Sie haben die Äste des alten Baumes abgebrochen.
They broke the old tree's branches.
Ihre Hörner durchbohrten den Stamm des Baumes.
Their horns pierced the tree's trunk.
Sie kratzten mit ihren Krallen an der Rinde.
They scratched its bark with their claws.
Doch alle ihre Bemühungen waren vergeblich.
But all their efforts were in vain.

Das Mädchen und die Frau waren sicher im Baum.
The girl and woman were safe in the tree.
Gegen Morgengrauen zogen die wilden Tiere davon.
Towards dawn the wild beasts went away.
Nach Sonnenaufgang sprach der gute Baum wieder.
After sunrise the good tree spoke again.
„Die wilden Tiere sind zurückgegangen"
"The wild beasts have gone back"
„Sie sind wieder in ihren Höhlen"
"They are in their lairs again"
„Aber sie haben ihr Bestes getan, um mich zu quälen"
"But they did their best to torment me"
„Die Sonne ist wieder aufgegangen"
"The sun has risen up again"
„Also kannst du jetzt rauskommen"
"So you can come out now"
Der Baum spaltete sich erneut in zwei Teile.
The tree split itself into two again.
Das Mädchen und die alte Frau kamen heraus.
The girl and the old woman came out.
Sie sahen das Ausmaß des Schadens.
They saw the extent of the damage.
Die Äste des Baumes waren abgebrochen.
The tree's branches had been broken off.
Der Stamm des Baumes war durchbohrt.
The tree's trunk had been pierced.
Die Rinde war abgezogen.
The bark had been stripped off.
„Gute Mutter, wir danken dir"
"Good mother, we thank you"
„Sie waren sehr nett zu uns"
"You have been very kind to us"
„Du hast uns vor den Bestien Schutz gegeben"
"You gave us shelter from the beasts"
„Aber es war ein hoher Preis für Sie selbst"
"But it was at a great cost to yourself"
„Du hast viele Wunden von den wilden Tieren."

"You have many wounds from the wilds beasts"
„Sie müssen große Schmerzen haben?"
"You must be in great pain?"
In der Nähe floss ein Fluss.
Close by there was a flowing river.
Das junge Mädchen ging zum Flussufer.
The young girl went to the river bank.
Am Flussufer fand sie Schlamm.
At the bank of the river she found mud.
Sie bedeckte den Baum mit Schlamm.
She covered the tree with the mud.
Sie hat insbesondere die beschädigten Teile abgedeckt.
She especially covered the damaged parts.
Der Baum dankte ihr für die Behandlung.
The tree thanked her for the treatment.
„Mein braves Mädchen, ich danke dir"
"My good girl, I thank you"
„Meine Schmerzen sind deutlich gelindert"
"I am greatly relieved of my pain"
„Ich mache mir jedoch mehr Sorgen um Sie."
"I am, however, more concerned for you"
„Du musst hungrig sein"
"You must be hungry"
„Du hast seit gestern nichts gegessen"
"You have not eaten since yesterday"
„Aber was kann ich dir geben?"
"But what can I give you?"
„Ich habe keine eigenen Früchte"
"I have no fruit of my own"
„Aber ich habe einen Rat"
"But I do have some advice"
„Gib der alten Frau alles Geld, das du hast"
"Give the old woman whatever money you have"
„Lass sie in die Stadt gehen"
"Let her go into the city"
„In der Stadt kann sie etwas zu essen kaufen"
"In the city she can buy some food"

Sie erklärten dem Baum ihre Situation.
They explained their situation to the tree.
„Wir wurden ohne Geld losgeschickt"
"We have been sent out with no money"
Aber sie durchsuchte trotzdem ihre Arbeitskiste.
But she searched through her work-box anyway.
Und in der Schachtel fand sie fünf Kauris.
And in the box she found five cowries.
Der Baum gab weiterhin seinen Rat.
The tree continued to give its advice.
„Geh mit deinen Kauris in die Stadt"
"Go with your cowries to the city"
„Benutzen Sie die Kauris, um gebratenen Reis zu kaufen"
"Use the cowries to buy some fried rice"
Also ging die alte Frau in die Stadt.
So the old woman went to the city.
Zum Glück war die Stadt nicht weit entfernt.
Fortunately the city was not far away.
Sie ging zum ersten Ladenbesitzer, den sie fand.
She went to the first shopkeeper she found.
„Bitte geben Sie mir Reis im Wert von fünf Kauris"
"Please give me five cowries worth of rice"
Der Ladenbesitzer lachte sie aus.
The shopkeeper laughed at her.
„Wo gibt es Reis für fünf Kauris?"
"Where can rice be had for five cowries?"
„Hau ab, du alte Hexe", sagte er zu ihr.
"Be off, you old hag," he told her.
Also versuchte sie, in einem anderen Geschäft zu feilschen.
So she tried to barter at another shop.
Dieser Ladenbesitzer konnte ihre Not sehen.
This shopkeeper could see her distress.
Und der Ladenbesitzer hatte Mitleid mit ihr.
And the shopkeeper took pity on her.
Sie gab ihr eine große Menge Reis.
She gave her a large quantity of rice.
Die alte Frau kam mit dem Reis zurück.

The old woman returned with the rice.
Und der Baum gab weitere Anweisungen.
And the tree gave further instructions.
„Iss weniger als die Hälfte des Reises"
"Eat less than half of the rice"
„Gehen Sie zu den Uferböschungen des Flusses"
"Go to the embankments of the river bank"
„Wirf den restlichen Reis ans Flussufer"
"Cast the remaining rice on the river bank"
Sie haben den Sinn davon nicht verstanden.
They did not understand the sense of it.
„Warum das Flussufer mit Reis besäen?"
"Why sow the riverbank with rice?"
Aber sie taten, was ihnen geraten wurde.
But they did as they were advised.
Und sie warfen ihren Reis auf den Boden.
And they threw their rice onto the ground.

Sie verbrachten den Tag damit, ihr Schicksal zu beklagen.
They spent the day lamenting their fate.
Genau wie zuvor kamen die Tiere nachts heraus.
Just as before the beasts came out at night.
Der Baum beherbergte sie wieder in seinem Stamm.
The tree housed them inside of its trunk again.
Wieder verstümmelten und quälten sie den Baum.
Again they mutilated and tortured the tree.
Aber in dieser Nacht passierte noch etwas anderes.
But that night something else happened.
Die Frauen sahen es erst am nächsten Tag.
The women only saw it the next day.
Der Reis hatte Hunderte von Pfauen angelockt.
The rice had attracted hundreds of peacocks.
Die Pfauen wetteiferten um den Reis.
The peacocks competed for the rice.
Und ihre Federn fielen auf den Boden.
And their feathers fell on the floor.
Der Baum hatte gewusst, was passieren würde.

The tree had known what would happen.
Und der Baum gab ihnen Ratschläge, was sie als nächstes tun sollten.
And the tree advised them what to do next.
„Geh zurück zum Flussufer"
"Go back to the bank of the river"
„Geh dorthin, wo du den Reis hingeworfen hast"
"Go to where you cast the rice"
„Dort wirst du viele Federn sehen"
"There you will see many feathers"
„Sammeln Sie alle Federn, die Sie finden können"
"Collect all the feathers you can find"
„Machen Sie aus den Federn einen schönen Fächer"
"Use the feathers to make a beautiful fan"
„Und nimm den Federfächer mit in die Stadt"
"And take the feather-fan to the city"
Die beiden Frauen taten, was ihnen geraten wurde.
The two women did as they were advised.
Es war gut, dass das Mädchen ihre Arbeitskiste mitgenommen hatte.
It was good the girl had taken her work-box.
In ihrer Arbeitskiste befand sich eine Schnur.
In her work-box was some string.
Sie banden die Federn zusammen.
The tied the feathers together.
Und sie hatte aus den Federn einen Fächer gemacht.
And she had made a fan from the feathers.
Sie nahm den Federfächer mit in die Stadt.
She took the feather fan to the city.
Der Sohn des Königs war zufällig dort.
The son of the king happened to be there.
Er bewunderte die Federn sehr.
He admired the feathers greatly.
Er hat eine große Summe Geld für die Federn bezahlt.
He paid a large sum of money for the feathers.
Jeden Morgen wurde eine gewisse Menge Federn gesammelt.

Each morning a quantity of feathers was collected.
Und jeden Tag wurde ein Federfächer hergestellt und verkauft.
And each day a feather fan was made and sold.
Innerhalb kurzer Zeit wurden die beiden Frauen reich.
Within a short time the two women got rich.
Der Baum riet ihnen dann, ein Haus zu bauen.
The tree then advised them to build a house.
„Stellen Sie Männer ein, die für Sie Ziegel brennen"
"Employ men to burn bricks for you"
„Lassen Sie Balken und Sparren zuschneiden"
"Get them to cut beams and rafters"
„Lasst sie die Wände mit Kalk verputzen"
"Make them plaster the walls with lime"
In wenigen Monaten entstand ein stattliches Haus.
In a few months a stately house was built.
Der Baum freute sich für die Frauen.
The tree was pleased for the women.
„Sie sollten Ihrem Haus einen Garten hinzufügen"
"You should add a garden to your house"
„Und Sie wollen Wasser speichern können"
"And you want to be able to store water"
„Graben Sie einen Wassertank in Ihrem Garten"
"Dig a water tank in your garden"

Das Mädchen hatte nicht viel Zeit gehabt.
The girl had not had much time.
Deshalb dachte sie nicht an ihre Familie.
So she didn't think of her family.
Das Glück des Kaufmanns hatte eine Wendung genommen.
The merchant's luck had taken a turn.
Die Göttin des Reichtums runzelte die Stirn über ihn.
The goddess of wealth frowned upon him.
Ihn traf plötzlich ein Unglück.
He was struck by a sudden misfortune.
Auf einmal verlor er sein gesamtes Geld.
All at once he lost all of his money.

Er war gezwungen, sein Haus zu verkaufen.
He was forced to sell his house.
Aber er machte mit dem Anwesen einen großen Verlust.
But he made a great loss on the property.
Er und seine Familie blieben mittellos zurück.
He and his family were left penniless.
Sie waren also gezwungen, woanders zu leben.
So they were forced to live elsewhere.
Sie zogen zufällig in ein nahegelegenes Dorf.
They happened to move to a nearby village.
Der Palast war nicht weit von ihrem neuen Haus entfernt.
The palace was not far from their new house.
Aber der Kaufmann war nicht mehr reich.
But the merchant was not rich anymore.
Und er musste immer noch seine Familie ernähren.
And he still had to support his family.
Er war gezwungen, körperliche Arbeit zu verrichten .
He had been reduced to doing manual labour.
Er bewarb sich um die Stelle im Palast.
He applied for the job at the palace.
Er wollte das Loch für das Wasser graben.
He was going to dig the hole for the water.
Auch seine Frau bot an, mit ihm zusammenzuarbeiten.
His wife also offered to work with him.
Aber sie kamen zu spät, um zu arbeiten.
But they got there too late to work.
Der Wassertank war bereits fertiggestellt.
The water tank had already been finished.
Und sie wussten nicht, wessen Haus es war.
And they did not know whose house it was.
Die Kaufmannstochter schaute aus dem Fenster.
The merchant's daughter was looking out the window.
Zufällig sah sie ihre Eltern im Garten.
She happened to see her parents in the garden.
Sie konnte die Lumpen sehen, die sie trugen.
She could see the rags they were wearing.
Bei diesem Anblick füllten sich ihre Augen mit Tränen.

Her eyes filled with tears at the sight.
Sie konnte nicht glauben, was sie sah.
She could not believe what she saw.
Ihre Eltern waren wegen der Arbeit zu ihr gekommen.
Her parents had come to her for work.
Sie rief sofort ihre Diener.
She immediately called her servants.
„Draußen im Garten sind meine Eltern"
"Outside in the garden are my parents"
„Bitte bieten Sie ihnen diese schönen Kleider an"
"Please offer them these fine clothes"
„Und bitte sie, in den Palast zu kommen."
"And ask them to come into the palace"
Ihre Diener taten, was ihnen gesagt wurde.
Her servants did as they were told.
Doch ihre Eltern hatten grenzenlose Angst.
But her parents were frightened beyond measure.
Sie hatten gesehen, dass der Tank fertig war.
They had seen that the tank was finished.
Früher gab es eine seltsame Tradition.
There used to be a strange tradition.
Damals wurden Menschenopfer dargebracht.
In those days human sacrifices were offered.
Einer dieser Anlässe war nach dem Ausheben eines Pools.
One of those occasions was after digging a pool.
Man kann sich die Angst ihrer Eltern vorstellen.
You can imagine her parents' fear.
Sie waren gekommen, um den Wassertank auszugraben.
They had come to dig the water tank.
Doch nun wurden sie von Bediensteten gerufen.
But now servants were calling them.
Sie dachten, sie würden geopfert.
They thought they going to be sacrificed.
„Wirf deine Lumpen weg", sagten sie.
"Throw away your rags" they said.
„Hier, zieh diese schönen Kleider an"
"Here, wear these fine clothes"

Und ihre Ängste nahmen noch mehr zu.
And their fears increased even more.
Doch sie mussten nicht lange Angst haben.
But they did not have to fear for long.
Ihre reiche Tochter kam heraus, um sie zu begrüßen.
Their rich daughter came out to meet them.
Sie umarmte und küsste ihre Eltern.
She hugged and kissed her parents.
Und sie erzählte ihnen alles, was passiert war.
And she told them everything that had happened.
Der Vater war der Meinung, dass sie Recht gehabt hatte.
The father felt that she had been right.
„Sie leben von Ihrem eigenen Vermögen"
"You do live from your own fortune"
Die Tochter machte ihrem Vater keine Vorwürfe.
The daughter did not blame her father.
Und sie schenkte ihm ein großes Vermögen.
And she gave him a large fortune.
Mit dem Geld zog er zurück in die Stadt.
With the money he moved back to the city.
Bald wurde er wieder Kaufmann.
Soon he became a merchant again.
Und er reiste zum Handel in ferne Länder.
And he went to distant countries for trade.

Eines Tages bereitete er sich auf ein weiteres geschäftliches Unterfangen vor.
One day he got ready for another business venture.
Doch an diesem Tag geschah etwas Seltsames.
But that day something strange happened.
Das Schiff war bereit, den Hafen zu verlassen.
The ship was ready to leave the port.
Aber aus irgendeinem Grund bewegte sich das Schiff nicht.
But for some reason the ship did not move.
Niemand konnte erklären, was passierte.
No one could explain what was happening.
Aber der Händler hatte eine Idee.

But the merchant had an idea.
„Vielleicht würden sich meine Töchter über Geschenke freuen"
"Perhaps my daughters would like presents"
„Ich muss sie fragen, was sie möchten"
"I need to ask them what they would like"
Er ging, um seine Töchter zu besuchen.
He went to see his daughters.
Er fragte sie, was sie gerne hätten.
He asked them what they would like.
Und er versprach, ihnen Geschenke mitzubringen.
And he promised to bring them presents.
Aber das Schiff bewegte sich immer noch nicht.
But the ship would still not move.
Er hatte nicht alle seine Töchter gefragt.
He had not asked all his daughters.
Seine jüngste Tochter war nicht da.
His youngest daughter was not there.
Sie lebte in einer anderen Stadt.
She was living in a different city.
Also befahl er seinen Dienern, zu ihrem Palast zu gehen.
So he ordered his servants go to her palace.
Der Bote kam zur falschen Zeit.
The messenger came at the wrong time.
Das junge Mädchen war in Andachten vertieft.
The young girl was engaged in devotions.
Aber der Bote fragte sie trotzdem.
But the messenger asked her anyway.
Sie sagte ihm nur „Sobur "
She just told him"sobur"
Die Bedeutung davon war „warten "
The meaning of this was"wait"
Aber der Bote wusste das nicht.
But the messenger didn't know this.
Er dachte, sie wollte etwas namens „Sobur "
He thought she wanted something called"sobur"
Also ging er zurück in die Stadt des Kaufmanns.

So he went back to the city of the merchant.
Und er übermittelte die Nachricht, die er erhalten hatte.
And he delivered the message he received.
„Ihre Tochter möchte etwas, das ‚Sobur' heißt."
"Your daughter wants something called 'sobur'"
Diesmal konnte sich das Schiff wieder bewegen.
This time the ship could move again.
Also machte sich der Kaufmann auf die Reise.
So the merchant started on his travels.
Auf seiner Reise besuchte er viele Häfen.
He visited many ports on his journey.
Und er machte mit seinen Geschäften gute Gewinne.
And he made good profits from his trades.
Das Finden der Geschenke war nicht schwierig.
Finding the presents was not difficult.
Er fand alles, was seine ältesten Töchter wollten.
He found everything his oldest daughters wanted.
Doch der Wunsch seiner jüngsten Tochter war schwierig.
But his youngest daughter's wish was difficult.
Er konnte das Ding namens „Sobur " nicht finden.
He could not find the thing called"sobur"
Er fragte in jedem Hafen, den er anlief.
He asked at every port he came to.
„Haben Sie etwas, das ‚Sobur' heißt?"
"Do you have something called 'sobur'?"
Aber die Händler schüttelten alle den Kopf.
But the merchants all shook their heads.
Sobur' haben wir noch nie gehört "
"We've never heard of 'sobur'"
Seine Reise war fast zu Ende.
His voyage had almost come to its end.
Er würde bald nach Hause zurückkehren.
He was soon going to head back home.
Aber er wollte „Sobur " für seine Tochter.
But he wanted"sobur" for his daughter.
Also ging er rufend durch die Straßen.
So he went calling through the streets.

„ Sobur , hat jemand Sobur ?!"
"Sobur, does anyone have sobur?!"
Der Sohn des Königs war in seinem Schloss.
The son of the King was in his castle.
Er schaute zufällig aus dem Fenster.
He happened to be looking out the window.
Und die Anrufe erregten seine Aufmerksamkeit.
And the calls attracted his attention.
Weil er zufällig Sobur hieß .
Because his name happened to be Sobur.
Er kam zum Händler, um mit ihm zu sprechen.
He came to the merchant to speak with him.
„Ich habe den Sobur , den du willst"
"I have the Sobur that you want"
„Nimm diese Kiste, aber sei vorsichtig damit"
"Take this box, but be careful with it"
„In der Schachtel sind ein magischer Federfächer und ein Spiegel."
"In the box is a magical feather fan and mirror"
„Das ist der Sobur , den sich Ihre Tochter wünscht"
"This is the Sobur your daughter wishes for"
Der Kaufmann dankte dem Prinzen für die Kiste.
The merchant thanked the prince for the box.
Und er kehrte in sein Land zurück.
And he returned back to his country.

Er gab die Schachtel seiner Tochter.
He gave the box to his daughter.
Doch die Tochter dachte nicht daran.
But the daughter didn't think about it.
Sie dachte, es sei nur eine gewöhnliche Schachtel.
She thought it was just a common box.
Sie hatte den Boten vergessen.
She had forgotten about the messenger.
Doch eines Tages beschloss sie, die Schachtel zu öffnen.
But one day she decided to open the box.
In der Schachtel fand sie einen wunderschönen Fächer.

Inside the box she found a beautiful fan.

Im Federfächer befand sich ein wunderschöner Spiegel.

In the feather fan there was a beautiful mirror.

Sie wedelte mit dem Federfächer, um sich abzukühlen.

She waved the feather fan to cool herself.

Und Prinz Sobur erschien vor ihr.

And Prince Sobur appeared before her.

„Sie haben mich gerufen, also bin ich hier", sagte er.

"You called me, so here I am," he said.

„Was wünschst du dir?", fragte er.

"What is it you wish for?" he asked.

Sie war erstaunt über das, was sie sah.

She was astonished at what she saw.

Plötzlich war ein hübscher Prinz aufgetaucht!

A handsome prince had suddenly appeared!

„Wer bist du?", fragte sie den Prinzen.

"Who are you?" she asked the prince.

„Und wie kam es, dass Sie plötzlich aufgetaucht sind?"

"And how did you suddenly appear?"

Der Prinz erklärte, was passiert war.

The Prince explained what had happened.

„Dein Vater suchte nach , Sobur ‚"

"Your father was looking for 'sobur'"

„Ich bin Prinz Sobur ", erklärte er.

"I am prince Sobur," he explained.

„Ich habe deinem Vater eine Schachtel gegeben"

"I gave your father a box"

„In dieser Schachtel befinden sich ein Federfächer und ein Spiegel."

"In this box there is a feather fan and mirror"

„Wenn du den Federfächer schüttelst, werde ich erscheinen."

"When you shake the feather fan I will appear"

Sie bat den Prinzen, als Gast zu bleiben.

She asked the prince to stay as a guest.

Und zwei Tage lang blieb der Prinz bei ihr.

And for two days the prince stayed with her.

Und sie bewirtete ihn in ihrem Palast.
And she entertained him in her palace.
Während dieser Zeit verliebten sich die beiden.
During that time the two fell in love.
Sie legten einander ihre Gelübde ab.
They made their vows to each.
Und sie wurden Mann und Frau.
And they became husband and wife.
Danach kehrte der Prinz zu seinem Vater zurück.
After this the prince returned to his father.
Er sagte ihm, dass er eine Frau ausgewählt habe.
He told him that he had selected a wife.
Der Tag der Hochzeit stand fest.
The day for the wedding was decided.
Die ganze Familie war eingeladen.
All the family was invited.
Und sie hatten eine wunderschöne Hochzeit.
And they had a beautiful wedding.

Doch es gab einen Todesfall im Ehebett.
But there was a death in the marriage bed.
Die sechs Töchter des Kaufmanns waren neidisch.
The six daughters of the merchant were envious.
Sie waren neidisch auf den Erfolg ihrer Schwester.
They were jealous of their sister's success.
Also beschlossen sie, ihr Glück zu zerstören.
So they decided to destroy her happiness.
Dabei zerbrachen mehrere Glasflaschen.
They broke several glass bottles.
Und sie zermahlen das Glas zu feinem Pulver.
And they ground the glass into fine powder.
Dann streuten sie das Pulver auf das Bett.
Then they scattered the powder on the bed.
Der Prinz ahnte keine Gefahr.
The prince suspected no danger.
Er legte sich ins Bett.
He laid himself down in the bed.

Bald spürte er einen stechenden Schmerz.
Soon he felt an acute pain.
Sein ganzer Körper schmerzte.
All of his whole body ached.
Das Pulver war durch seine Haut gegangen.
The powder had gone through his skin.
Der Prinz wurde durch die Schmerzen unruhig.
The prince became restless through pain.
Und er fing an, zu treten und zu schreien.
And he started to kick and scream.
Er wurde in sein eigenes Land verschleppt.
He was taken away to his own country.
Der König und die Königin waren sehr besorgt.
The king and queen were very worried.
Sie konsultierten alle Ärzte des Königreichs.
They consulted all the kingdom's physicians.
Doch ihre Bemühungen waren vergeblich.
But their efforts were in vain.
Tag und Nacht schrie der junge Prinz .
Day and night the young prince was screaming.
Niemand konnte die Krankheit feststellen.
No one could ascertain the disease.
Sie hatten also keine Möglichkeit, das Heilmittel herauszufinden.
So they had no way of knowing the remedy.
Sie können sich die Trauer seiner Frau vorstellen.
You can imagine the grief of his wife.
Der Bund der Ehe war gerade erst geschlossen worden.
The marriage knot had only just been tied.
Sie dachte, er sei von einer schrecklichen Krankheit befallen.
She thought a terrible disease had attacked him.
Dann wurde er Hunderte von Meilen weit weggetragen.
Then he was carried hundreds of miles away.
Sie war noch nie in seinem Land gewesen.
She had never been to his country.
Aber sie war entschlossen, dorthin zu gehen.

But she was determined to go there.
Und sie war entschlossen, ihn besser zu pflegen.
And she was determined to nurse him better.
Sie legte das Gewand einer Sannyasi an.
She put on the garb of a Sannyasi.
Und sie trug einen Dolch in der Hand.
And she carried a dagger in her hand.
Und dann machte sie sich auf die Reise.
And then she set out on her journey.

Die Prinzessin war noch relativ jung.
The princess was still relatively young.
Sie war lange Reisen nicht gewohnt.
She was unaccustomed to long journeys.
Und sie war es nicht gewohnt, so weit zu laufen.
And she wasn't used to walking so far.
Bald wurde ihr das Gehen zu langweilig.
She soon got weary of walking.
Also setzte sie sich unter einen Baum, um sich auszuruhen.
So she sat under a tree to rest.
Oben auf dem Baum befand sich ein Nest.
On the top of the tree there was a nest.
Es war das Nest zweier göttlicher Vögel.
It was the nest of two divine birds.
Hier lebten Bihangami und Bihangama .
Bihangami and Bihangama lived here.
Sie waren zu diesem Zeitpunkt nicht in ihrem Nest.
They were not in their nest at the time.
Aber zwei ihrer Küken waren im Nest.
But two of their chicks were in the nest.
Plötzlich stießen die Küken einen Schrei aus.
Suddenly the chicks gave a scream.
Dies weckte die halb schläfrige Prinzessin.
This roused the half-drowsy princess.
Die kleinen Vögel hatten eine riesige Schlange gesehen.
The little birds had seen huge serpent.
Die Schlange wollte gerade auf den Baum klettern.

The snake was about to climb the tree.
Dies wäre das Ende der Vögel gewesen.
This would have been the end of the birds.
Aber die Sannyasi zog ihren Dolch.
But the Sannyasi took out her dagger.
Und sie zerschnitt die Schlange in zwei Teile.
And she cut the serpent in two.
Natürlich erschreckte auch dies die Jungvögel.
Of course even this frightened the young birds.
Und sie flogen schreiend aus dem Nest.
And they flew from the nest screaming.
Bihangama und Bihangami waren auf dem Rückweg.
Bihangama and Bihangami were on their way back.
Sie kamen durch die Luft gesegelt.
They came sailing through the air.
Sie dachten, sie wüssten bereits, was passiert war.
They thought they already knew what had happened.
„Ich erwarte nicht, unsere Kinder zu sehen"
"I don't expect to see our children"
„Das Nest wird wieder leer sein"
"The nest will be empty again"
„Alle unsere früheren Kinder wurden gefressen"
"All our previous children were eaten"
„Sie wurden von unserem großen Feind, der Schlange, gefressen"
"They were eaten by our great enemy the serpent"
„Sie werden das gleiche Schicksal ereilt haben"
"They will have met the same fate"
„Ich höre die Schreie meiner Jungen nicht"
"I do not hear the cries of my young ones"
Die beiden Vögel erreichten ihr Nest.
The two birds got to their nest.
Und wie vorhergesagt war das Nest leer.
And as predicted, the nest was empty.
Dies schien ihren Verdacht zu bestätigen.
This seemed to confirm their suspicions.
Doch bald kehrten die Jungvögel zurück.

But soon the young birds returned.
Die göttlichen Vögel waren angenehm überrascht.
The divine birds were pleasantly surprised.
Die jungen Vögel erzählten ihnen, was passiert war.
The young birds told them what had happened.
„Unter dem Baum war ein junger Sannyasi"
"There was a young Sannyasi under the tree"
„Er hat die Schlange vernichtet"
"He destroyed the serpent"
„Er zerschnitt die Schlange mit seinem Dolch in zwei Teile"
"He cut the snake in two with his dagger"
Die Eltern gingen zum Fuß des Baumes.
The parents went to foot of the tree.
Zwei Hälften der Schlange waren noch da.
Two halves of the snake were still there.
„Der junge Sannyasi hat unseren Nachwuchs gerettet"
"The young Sannyasi has saved our offspring"
„Ich wünschte, wir könnten ihm im Gegenzug einen Gefallen tun."
"I wish we could do him some service in return"
Der göttliche Vogel Bihangama antwortete.
The divine bird Bihangama replied.
„Wir werden IHR unseren Dienst erweisen"
"We shall do our service to HER"
„Der Sannyasi unter dem Baum ist kein Mann"
"The Sannyasi under the tree is not a man"
„Die Sannyasi unter dem Baum ist eine Frau"
"The Sannyasi under the tree is a woman"
Sobur geheiratet "
"Last night she got married to Prince Sobur"
„Kurz nach ihrer Hochzeit wurde er vergiftet"
"Shortly after their marriage he was poisoned"
„Seine Haut war von kleinen Glassplittern durchbohrt"
"His skin was pierced with small shards of glass"
„Seine Schwägerinnen beneideten seine Frau"
"His sisters-in-law envied his wife"
„Ihre Schwestern streuten das Pulver über das Bett"

"Her sisters spread the powder over the bed"
„Er leidet immer noch unter seinen Schmerzen"
"He is still suffering from his pain"
„Aber er ist in seinem Heimatland"
"But he is in his native land"
„Und jetzt ist er dem Tode nahe"
"And now he is at the point of death"
„Unter dem Baum ist seine heldenhafte Braut"
"Beneath the tree is his heroic bride"
„Sie trägt die Kleidung einer Sannyasi"
"She is wearing the garb of a Sannyasi"
„Und sie wird ihn stillen"
"And she is going to nurse him"
Der Bihangami fragte den Bihangama .
The Bihangami asked the Bihangama.
„Gibt es keine Heilung für den Prinzen?"
"Is there no cure for the prince?"
„Ja, es gibt eine Heilung", antwortete der Bihangama .
"Yes, there is a cure" replied the Bihangama.
„Auf dem Boden liegt verhärteter Mist"
"There is hardened dung lying on the ground"
„Sie muss diesen verhärteten Mist nehmen"
"She must take this hardened dung"
„Dann muss sie den Mist zu Pulver zermahlen"
"Then she must reduce the dung to powder"
„Und dann muss sie den Prinzen baden"
"And then she must bathe the prince"
„Sie muss ihn in sieben Wasserkrügen baden"
"She must bathe him in seven jars of water"
„Dann muss sie ihn in sieben Krügen Milch baden"
"Then she must bathe him in seven jars of milk"
„Dann muss sie das Puder auf seinen Körper auftragen"
"Then she must apply the powder to his body"
„Danach wird Prinz Sobur wieder gesund"
"After this Prince Sobur will get well"
„Ich habe keine Zweifel an diesem Mittel "
"I have no doubts about this remedy"

Die Bihangami sahen jedoch ein Problem.
The Bihangami saw a problem though.
„Die Prinzessin ist noch ein junges Mädchen"
"The princess is but a young girl"
„Sie kann eine solche Strecke nicht laufen"
"She cannot walk such a distance"
„Die Reise würde viele Tage dauern"
"The journey would take her many days"
„Bis dahin wird der arme Prinz gestorben sein"
"By that time the poor prince will have died"
„Das kann ich", antwortete der Bihangama .
"I can," replied the Bihangama.
„Ich werde die junge Dame auf meinen Rücken nehmen"
"I will take the young lady on my back"
„Ich werde sie in die Stadt von Prinz Sobur fliegen "
"I will fly her to Prince Sobur's city"
„Wenn sie keine Geschenke mitnimmt, fliege ich sie zurück"
"If she takes no presents, I will fly her back"
Die Tochter des Kaufmanns hörte dieses Gespräch.
The merchant's daughter heard this conversation.
Sie flehte den Bihangama an , sie auf seinen Rücken zu nehmen.
She begged the Bihangama to take her on his back.
Und natürlich stimmte der Vogel bereitwillig zu.
And of course the bird willingly consented.
Zuerst sammelte sie etwas Vogelkot .
First she gathered some of the birds dung.
Und dann zermahlte sie den Mist zu feinem Pulver.
And then she reduced the dung to fine powder.
Sie war mit dieser starken Droge bewaffnet.
She was armed with this potent drug.
Und sie stieg auf den Rücken des freundlichen Vogels.
And she got on the back of the kind bird.

Das Bihangama flog blitzschnell.
The Bihangama flew as fast as lightning.

Bald erreichten sie die Stadt von Prinz Sobur .
They soon reached Prince Sobur's city.
Der junge Sannyasi ging hinauf zum Palast.
The young Sannyasi went up to the palace.
Und sie sprach mit den Wachen am Tor.
And she spoke to the guards at the gate.
„Schicken Sie dem König die Nachricht, dass ich ein Medikament habe."
"Send word to the king that I have a drug"
„Dieses Medikament wird das Leben des Prinzen retten"
"This drug will save the prince's life"
„Innerhalb von Stunden werde ich den Prinzen geheilt haben"
"Within hours I will have cured the prince"
Der König hatte alle besten Ärzte ausprobiert.
The king had tried all the best doctors.
Doch kein Arzt hatte seinen Sohn heilen können.
But no doctor had been able to cure his son.
Deshalb glaubte er den Worten des Sannyasi nicht.
So he didn't believe the Sannyasi's words.
Doch seine Berater rieten ihm davon ab.
But his councilors advised him otherwise.
Der Sannyasi bestellte sieben Krüge Wasser.
The Sannyasi ordered for seven jars of water.
Und es wurden sieben Gläser Milch bestellt.
And seven jars of milk were ordered.
Er goss einen Krug Wasser über den Prinzen.
He poured a jar of water on the prince.
Und er goss einen Krug Milch über den Prinzen.
And he poured a jar of milk on the prince.
Er hatte eine Feder vom göttlichen Vogel.
He had a feather from the divine bird.
Und er benutzte die Feder, um das Puder aufzutragen.
And he used the feather to apply the powder.
Der gesamte Körper des Prinzen war bedeckt.
All of the prince's body was covered.
Dies wurde noch sechs weitere Male wiederholt.

This was repeated another six times.
Die letzte Behandlung hat Wunder gewirkt.
The last treatment did the magic.
Dem Prinzen ging es wieder besser.
The prince started to feel well again.
Der König war glücklicher, als Worte es beschreiben können.
The king was happier than words can describe.
„Gebt dem Sannyasi die schönsten Schätze"
"Give the Sannyasi the finest treasures"
Aber der Sannyasi weigerte sich, Geschenke anzunehmen.
But the Sannyasi refused to take presents.
„Gib mir den Ring an den Finger des Prinzen"
"Let me have the ring on the prince's finger"
Der König und der Prinz waren glücklich.
The king and the prince were happy.
Und sie gaben ihm, was er wollte.
And they gave him what he wanted.
Die Kaufmannstochter eilte zurück.
The merchant's daughter hastened back.
Der Bihangama wartete am Meeresufer.
The Bihangama was waiting at the sea-shore.
Sie erreichten den Baum der göttlichen Vögel.
They reached the tree of the divine birds.
Die junge Braut ging zurück zu ihrem Palast.
The young bride walked back to her palace.

Am nächsten Tag schüttelte sie den magischen Federfächer.
The following day she shook the magical feather fan.
Wie zuvor erschien ihr Ehemann.
Just as before, her husband appeared.
Natürlich freute er sich, seine Frau zu sehen.
Of course he was happy to see his wife.
Aber er war unendlich überrascht.
But he was infinitely surprised.
Sie hatte seinen Ring am Finger.
She had his ring on her finger.

Seine eigene Frau war seine Ärztin.
His own wife was his doctor.
Es war seine Frau, die ihn geheilt hatte!
It was his wife that had cured him!
Der Prinz nahm seine Braut mit in seinen Palast.
The prince took his bride to his palace.
Er vergab seinen Schwägerinnen.
He forgave his sisters-in-law.
Sie lebten viele Jahre glücklich.
They lived happily for many years.
Und sie wurden mit Kindern gesegnet.
And they were blessed with children.

<h2 style="text-align:center">Die Ursprünge des Opiums</h2>
The Origins of Opium

Es war einmal ein Rishi.
Once upon on a time there lived a Rishi.
Er lebte am Ufer des heiligen Ganges.
He lived on the banks of the holy Ganges.
Dieser Rishi war ein sehr religiöser Mann.
This Rishi was a very religious man.
Er verbrachte seine Tage mit der Durchführung religiöser Riten.
He spent his days performing religious rites.
Von Sonnenaufgang bis Sonnenuntergang saß er am Flussufer.
From sunrise to sunset he sat on the river bank.
Die ganze Zeit saß er andächtig da.
For the whole time he sat engaged in devotion.
Nachts suchte er Schutz in seiner Hütte.
At night he took shelter in his hut.
Seine Hütte war aus Palmblättern gebaut.
His hut was made from palm-leaves.
Die Palmen hatte er aus Setzlingen gezogen.
The palms he had grown from saplings.
Meilenweit war niemand zu sehen.
There was no one around for miles.
Allerdings war in der Hütte eine Maus.
However, in the hut there was a mouse.
Sie lebte von dem, was der Rishi ihr hinterlassen hatte.
She lived from what the Rishi left for her.
Der Rishi war ein gutherziger Mann.
The Rishi was a kind-hearted man.
Er würde keinem Lebewesen etwas zuleide tun.
He would not hurt any living thing.
Unsere Maus ist ihm also nie weggelaufen.
So our mouse never ran away from him.
Tatsächlich ist unsere Maus zu ihm gegangen.
In fact, our mouse went to him.

Sie berührte seine Füße, als er saß.
She touched his feet when he was sitting.
Und es machte ihr Spaß, mit ihm zu spielen.
And she enjoyed playing with him.
Auch dem Rishi gefiel die kleine Maus.
The Rishi also liked the little mouse.
Also wollte er nett zu ihr sein.
So he wanted to be kind to her.
Und er wollte jemanden zum Reden.
And he wanted someone to talk to.
Also gab er ihr die Macht der Sprache.
So he gave her the power of speech.

Eines Nachts stand die Maus auf.
One night the mouse stood up.
Sie stellte sich auf ihre Hinterbeine.
She got onto her hind legs.
Und sie stand vor dem Rishi.
And she stood in front of the Rishi.
Und sie legte ihre Vorderpfoten zusammen.
And she put her front paws together.
„Heiliger Weiser, du warst nett zu mir"
"Holy Sage, you have been kind to me"
„Und du hast mir die menschliche Sprache gegeben"
"And you have given me human language"
„Ich hoffe, es missfällt Eurer Ehrwürden nicht."
"I hope it doesn't displease your reverence"
„Aber ich habe noch eine Bitte."
"But I have one more boon to ask"
Der Rishi hörte seiner Maus zu.
The Rishi listened to his mouse.
„Was ist es?", fragte der Rishi.
"What is it?" asked the Rishi.
„Sag was du willst, kleine Maus"
"Say what you want, little mouse"
Die Maus antwortete dem Rishi.
The mouse answered the Rishi.

„Tagsüber geht Euer Ehrwürdiger zum Fluss"
"By day your reverence goes to the river"
„Und dort praktizieren Sie Ihre Andachten"
"And there you practice your devotions"
„In dieser Zeit kommt eine Katze zur Hütte"
"During this time a cat comes to the hut"
„Diese Katze hat versucht, mich zu fangen "
"This cat has been trying to catch me"
„Sie hat immer noch etwas Angst vor Eurer Ehrwürden."
"She still has some fear of your reverence"
„Sonst hätte sie mich schon längst gefressen"
"Otherwise she would have eaten me long ago"
„Aber ich fürchte, die Katze wird mich eines Tages fressen"
"But I fear the cat will eat me someday"
„Ich möchte Sie um ein Gebet bitten."
"So I have one prayer to ask of you"
„Darf ich bitte in eine Katze verwandelt werden?"
"Please may I be changed into a cat!"
„Dann wäre ich meinem Feind ebenbürtig"
"Then I would be a match for my foe"
Der Rishi verstand die Notlage der Maus.
The Rishi understood the mouse's plight.
Er schüttete etwas Weihwasser auf die Maus.
He threw some holy water on the mouse.
Und die Maus verwandelte sich sofort in eine Katze.
And the mouse instantly turned into a cat.

Sie hatte einige Tage als Katze gelebt.
She had lived as a cat for some days.
Eines Nachts ging sie wieder zum Rishi.
One night she went to the Rishi again.
Und der Rishi sprach mit seinem Haustier.
And the Rishi spoke to his pet.
„Na, kleines Kätzchen, wie geht es dir?"
"Well, little kitty, how are you!"
„Wie gefällt Ihnen Ihr gegenwärtiges Leben?"
"How do you like your present life!"

Die Katze überlegte, was sie sagen sollte.
The cat thought about what to say.
Aber sie musste nichts sagen.
But she didn't have to say anything.
Der Rishi konnte es an ihrem Gesichtsausdruck erkennen.
The Rishi could tell by her expression.
„Warum gefällt es dir nicht?", fragte der Weise.
"Why don't you like it?" asked the sage.
„Bist du nicht so stark wie die anderen Katzen!"
"Are you not as strong as the other cats!"
„Ja, ich bin stark genug", antwortete die Katze.
"Yes, I am strong enough," answered the cat.
„Deine Ehrfurcht hat mich zu einer starken Katze gemacht"
"Your reverence has made me a strong cat"
„So stark wie jede Katze der Welt"
"As strong as any cat in the world"
„Jetzt habe ich keine Angst mehr vor Katzen"
"Now I do not fear cats anymore"
„Aber jetzt habe ich einen neuen Feind"
"But now I have got a new foe"
„Tagsüber geht Euer Ehrwürdiger zum Fluss"
"By day your reverence goes to the river"
„In dieser Zeit kommen Hunde zur Hütte"
"During this time dogs come to the hut"
„Diese Hunde haben mich angebellt"
"These dogs have been barking at me"
„Und ich hatte Angst um mein Leben"
"And I have been frightened for my life"
„Ich möchte Sie noch um ein Gebet bitten."
"So I have one more prayer to ask of you"
„Bitte, darf ich in einen Hund verwandelt werden!"
"Please may I be changed into a dog!"
Der Rishi verstand die Notlage der Katze.
The Rishi understood the cat's plight.
Er schüttete etwas Weihwasser über die Katze.
He threw some holy water on the cat.
Und aus der Katze wurde sofort ein Hund.

And the cat instantly became a dog.

Sie lebte einige Tage als Hund.
She lived as a dog for some days.
Aber eines Nachts sprach sie mit dem Rishi.
But one night she spoke to the Rishi.
„Ich kann Eurer Ehrwürdigkeit nicht genug danken"
"I cannot thank your reverence enough"
„Sie waren sehr nett zu mir"
"You have been most kind to me"
„Ich war nur eine arme Maus"
"I was but a poor mouse"
„Du hast mir nicht nur eine Rede gehalten"
"You not only gave me speech"
„Aber du hast mich auch in eine Katze verwandelt"
"But you also turned me into a cat"
„Und Ihre Freundlichkeit endete nicht dort"
"And your kindness didn't end there"
„Dann hast du mich in einen Hund verwandelt"
"Then you changed me into a dog"
„Als Hund leide ich jedoch sehr"
"As a dog, however, I suffer greatly"
„Ich bekomme nicht genug zu essen"
"I do not get enough to eat"
„Mein einziges Essen ist das, was ihr mir übrig lasst"
"My only food is what you leave me"
„Als ich eine Maus war, war das in Ordnung"
"That was fine when I was a mouse"
„Aber du hast mich viel größer gemacht"
"But you have made me much larger"
„Und es reicht nicht, um meinen Mund zu füllen"
"And it is not enough to fill my mouth"
„Oh, Euer Hochwürden, wie ich diese Affen beneide "
"OH your reverence, how I envy those monkeys"
„Sie springen von Baum zu Baum"
"They jump about from tree to tree"
„Sie essen alle möglichen leckeren Früchte!"

"They eat all sorts of delicious fruits!"
„Bitte, Ehrwürdiger, möge nicht böse werden"
"Please may reverence not get angry"
einen Affen verwandelt zu werden "
"I pray to be changed into an monkey"
Der Weise war ein sehr verständnisvoller Mann.
The sage was a very understanding man.
Sein Herz war voller Geduld.
His heart was filled with patience.
Gerne erfüllte er den Wunsch seines Haustiers.
He was happy to grant his pet's wish.
Er übergoss den Hund mit Weihwasser.
He threw some holy water on the dog.
Und der Hund verwandelte sich sofort in einen Affen.
And the dog instantly became an monkey.

Unser Affe war zunächst außer sich vor Freude.
Our monkey was at first wild with joy.
Sie sprang von einem Baum zum anderen.
She leaped from one tree to another.
Sie lutschte jede köstliche Frucht.
She sucked every luscious fruit.
Doch ihre Freude währte erneut nur kurz.
But her joy was short-lived again.
Der Sommer hatte seine Dürre mit sich gebracht.
Summer had brought with it its drought.
Affen fällt es schwer, herunterzuklettern.
Monkeys find it hard to climb down.
Sie konnte also nicht aus dem Fluss trinken.
So she couldn't drink from the river.
Sie sah, wie die Wildschweine lebten.
She saw how the wild boars lived.
Den ganzen Tag planschten sie im Wasser.
All day they splashed in the water.
Sie beneidete sie jetzt um ihr Leben.
She envied their life now.
„Oh, wie glücklich diese Wildschweine sind!"

"Oh how happy those wild boars are!"
„Den ganzen Tag werden ihre Körper gekühlt"
"All day their bodies are cooled"
„Den ganzen Tag werden sie durch Wasser erfrischt"
"All day they are refreshed by water"
„Wie sehr wünschte ich, ich wäre ein Wildschwein"
"How I wish I were a wild boar"
In dieser Nacht ging sie zum Rishi.
That night she went to the Rishi.
Sie erzählte ihm von ihren Problemen.
She recounted her troubles to him.
Sie erzählte ihm alles über die Wildschweine.
She told him all about the wild boars.
„Oh, wie angenehm muss ihr Leben sein"
"Oh how pleasant their lives must be"
Und sie flehte darum, wieder verwandelt zu werden.
And she begged to be changed again.
„Ich bete darum, in ein Wildschwein verwandelt zu werden"
"I pray to be changed into a wild boar"
Die Güte des Weisen kannte keine Grenzen.
The sage's kindness knew no bounds.
und er kam der Bitte seines Haustiers nach.
and he complied with his pet's request.
Er schüttete etwas Weihwasser auf den Affen.
He threw some holy water on the monkey.
Und der Affe verwandelte sich augenblicklich in ein Wildschwein.
And the monkey instantly became a wild boar.

Unser Eber war nun sehr zufrieden.
Our boar was now very content.
Sie hielt ihren Körper klatschnass.
She kept her body soaking wet.
Jeden Tag ging sie zum Fluss.
Every day she went to the river.
Sie planschte in ihrem Lieblingselement.

She splashed about in her favorite element.
Aber das Leben ist für Wildschweine nicht sicher.
But life is not safe for wild boars.
Eines Tages war der König auf der Jagd.
One day the king was out hunting.
Er ritt auf einem geschmückten Elefanten.
He was riding on an adorned elephant.
Nur durch Glück ist unser Wildschwein entkommen.
Only by luck did our wild boar escape.
Sie dachte viel über ihre Erfahrung nach.
She thought a lot about her experience.
Sie dachte über die Gefahren ihres Lebens nach.
She dwelt on the dangers of her life.
Und sie beneidete den stattlichen Elefanten.
And she envied the stately elephant.
Der Elefant hatte mehr Glück als sie.
The elephant was more fortunate than her.
Er durfte den König auf seinem Rücken tragen.
He got to carry the king on his back.
Jetzt sehnte sie sich danach, ein Elefant zu sein.
Now she longed to be an elephant.
Und nachts flehte sie den Rishi an.
And at night she besought the Rishi.

Unser Elefant streifte durch die Wildnis.
Our elephant was roaming the wilderness.
Auf ihren Abenteuern sah sie den König.
On her adventures she saw the king.
Unser Elefant ging in Richtung der Königssuite.
Our elephant went towards the king's suite.
Sie hatte die feste Absicht, erwischt zu werden.
She had every intention of being caught.
Der König sah den Elefanten aus der Ferne.
The king saw the elephant from a distance.
Er konnte nicht anders, als ihre Schönheit zu bewundern.
He couldn't help but admire her beauty.
Er gab seinen Dienern seine Befehle.

He gave his orders to his servants.
„Fang und zähme diesen Elefanten"
"Catch and tame this elephant"
Unser Elefant ließ sich leicht fangen.
Our elephant was easily caught.
Sie wurde in die königlichen Stallungen gebracht.
She was taken into the royal stables.
Und sie wurde ohne Probleme gezähmt.
And she was tamed without any trouble.

Eines Tages hatte die Königin einen Wunsch.
One day the queen had a wish.
Sie wollte zum heiligen Ganges gehen.
She wished to go to the holy Ganges.
Sie wollte im heiligen Wasser baden.
She wished to bathe in the holy waters.
Der König wollte seine Frau begleiten.
The king wanted to accompany his wife.
Also gab er seinen Dienern seine Befehle.
So he made his orders to his servants.
„Bringt uns den frisch gefangenen Elefanten"
"Bring us the newly caught elephant"
Der König und die Königin stiegen auf ihren Rücken.
The king and queen mounted on her back.
Unser Elefant hatte seinen Wunsch erfüllt bekommen.
Our elephant had gotten her wish.
Nun ja … ihr Wunsch schien in Erfüllung gegangen zu sein.
Well... she seemed to have gotten her wish.
Der König war auf ihren Rücken gestiegen.
The king had mounted on her back.
Aber nein, der Wunsch des Elefanten wurde nicht erfüllt.
But no, the elephant didn't get her wish.
Sie betrachtete sich selbst als ein stattliches Tier.
She looked upon herself as a lordly beast.
Sie konnte keine Frau auf ihrem Rücken reiten lassen.
She could not a woman riding on her back.
Es reichte nicht, dass sie eine Königin war.

It wasn't enough that she was a queen.
Sie konnte den Gedanken daran nicht ertragen.
She could not bear the idea of it.
Sie fühlte sich erniedrigt.
She felt she had been degraded.
Sie sprang so heftig hoch, wie Elefanten es können.
She jumped up as violently as elephants can.
Sowohl der König als auch die Königin fielen zu Boden.
Both the king and queen fell to the ground.
Der König hob die Königin vorsichtig hoch.
The king carefully picked up the queen.
Er nahm die Königin in seine Arme.
He took the queen in his arms.
Er fragte sie, ob sie verletzt worden sei.
He asked her whether she had been hurt.
Er wischte den Staub von ihrer Kleidung.
He wiped off the dust from her clothes.
Und er küsste sie hundertmal zärtlich.
And he tenderly kissed her a hundred times.
Unser Elefant war Zeuge der Liebkosungen des Königs.
Our elephant witnessed the king's caresses.
Und sie huschte in den Wald.
And she scampered off to the woods.
Sie rannte, so schnell ihre Beine sie tragen konnten.
She ran as fast as her legs could carry her.
Während sie rannte, dachte sie bei sich:
As she ran, she thought within herself;
„Ich habe viele verschiedene Leben erlebt"
"I have experienced many different lives"
„Und ich habe anderes Glück erlebt"
"And I have experienced different happiness"
„Aber diese Leben sind nicht vergleichbar"
"But those lives cannot be compared"
„Eine Königin ist das glücklichste Geschöpf von allen"
"A queen is the happiest creature of all"
„Welche unendliche Wertschätzung genießt sie doch!"
"Of what infinite regard is she the object of!"

„Der König hob sie vom Boden hoch"
"The king lifted her off the ground"
„Und er nahm sie behutsam in seine Arme"
"And he carefully took her in his arms"
„Er stellte ihr viele zärtliche Fragen"
"He made many tender inquiries to her"
„Und er wischte den Staub von ihren Kleidern"
"And he wiped off the dust from her clothes"
„Und er hat sie hundertmal geküsst!"
"And he kissed her a hundred times!"
„Oh, das Glück, eine Königin zu sein!"
"Oh, the happiness of being a queen!"
„Ich muss den Rishi bitten, mich zur Königin zu machen!"
"I must ask the Rishi to make me a queen!"

Die Sonne war gerade dabei unterzugehen.
The sun was just about to set.
Unser Elefant hat es zurück zur Hütte geschafft.
Our elephant made it back to the hut.
Der Rishi hatte gerade seine Andachten beendet.
The Rishi had just finished his devotions.
Sie fiel ihm zu Füßen auf den Boden.
She fell on the ground at his feet.
Sie war immer noch die kleine Maus.
She was still the little mouse.
Und er war immer noch der heilige Weise.
And he was still the holy sage.
„Was gibt es Neues?", erkundigte sich der Rishi.
"What's the news?" inquired the Rishi.
„Warum hast du den Königspalast verlassen?"
"Why have you left the king's palace!"
Unser Elefant dachte über ihre Worte nach.
Our elephant thought about her words.
„Was soll ich Eurer Ehrwürdigkeit sagen?"
"What shall I say to your reverence!"
„Sie waren sehr nett zu mir"
"You have been very kind to me"

„Du hast mir jeden Wunsch erfüllt"
"You have granted every wish of mine"
„Ich war eine Maus und du hast mir die Sprache beigebracht"
"I was a mouse and you gave me speech"
„Aber als Maus war mein Leben in Gefahr"
"But as a mouse my life was in danger"
„Du hast mich gerettet, indem du mich in eine Katze verwandelt hast"
"You saved me by turning me into a cat"
„Aber als Katze war mein Leben nicht sicherer"
"But as a cat my life was no safer"
„Und du hast mir geholfen, ein Hund zu werden"
"And you helped me become a dog"
„Aber als Hund hatte ich nicht genug zu essen"
"But as a dog I had not enough to eat"
„Du hast wieder für mich gesorgt"
"You provided for me again"
„Und du hast mich in einen Affen verwandelt"
"And you turned my into a monkey"
„Ich hatte alles, was ich mir zum Essen wünschen konnte"
"I had all I could wish to eat"
„Aber ich hatte keine Möglichkeit, meinen Körper zu kühlen"
"But I had no way of cooling my body"
„Du hast mir auch dabei geholfen"
"You helped me with this too"
„Und du hast mich in ein Wildschwein verwandelt"
"And you turned me into a wild boar"
„Wildschweine haben ein angenehmes Leben"
"Wild boars have a comfortable life"
„Aber sie leben nicht ohne Gefahr"
"But they don't live without danger"
„Und wieder hast du mich beschützt"
"And again you protected me"
„Und du hast mich in einen Elefanten verwandelt"
"And you turned me into an elephant"

„Das Elefantendasein hat meine Masse vergrößert"
"Being an elephant has increased my bulk"
„Aber ein Elefant zu sein hat mein Glück nicht gesteigert"
"But being an elephant has not increased my happiness"
„Ich habe noch eine Bitte an dich."
"I have one more boon to ask of you"
„Das wird der letzte Segen sein, um den ich bitte."
"It will be the last boon I ask for"
„Ich sehe jetzt, wer das glücklichste Geschöpf ist"
"I see now who the happiest creature is"
„Eine Königin ist die glücklichste Person der Welt"
"A queen is the happiest in the world"
„Heiliger Vater, bitte mach mich zur Königin"
"Holy father, please make me a queen"
„Dummes Kind", antwortete der Rishi.
"Silly child," answered the Rishi.
„Wie kann ich dich zur Königin machen!"
"How can I make you a queen!"
„Wo kann ich ein Königreich für dich bekommen!"
"Where can I get a kingdom for you!"
„Wo soll ich einen königlichen Ehemann finden!"
"Where would I find a royal husband!"
Aber der Rishi blieb geduldig.
But the Rishi was still patient.
„Es gibt eine Sache, die ich für Sie tun kann"
"There is one thing I can do for you"
„Ich kann dich in ein wunderschönes Mädchen
verwandeln"
"I can change you into a beautiful girl"
„Du wirst so schön sein wie eine Königin"
"You will be as beautiful as a queen"
„Sie werden über alle Reize verfügen, die Sie brauchen"
"You will possess all the charms you need"
„Dein Charme kann das Herz eines Prinzen erobern"
"Your charms can captivate a prince's heart"
„Aber du musst warten, was die Götter entscheiden"
"But you must wait for what the gods decide"

„Sie werden Ihnen ein Vorstellungsgespräch gewähren"
"They will grant you an interview"
„Du wirst deine Chance bei einem Prinzen haben!"
"Tou will have your chance with a prince!"
Unser Elefant war mit der Änderung einverstanden.
Our elephant agreed to the change.
Das Tier wurde vom Rishi verwandelt.
The beast was transformed by the Rishi.
Und jetzt war sie eine wunderschöne junge Dame.
And now she was a beautiful young lady.
Der heilige Weise nannte sie Postomani .
The holy sage named her Postomani.
Ihr Name bedeutete „die Mohndame".
Her name meant 'the poppy-seed lady'.

Postomani lebte in der Hütte des Rishi.
Postomani lived in the Rishi's hut.
Sie verbrachte ihre Zeit damit, die Blumen zu pflegen.
She spent her time tending the flowers.
Und sie hat die Pflanzen im Garten gegossen.
And she watered the plants in the garden.
Eines Tages saß sie in der Hütte.
One day she was sitting at the hut.
Der Rishi war am heiligen Ganges.
The Rishi was at the holy Ganges.
Ein reich gekleideter Mann kam auf die Hütte zu.
A richly dressed man came towards the cottage.
Sie stand auf, um den Mann zu begrüßen.
She stood up to welcome the man.
Und sie fragte den Fremden, wer er sei.
And she asked the stranger who he was.
„Warum bist du hier?", fragte sie.
"What have you come for?" she asked.
„Ich war auf der Jagd"
"I have been on a hunt"
„Aber wir haben den Hirsch vergeblich gejagt"
"But we chased the deer in vain"

„Jetzt habe ich Durst von der Hitze"
"Now I am thirsty from the heat"
„Ich dachte, hier lebt ein Rishi"
"I thought that a Rishi lives here"
„Ich war gekommen, um ihn um Wasser zu bitten"
"I had come to ask him for water"
„Aber jetzt sehe ich, dass du hier wohnst"
"But now I see you live here"
Postomani antwortete dem Fremden.
Postomani answered the stranger.
„Betrachten Sie diese Hütte als Ihre eigene"
"Look upon this hut as your own"
„Es tut mir leid, aber wir sind arm"
"I am sorry, but we are poor"
„Wir können Ihnen keine Unterhaltung bieten"
"We cannot offer you any entertainment"
„Aber lassen Sie mich Ihren Besuch angenehm gestalten"
"But let me make your visit comfortable"
„Weil ich glaube, dass du ein König bist"
"Because, I believe you are a king"
„Wenn ich mich nicht irre", fügte sie hinzu.
"If I am not mistaken," she added.
Der Fremde lächelte anerkennend.
The stranger smiled in recognition.

Postomani brachte dann einen Topf Wasser.
Postomani then brought a pot of water.
Sie ging, um ihrem königlichen Gast die Füße zu waschen.
She went to wash her royal guest's feet.
Doch der Besucher ließ dies nicht zu.
But the visitor did not let her do this.
„Heilige Jungfrau, berühre meine Füße nicht"
"Holy maid, do not touch my feet"
„Ich bin nur ein Kshatriya", gestand er.
"I am only a Kshatriya," he confessed.
„Und du bist die Tochter eines heiligen Weisen"
"And you are the daughter of a holy sage"

„Edler Herr“, begann Postomani zu gestehen.
"Noble sir;" Postomani begun to confess.
„Ich bin nicht die Tochter des Rishi“
"I am not the daughter of the Rishi"
„Und bin ich auch kein Brahmanen-Mädchen?“
"And am I not a Brahmani girl either"
„Es ist nicht schlimm, wenn ich deine Füße berühre.“
"There is no harm in me touching your feet"
„Außerdem sind Sie mein Gast“
"Besides, you are my guest"
„Und ich bin verpflichtet, dir die Füße zu waschen.“
"And I am bound to wash your feet"
„Verzeihen Sie meine Unverschämtheit“, wünschte der König.
"Forgive my impertinence," the king wished.
„Zu welcher Kaste gehören Sie?“, fragte er.
"What caste do you belong to?" he asked.
„Ich weiß nur, was der Weise mir gesagt hat“
"I only know what the sage told me"
„Ich habe gehört, meine Eltern waren Kshatriyas“
"I heard my parents were Kshatriyas"
Der Fremde wollte mehr wissen.
The stranger wanted to know more.
„Darf ich fragen, ob Ihr Vater ein König war!“
"May I ask whether your father was a king!"
„Sie haben eine außergewöhnliche Schönheit“, sagte er.
"You have an uncommon beauty," he said.
„Und Sie besitzen ein stattliches Auftreten“
"And you possess a stately demeanor"
„Diese Eigenschaften kann man sich nicht erarbeiten“
"These qualities cannot be worked for"
„Es zeigt, dass du als Prinzessin geboren wurdest“
"It shows that you were born a princess"
Postomani wich einer Antwort auf die Frage aus.
Postomani avoided answering the question.
Stattdessen ging sie in die Hütte.
Instead she went inside the hut.

Sie brachte ein Tablett mit köstlichen Früchten heraus.
She brought out a tray of delicious fruits.
Und sie stellte die Früchte vor den König.
And she set the fruits before the king.
Der König jedoch rührte die Früchte nicht an.
The king, however, did not touch the fruits.
Er wartete, bis seine Frage beantwortet wurde.
He waited until his question was answered.
„Ich weiß nur, was der heilige Weise sagt"
"I only know what the holy sage says"
„Er sagt, mein Vater war ein König"
"He says that my father was a king"
„Aber er wurde in einer Schlacht besiegt"
"But he was overcome in a battle"
„Also floh er mit meiner Mutter in den Wald"
"So he, with my mother, fled into the woods"
„Mein armer Vater wurde von einem Tiger gefressen"
"My poor father was eaten by a tiger"
„Meine Mutter schloss die Augen, als ich meine öffnete."
"My mother closed her eyes as I opened mine"
„Auf dem Baum war ein Bienenstock"
"There was a bee-hive on the tree"
„Ich lag am Fuße dieses Baumes"
"I lay at the foot of that tree"
„Honigtropfen fielen in meinen Mund"
"Drops of honey fell into my mouth"
„Der Honig hat den Funken in mir bewahrt"
"The honey maintained the spark inside me"
„Und dann hat mich der freundliche Rishi gefunden"
"And then the kind Rishi found me"
„Der heilige Weise brachte mich in seine Hütte"
"The holy sage brought me into his hut"
„Dies ist die einfache Geschichte dieses elenden Mädchens"
"This is the simple story of this wretched girl"
„Das Mädchen, das jetzt vor dem König steht"
"The girl who now stands before the king"
„Nennen Sie sich nicht elend", antwortete der König.

"Call not yourself wretched," replied the king.
„Du bist die schönste Frau"
"You are the most beautiful of women"
„Und du bist die schönste aller Frauen"
"And you are the loveliest of women"
„Du würdest die prächtigsten Paläste schmücken"
"You would adorn the grandest palaces"

Postomani hatte ihr Vorstellungsgespräch bekommen.
Postomani had gotten her interview.
Sie verliebte sich in den König.
She fell in love with the king.
Und der König verliebte sich in sie.
And the king fell in love with her.
Der Rishi heiratete sie.
The Rishi joined them in marriage.
Lieblingskönigin des Königs .
Postomani became the king's favourite queen.
Und die ehemalige Königin war in Ungnade gefallen.
And the former queen was in disgrace.
Doch Postomanis Glück währte nur kurz.
But Postomani's happiness was short-lived.
Eines Tages stand sie an einem Brunnen.
One day as she was standing by a well.
Einen Moment lang überkam sie ein Schwindelgefühl.
She was overcome by a moment of giddiness.
Das Schicksal ließ sie ins Wasser fallen.
Fortune had her fall into the water.
Und sie starb im Wasser des Brunnens.
And she died in the water of the well.
Dann kam der Rishi zum König.
The Rishi then came to the king.
„O König, trauere nicht über die Vergangenheit"
"O king, grieve not over the past"
„Was das Schicksal bestimmt, muss geschehen"
"What is fixed by fate must come to pass"
„Die Königin ist in deinem Brunnen ertrunken"

"The queen drowned in your well"
„Aber sie war nicht von königlichem Blut"
"But she was not of royal blood"
„Sie wurde in eine Mäusefamilie hineingeboren"
"She was born to a family of mice"
„Jeden Abend kam sie zu meiner Hütte"
"Each evening she came to my hut"
„Und ich gab ihr die Macht der Sprache"
"And I gave her the power of speech"
„Mit der Sprache konnte sie ihre Wünsche ausdrücken"
"With speech she could express her wishes"
„Ich habe sie nach ihren Wünschen verändert"
"I changed her according to her wishes"
„Wie eine Maus hatte sie Angst vor der Katze"
"As a mouse she feared the cat"
„Und so verwandelte ich sie in eine Katze"
"And so I changed her into a cat"
„Als Katze hatte sie Angst vor den Hunden"
"As a cat she feared the dogs"
„Und so verwandelte ich sie in einen Hund"
"And so I changed her into a dog"
„Als Hund hatte sie nicht genug zu essen"
"As a dog she had not enough to eat"
„Und so verwandelte ich sie in einen Affen "
"And so I changed her into a monkey"
„Als Affe konnte sie die Hitze nicht ertragen"
"As a monkey she couldn't bear the heat"
„Und so verwandelte ich sie in ein Wildschwein"
"And so I changed her into a wild boar"
„Als Wildschwein war ihr Leben nicht sicher"
"As a boar her life was not safe"
„Und so verwandelte ich sie in einen Elefanten"
"And so I changed her into an elephant"
„Das war der Elefant, den du gefangen hast"
"That was the elephant you caught"
„Aber als Elefant wurde sie nicht geliebt"
"But as an elephant she was not loved"

„Und so habe ich sie ein letztes Mal verändert"

"And so I changed her one last time"

„Ich habe sie in ein wunderschönes Mädchen verwandelt"

"I changed her into a beautiful girl"

„Das ist das Mädchen, das du geheiratet hast"

"That is the girl that you married"

„Und das ist das Mädchen, das ertrunken ist"

"And that is the girl that drowned"

„Nimm deine ehemalige Königin in Gunst"

"Take into favor your former queen"

„Und machen Sie sich keine Sorgen um meine Tochter"

"And don't worry for my daughter"

„Ich werde ihren Namen unsterblich machen"

"I will make her name immortal"

„Ihr Körper soll im Brunnen bleiben"

"Let her body remain in the well"

„Fülle den Brunnen mit Erde auf"

"Fill the well up with earth"

„In ihrem Fleisch ist ein Same"

"In her flesh there is a seed"

„Aus ihren Knochen wird ein Baum wachsen"

"From her bones a tree will grow"

„Wir werden diesen Baum nach ihr benennen"

"We will name this tree after her"

„Der Baum soll ‚Posto' heißen"

"The tree shall be called 'Posto'"

„Das bedeutet ‚der Mohnbaum'"

"This means 'the Poppy tree'"

„Von diesem Baum wird eine Droge kommen"

"From this tree there will come a drug"

„Diese Droge wird Opium heißen"

"This drug will be called opium"

„Opium wird eine wirksame Medizin sein"

"Opium will be a powerful medicine"

„Die Menschen werden in jeder Epoche Opium
konsumieren"

"People will consume opium in every epoch"

„Opium wird entweder geschluckt oder geraucht"
"Opium will either be swallowed or smoked"
„Und Opium wird ein wunderbares Narkotikum sein"
"And opium will be a wonderful narcotic"
„Opium wird bis ans Ende der Zeit konsumiert werden"
"Opium will be used till the end of time"
„Sie werden den Opiumraucher erkennen"
"You will recognize the opium smoker"
„Er wird viele verschiedene Qualitäten haben"
"He will have many different qualities"
„Eine Qualität für jedes Tier"
"One quality for each of the animals"
„Die Tiere, als die Postomani gelebt hatte"
"The animals which Postomani had lived as"
„Er wird boshaft sein, wie eine Maus"
"He will be mischievous, like a mouse"
„Er wird Milch lieben, wie eine Katze"
"He will be fond of milk, like a cat"
„Er wird streitsüchtig sein, wie ein Hund"
"He will be quarrelsome, like a dog"
„Er wird schmutzig sein, wie ein Affe"
"He will be filthy, like a monkey"
„Er wird wild sein, wie ein Eber"
"He will be savage, like a boar"
„Er wird selbstbewusst sein, wie ein Elefant"
"He will be confident, like an elephant"
„Und er wird hitzig sein, wie eine Königin"
"And he will be high-tempered, like a queen"

Schlagen Sie zu, aber hören Sie zuerst zu
Strike, but Listen First

Es war einmal ein König, der hatte drei Söhne.
There was once a king who had three sons.
Eines Tages kamen seine königlichen Untertanen zu ihm und sagten:
His royal subjects came to him one day and said;
„Oh Inkarnation der Gerechtigkeit! Erhöre unser Flehen!"
"Oh incarnation of justice! hear our plea"
„Das Königreich ist von Dieben und Räubern heimgesucht"
"The kingdom is infested with thieves and robbers"
„Unser Eigentum ist vor ihrem Diebstahl nicht sicher"
"Our property is not safe from their thievery"
„Wir bitten Eure Majestät, diese Diebe zu fassen."
"We pray your majesty to catch hold of these thieves"
„Wir bitten Sie, sie mit der vollen Härte des Gesetzes zu bestrafen."
"We beg you punish them to the full extent of the law"
Der König sagte zu seinen Söhnen: „Oh, meine Söhne, ich bin alt."
The king said to his sons, "Oh, my sons, I am old"
„Aber Sie sind alle in der Blüte Ihres Mannesalters"
"But you are all in the prime of manhood"
„Wie kommt es, dass mein Königreich voller Diebe ist?"
"How is it that my kingdom is full of thieves?"
„Ich vertraue darauf, dass Sie diese Diebe fassen."
"I look to you to catch hold of these thieves"
Die drei Prinzen hatten sich daraufhin entschieden.
The three princes then made up their minds.
Sie wollten jede Nacht in der Stadt patrouillieren.
They were going to patrol the city every night.
Sie haben am Stadtrand eine Wache eingerichtet.
They set up a watch out in the outskirts of the city.
Es war schon früh in der Nacht.
The early part of the night had arrived.
So übernahm der älteste Prinz seine Pflichten.

So the eldest prince took on his duties.

Er ritt auf seinem Pferd durch die ganze Stadt.

He rode upon his horse through the whole city.

Doch er sah nirgends einen einzigen Dieb, wohin er auch blickte.

But did not see a single thief anywhere he looked.

Er kam zur Polizeiwache zurück.

He came back to the policing station.

Es war schon Mitternacht.

The middle part of the night had arrived.

So übernahm der zweite Prinz seine Pflichten.

So the second prince took on his duties.

Und auch er fuhr durch jeden Teil der Stadt.

And he too rode through every part of the city.

Aber er hat keinen einzigen Dieb gesehen oder von ihm gehört.

But he did not see or hear of a single thief.

Er kam auch zur Polizeiwache zurück.

He came also back to the policing station.

Die Spätphase der Nacht war angebrochen.

The latter part of the night had arrived.

So übernahm der jüngste Prinz seine Pflichten.

So the youngest prince took on his duties.

Er näherte sich dem Tor des Palastes seines Vaters.

He went near the gate of his father's palace.

Dort sah er eine schöne Frau den Palast verlassen.

There he saw a beautiful woman leaving the palace.

Der Prinz fragte die Frau: „Wer bist du?"

The prince asked the woman, "who are you?"

„Wohin gehst du zu dieser späten Nachtzeit?"

"Where are you going at this hour of the night?"

Die Frau antwortete dem jungen Prinzen.

The woman answered the young prince.

„Ich bin Rajlakshmi, die Schutzgottheit dieses Palastes"

"I am Rajlakshmi, the guardian deity of this palace"

„Der König wird heute Nacht getötet"

"The king will be killed this night"

„Ich werde hier also nicht gebraucht"

"I am therefore not needed here"

„Und deshalb gehe ich weg"

"And that is why I am going away"

Der Prinz wusste nicht, was er mit dieser Nachricht anfangen sollte.

The prince did not know what to make of this message.

Nach kurzem Nachdenken sagte er zur Göttin:

After a moment's reflection he said to the goddess;

„Aber angenommen, der König wird heute Nacht nicht getötet."

"But, suppose the king is not killed tonight"

„Haben Sie Einwände gegen eine Rückkehr in den Palast?"

"Have you any objection to return to the palace?"

„Ich habe keine Einwände", antwortete die Göttin.

"I have no objection," replied the goddess.

Dann flehte der Prinz die Göttin an, zurückzugehen.

The prince then begged the goddess to go back.

Und er versprach, sein Bestes zu tun, um den König zu beschützen.

And he promised to do his best to protect the king.

Dann betrat die Göttin den Palast erneut.

Then the goddess entered the palace again.

Innerhalb eines Augenblicks verschwand sie im Palast.

Within a moment she disappeared into the palace.

Auch der Prinz ging direkt in den Palast.

The prince went straight into the palace too.

Und er ging in das Schlafzimmer seines königlichen Vaters.

And he went into the bedroom of his royal father.

Dort lag sein Vater in tiefen Schlaf versunken.

There his father lay immersed in deep sleep.

Der König hatte eine zweite, jüngere Frau.

The king had a second, younger wife.

Diese Frau war die Stiefmutter unseres Prinzen.

This woman was the stepmother of our prince.

Sie schlief in einem anderen Bett im Zimmer.

She was sleeping in another bed in the room.
Da war ein schwach brennendes Licht.
There was a light that was burning dimly.
Doch dann sah der Prinz etwas, das ihn überraschte!
But then the prince saw something that surprised him!
Eine riesige Kobra, die immer wieder um das goldene Bettgestell kreist.
A huge cobra going round and round the golden bedstead.
Das Bettgestell, auf dem sein Vater schlief.
The bedstead on which his father was sleeping.
Der Prinz zerschnitt die Schlange mit seinem Schwert in zwei Hälften.
The prince with his sword cut the serpent in two.
Aber er war nicht damit zufrieden, die Kobra zu töten.
But he was not satisfied with killing the cobra.
Also zerstückelte er die Kobra in hundert Stücke.
So he cut the cobra up into a hundred pieces.
Und er legte die Stücke der Kobra in eine Pfanne.
And he put the pieces of the cobra inside a pan.
Doch beim Zerschneiden der Kobra passierte ein Unglück.
But while cutting the cobra a misfortune happened.
Ein Tropfen Blut fiel auf die Brust seiner Stiefmutter.
A drop of blood fell on the breast of his stepmother.
Der Prinz war über das Geschehene zutiefst bestürzt.
The prince was in great distress by what had happened.
„Ich habe meinen Vater gerettet, aber meine Stiefmutter getötet"
"I have saved my father, but killed my stepmother"
Wie konnte er den Blutstropfen aus ihrer Brust entfernen?
How could he remove the drop of blood from her breast?
Er wickelte ein Stück Stoff siebenfach um seine Zunge.
He wrapped round his tongue a piece of cloth sevenfold.
Und mit dem Tuch leckte er den Blutstropfen auf.
And with the cloth he licked up the drop of blood.
Doch der Schlaf seiner Stiefmutter war nicht so tief.
But his stepmother's sleep was not so deep.
Und bei seinem Versuch, sie zu retten, weckte er sie auf.

And in his attempt to save her he awoke her.
Als sie die Augen öffnete, sah sie, dass es ihr Stiefsohn war.
When opening her eyes she saw it was her stepson.
Der junge Prinz eilte aus dem Zimmer.
The young prince rushed out of the room.
Die Königin hasste ihren Stiefsohn, den jüngsten Prinzen.
The queen, hated her stepson, the youngest prince.
Und sie hatte die feste Absicht, seinen Ruf zu ruinieren.
And she had every intention to ruin his reputation.
Sie rief ihrem Mann zu: „Mein Herr, mein Herr"
She called out to her husband, "My lord, my lord"
„Bist du wach? Bist du wach? Steh auf!"
"Are you awake? are you awake? Rouse yourself up"
„Hier ist eine schöne Neuigkeit für Sie"
"Here is a nice piece of news for you"
Als der König aufwachte, erkundigte er sich, was los sei.
The king on awaking inquired what the matter was.
„Was los ist, mein Herr, lassen Sie es mich Ihnen sagen."
"What the matter is, my lord, let me tell you"
„Ihr würdiger Sohn war gerade hier in diesem Zimmer"
"Your worthy son was just here in this room"
„Der jüngste Prinz, von dem Sie so hoch sprechen"
"The youngest prince, of whom you speak so highly"
„Ich habe ihn dabei erwischt, wie er meine Brust berührte"
"I caught him in the act of touching my breast"
„Ich zweifle nicht daran, dass er mit bösen Absichten kam."
"I don't doubt he came with wicked intents"
Der König war entsetzt über das, was er hörte.
The king was horror-struck by what he heard.
Der Prinz ging zurück zu seinen Brüdern, die Wache hielten.
The prince went back to where his brothers kept watch.
Aber er erzählte ihnen nichts von dem, was passiert war.
But he told them nothing of what had happened.

Früh am Morgen rief der König seinen ältesten Sohn.
Early in the morning the king called his eldest son.

„Ich vertraue den Menschen mein Leben und meine Ehre
an"

"I entrust my life and my honor to men"

„Aber was ist, wenn sich einer dieser Männer als untreu
erweist?

"But what if one of these men prove faithless?

„Wie soll ein solcher Mann bestraft werden?"

"How should such a man be punished?"

Der älteste Prinz antwortete seinem Vater, dem König.

The eldest prince replied to his father, the king.

„Zweifellos sollte einem solchen Mann der Kopf
abgeschlagen werden"

"Doubtless such a man's head should be cut off"

„Aber zuerst sollten Sie die Fakten klären"

"But first you should establish the facts"

„Man muss sehen, ob der Mann wirklich treulos ist"

"You must see whether the man is really faithless"

„Was meinst du?", fragte der König.

"What do you mean?" inquired the king.

„Eure Majestät möge mir gern zuhören"

"Let your majesty be pleased to listen"

Es war einmal ein Goldschmied.

Once upon on a time there lived a goldsmith.

Dieser Goldschmied hatte einen Sohn, der eine Frau hatte.

This goldsmith had a son who had a wife.

Seine Frau hatte die seltene Gabe, Tiere zu verstehen.

His wife had the rare faculty of understanding beasts.

Aber sie erzählte niemandem von ihrer ungewöhnlichen
Gabe.

But she never told anyone about her uncommon gift.

Nicht einmal ihr Mann wusste, dass sie Tiere verstehen
konnte.

Not even her husband knew she could understand animals.

Eines Nachts lag sie neben ihrem Mann im Bett.

One night she was lying in bed beside her husband.

Vom Fluss in der Nähe ihres Hauses hörte sie das Heulen
eines Schakals.

From the river by their house she heard a jackal howl.
„Da treibt ein Kadaver auf dem Fluss"
"There goes a carcass floating on the river"
„Am Finger des Toten steckt ein Diamantring"
"There's a diamond ring on the dead man's finger"
„Kann irgendjemand den Ring nehmen und mir die Leiche geben?"
"Will anyone take the ring and give me the corpse?"
Die Frau verstand die Sprache des Schakals.
The woman understood the jackal's language.
Sie stand vom Bett auf und ging zum Flussufer.
She got up from bed and went to the river-side.
Der Ehemann hatte nicht tief geschlafen.
The husband had not been in deep sleep.
Durch die Bewegungen seiner Frau wurde auch er wach.
So with his wife's movements he woke up too.
Und er folgte seiner Frau, um zu sehen, wohin sie ging.
And he followed his wife to see where she went.
Aber er wahrte Abstand, damit er sie beobachten konnte.
But he kept his distance, so that he could observe her.
Die Frau ging ins Wasser neben ihrem Haus.
The woman went into the water next to their house.
Sie zog die treibende Leiche zum Ufer.
She tugged the floating corpse towards the shore.
Und sie sah den Diamantring an dem Finger.
And she saw the diamond ring on the finger.
Sie konnte den Ring nicht mit der Hand lösen.
She was unable to loosen the ring with her hand.
Denn die Finger der Leiche waren angeschwollen.
Because the fingers of the dead body had swelled.
Also biss sie den Finger mit den Zähnen ab.
So she bit off the finger with her teeth.
Und sie legte den Leichnam an Land, für den Schakal.
And she put the dead body upon land, for the jackal.
Dann kehrte sie ins Bett zurück, wo ihr Mann bereits lag.
Then she returned to bed, where her husband already was.

Der junge Goldschmied lag da und war vor Angst fast versteinert.

The young goldsmith lay almost petrified with fear.

Er war überzeugt, neben einem Rakshasi zu liegen .

He was convinced he was lying next to a Rakshasi.

Den Rest der Nacht wälzte er sich hin und her in seinem Bett.

He spent the rest of the night tossing in his bed.

Und am frühen Morgen sprach er mit seinem Vater.

And early in the morning spoke to his father.

„Die Frau, die du mir gegeben hast, ist keine richtige Frau"

"The woman thou hast given me is not a real woman"

„Die Frau, die du mir zur Frau gegeben hast, ist eine Rakshasi "

"The woman thou hast given me to wife is a Rakshasi"

„Letzte Nacht lag ich mit ihr im Bett"

"Last night I was lying in bed with her"

„Am Fluss hörte ich das Heulen eines Schakals"

"By the river I heard the howl of a jackal"

„Auch meine Frau hörte das Heulen des Schakals"

"My wife too, heard the howl of the jackal"

„Sie dachte, ich schlafe; sie ging in Richtung des Heulens."

"Thinking I was asleep; she went towards the howl"

„Ich war überrascht, sie alleine aus dem Bett gehen zu sehen"

"I was surprised to see her go out of bed alone"

„Ich vermutete etwas Böses und folgte ihr nach draußen."

"Suspecting some sort of evil, I followed her outside"

„Aber sie konnte nicht sehen, dass ich ihr gefolgt war"

"But she could not see that I had followed her"

„Was hat sie denn getan, was meinst du? Oh Schrecken aller Schrecken!"

"What did she do, do you think? O horror of horrors!"

„Aus dem Bach zog sie eine Leiche hervor"

"From the stream she dragged a dead body out"

„Und was, glauben Sie, hat sie mit der Leiche gemacht?"

"And what do you think she did with the dead body?"

„Sie hat keine Zeit verschwendet und den Toten verschlungen!"

"She wasted no time devouring the dead man!"

„All dies hatte ich das Unglück, mit eigenen Augen zu sehen."

"All this I had the misfortune to see with my own eyes"

„Während sie sich am Kadaver gütlich tat, ging ich wieder ins Bett."

"While she feasted on the carcass I went back to bed"

„Nach wenigen Minuten ging sie auch wieder ins Bett"

"In a few minutes she also returned to bed"

„Sie verriegelte die Tür und legte sich neben mich."

"She bolted the door shut, and lay beside me"

Rakshasi leben ?"

"Oh my father, how can I live with a Rakshasi?"

„Sie wird mich bestimmt eines Nachts umbringen und auffressen."

"She will certainly kill me and eat me up one night"

Sie können sich den Schock des alten Goldschmieds vorstellen.

You can imagine the shock of the old goldsmith.

Vater und Sohn waren sich darüber einig, was zu tun sei.

Both father and son agreed about what should be done.

Die Frau sollte tief in den Wald gebracht werden.

The woman should be taken deep into the forest.

Und man sollte sie den wilden Tieren zum Fressen überlassen.

And she should be left for wild beasts to devoured.

Entsprechend sprach der junge Goldschmied mit seiner Frau.

Accordingly, the young goldsmith spoke to his wife.

„Meine liebe Liebe", sagte er zu seiner Frau.

"My dear love," he said to his wife.

„Heute Morgen solltest du besser nicht viel kochen"

"You had better not cook much this morning"

„Kochen Sie ein wenig Reis und verbrennen Sie eine Aubergine"

"Boil a little rice and burn a brinjal"
„Weil wir heute deine Eltern sehen werden"
"Because today we are going to see your parents"
„Deine Mutter und dein Vater können es kaum erwarten, dich zu sehen."
"Your mother and father are dying to see you"
Die Frau war voller Freude über die unerwartete Nachricht.
The woman was full of joy at the unexpected news.
Sie liebte es, in das Haus ihres Vaters zurückzukehren.
She loved returning to her father's house.
Und sie war im Handumdrehen mit dem Kochen fertig.
And she finished the cooking in no time.
Der Mann und die Frau frühstückten hastig.
The husband and wife snatched a hasty breakfast.
Und bald nach dem Frühstück begannen sie ihre Reise.
And soon after breakfast they started their journey.
Der Weg zum Haus ihres Vaters führte durch dichten Dschungel.
The way to her father's house was through dense jungle.
Es war der perfekte Ort, um seine Frau im Stich zu lassen.
It was the perfect place to abandon his wife.
Dort wäre sie mit Sicherheit von wilden Tieren gefressen worden.
She was bound to be eaten up by wild beasts there.
Doch während sie gingen, hörte die Frau eine Schlange.
But while they were walking the woman heard a snake.
„Oh Passant, in jenem Loch dort ist ein Frosch"
"Oh passer-by, in yonder hole there is a frog"
„Wie dankbar wäre ich, wenn du den Frosch fangen würdest"

"How thankful I would be if you caught the frog"
„Und das Loch ist voller Gold und Edelsteine"
"And the hole is full of gold and precious stones"
„Gib mir den Frosch und nimm den Schatz für dich"
"Give me the frog, and take the treasure for yourself"
Die Frau ging sofort zum Froschloch.
The woman forthwith went to the frog's hole.

Und sie begann, das Loch mit einem Stock zu graben.
And she began digging the hole with a stick.
Der junge Goldschmied zitterte nun vor Angst.
The young goldsmith was now quaking with fear.
Er dachte, seine Rakshasi -Frau würde ihn umbringen.
He thought his Rakshasi-wife was about to kill him.
Und dann rief seine Frau ihn, damit er ihr half.
And then his wife called for him to help her.
„Nimm all dieses Gold und diese Edelsteine"
"Take all this gold and these precious stones"
Der Goldschmied verstand ihre Bitte nicht.
The goldsmith did not understand her request.
Schüchtern ging er dorthin, wo sie das Loch gegraben hatte.
Timidly he went to where she had dug the hole.
Aber was er sah, überraschte ihn unendlich.
But he was infinitely surprised by what he saw.
Das Loch war voller Gold und Edelsteine.
The hole was full of gold and precious stones.
„Woher wussten Sie, dass hier ein Schatz ist?"
"How did you know there was a treasure here?"
Und schließlich erzählte ihm seine Frau von ihrem Geschenk.
And finally his wife told him of her gift.
„Ich kann alle Tiere im Wald verstehen"
"I can understand all the beasts in the forest"
„Gleich da drüben liegt eine zusammengerollte Schlange."
"Just over there, there is a snake coiled up"
„Sie hatte mir gesagt, dass hier ein Schatz sei"
"She had told me there was a treasure here"
Der Ehemann fühlte sich nun mit seiner Frau sehr gesegnet.
The husband now felt very blessed with his wife.
„Mein Liebling, es ist heute sehr spät geworden"
"My love, it has gotten very late today"
„Ich glaube nicht, dass wir das Haus deines Vaters erreichen werden."
"I don't think we will reach your father's house"
„Die Nacht wird uns erwischen, bevor wir dort ankommen"

"Nightfall will catch us before we get there"
„Wenn wir bleiben, könnten wir von wilden Tieren gefressen werden."
"If we stay we might be devoured by wild beasts"
„Ich schlage daher vor, dass wir beide nach Hause zurückkehren."
"I propose therefore that we both return home"
Sie können sich die Enttäuschung der Frau vorstellen.
You can imagine the wife's disappointment.
Aber sie stimmte der Einschätzung ihres Mannes zu.
But she agreed with her husband's assessment.
Es dauerte lange, bis sie nach Hause kamen.
It took them a long time to reach home.
Sie waren mit einer großen Menge Gold beladen.
They were laden with a large quantity of gold.
Und sie trugen viele Edelsteine.
And they were carrying many precious stones.
Aber schließlich kamen sie ihrem Zuhause nahe.
But eventually the got close to their home.
„Meine Liebe, gehen Sie durch die Hintertür", sagte der Goldschmied.
"My dear, go by the back door," said the goldsmith.
„Ich werde durch die Haustür gehen und meinen Vater sehen."
"I will go by the front door and see my father"
„Und ich werde ihm all diesen Schatz zeigen"
"And I will show him all this treasure"
Also betrat sie das Haus durch die Hintertür.
So she entered the house by the back door.
Aber auch der alte Goldschmied hatte einen Grund, dort zu sein.
But the old goldsmith had reason to be there too.
Er war dorthin gegangen, um einen Hammer abzuholen.
He had gone there to collect a hammer.
Der alte Goldschmied sah seine Rakshasi -Schwiegertochter.
The old goldsmith saw his Rakshasi daughter-in-law.

Er kam zu dem Schluss, dass sie seinen Sohn verschluckt hatte.
He concluded she had swallowed up his son.
Und deshalb schlug er sie mit dem Hammer.
And he therefore struck her with the hammer.
Der Schlag tötete seine Schwiegertochter sofort.
The blow immediately killed his daughter-in-law.
In diesem Moment kam der Sohn ins Haus.
At that moment the son came into the house.
Aber für eine Erklärung war es zu spät.
But it was too late for him to explain.
Und so endete die Geschichte des ältesten Prinzen.
And so the eldest prince's story concluded.
„Vielleicht muss man einem Mann den Kopf abschlagen"
"You might have to cut a man's head off"
„Aber zuerst sollten Sie die Fakten klären"
"But first you should establish the facts"
„Man muss sehen, ob der Mann wirklich treulos ist"
"You must see whether the man is really faithless"

Daraufhin rief der König seinen zweiten Sohn zu sich.
The king then called his second son to him.
„Ich vertraue den Menschen mein Leben und meine Ehre an"
"I entrust my life and my honor to men"
„Aber was ist, wenn sich einer dieser Männer als untreu erweist?
"But what if one of these men prove faithless?
„Wie soll ein solcher Mann bestraft werden?"
"How should such a man be punished?"
Der zweite Prinz antwortete seinem Vater, dem König.
The second prince replied to his father, the king.
„Zweifellos sollte einem solchen Mann der Kopf abgeschlagen werden"
"Doubtless such a man's head should be cut off"
„Aber zuerst sollten Sie die Fakten klären"
"But first you should establish the facts"

„Was meinst du?", fragte der König.
"What do you mean?" inquired the king.
„Eure Majestät möge mir gern zuhören"
"Let your majesty be pleased to listen"
Es war einmal ein König.
Once upon a time there reigned a king.
Dieser König ging sehr gern auf die Jagd.
This king was very fond of going out hunting.
Eines Tages führte ihn sein Pferd in einen dichten Wald.
One day his horse took him into a dense forest.
Er entfernte sich von seinen Anhängern und ging tief in den Wald hinein.
He went far from his followers, deep into the woods.
Er ritt immer weiter durch den endlosen, stillen Wald.
He rode on and on through the endless, quiet forest.
Er sah weder Dörfer noch Städte, nur Bäume.
He saw neither villages nor towns, only trees.
Auf der langen, einsamen Reise bekam er großen Durst.
On the long, lonely journey he became very thirsty.
Er konnte weder einen Teich noch einen See noch einen Bach sehen.
He could see no pond, nor lake, nor stream.
Doch dann sah er etwas von einem Baum tropfen.
But then he saw something dripping from a tree.
Er kam zu dem Schluss, dass es sich um Regenwasser handelte, das in einer Höhle ruhte.
He concluded it was rainwater resting in a cavity.
Er stand mit einer Tasse in der Hand auf seinem Pferd unter dem Baum.
He stood on horseback beneath the tree, cup in hand.
Er fing die Tropfen auf, die langsam in die kleine Tasse tropften.
He caught the drops slowly dripping into the small cup.
Das Wasser war jedoch kein Regen vom Himmel.
The water, however, was not rain from the sky.
Eine riesige Kobra saß oben auf dem hohen Baum.
A huge cobra sat on top of the tall tree.

Die Schlange hatte in ihrer Wut mit ihren scharfen Zähnen gegen den Baum geschlagen.
The snake had struck the tree in rage with its sharp fangs.
Das Schlangengift trat aus und fiel in schweren Tropfen herab.
The snake's poison came out and fell downward in heavy drops.
Der König dachte, die fallende Flüssigkeit sei einfaches Regenwasser.
The king thought the falling liquid was simple rainwater.
Das Pferd spürte die Gefahr und versuchte, ihn zu warnen.
The horse sensed the danger and tried to warn him.
Der Becher war fast vollständig mit dem tödlichen Schlangengift gefüllt.
The cup was nearly filled with the deadly snake-poison.
Der König hob den Becher und wollte trinken.
The king raised the cup and prepared to drink.
Doch das Pferd mit dem König auf seinem Rücken bewegte sich wild.
But the horse moved wildly, with the king on its back.
Der Becher fiel ihm aus der Hand und das Gift ergoss sich.
The cup fell from his hand, and the poison spilled.
Der König wurde wütend und schlug dem Pferd auf den Hals.
The king became angry and struck the horse's neck.
Der Schwerthieb tötete sein Pferd sofort.
The blow from the sword immediately killed his horse.
Und so endete die Geschichte des zweiten Prinzen.
And so the second prince's story concluded.
„Vielleicht muss man einem Mann den Kopf abschlagen"
"You might have to cut a man's head off"
„Aber zuerst sollten Sie die Fakten klären"
"But first you should establish the facts"
„Man muss sehen, ob der Mann wirklich treulos ist"
"You must see whether the man is really faithless"

Dann rief der König seinen drittjüngsten Sohn zu sich.

The king then called to him his third youngest son.

„Ich vertraue den Menschen mein Leben und meine Ehre an"

"I entrust my life and my honor to men"

„Aber was ist, wenn sich einer dieser Männer als untreu erweist?

"But what if one of these men prove faithless?

„Wie soll ein solcher Mann bestraft werden?"

"How should such a man be punished?"

„Zweifellos sollte einem solchen Mann der Kopf abgeschlagen werden"

"Doubtless such a man's head should be cut off"

„Aber zuerst sollten Sie die Fakten klären"

"But first you should establish the facts"

„Was meinst du?", fragte der König.

"What do you mean?" inquired the king.

„Eure Majestät möge mir gern zuhören"

"Let your majesty be pleased to listen"

Vor langer Zeit regierte einmal ein weiser und edler König.

Once long ago there reigned a wise and noble king.

In seinem Palast hielt er einen Vogel der Art Suka.

In his palace he kept a bird of Suka species.

Eines Tages flog der Vogel hinaus auf die Felder.

One day the bird went out flying into the fields.

Dort sah er seinen Vater und seine Mutter von oben rufen.

There he saw his father and mother calling from above.

Sie baten ihn, sie in ihrem Nest zu besuchen.

They asked him to come visit them in their nest.

Das Nest war weit weg in einem fernen, verborgenen Land.

The nest was far away in a distant hidden land.

Der Suka sagte: „Ich komme, wenn ich die Erlaubnis des Königs bekomme."

The Suka said, "I'll come if I get king's leave"

„Ich werde heute mit dem König sprechen und morgen wiederkommen."

"I'll speak to the king today and return tomorrow"

„Bitte warten Sie morgen früh an derselben Stelle."

"Please wait at this same spot in the morning"
Noch am selben Tag sprach Suka mit dem sanften, freundlichen König.
That very day, Suka spoke with the gentle, kind king.
Der König gab dem Vogel die Erlaubnis, wegzugehen.
The king gave permission for the bird to leave.
Obwohl es ihm schwerfiel, sich von seinem Vogel zu trennen.
Although he was sad to part with his bird.
Am nächsten Morgen traf Suka seine Eltern wieder.
The next morning, Suka met his parents again.
Er flog mit ihnen zu ihrem Nest auf einem hohen Baum.
He flew with them to their nest on a tall tree.
Die drei Vögel lebten glücklich und friedlich zusammen.
The three birds lived together happily in peaceful joy.
So blieben sie zwei wunderschöne Wochen lang.
They stayed like this for a fortnight of lovely days.
Aber auch diese ruhigen und angenehmen Tage mussten zu Ende gehen.
But even those quiet and pleasant days had to end.
Suka sagte: „Geliebte Eltern, der König hat mir zwei Wochen gegeben."
Suka said, "Beloved parents, the king gave me two weeks"
„Diese Zeit ist nun vorbei, also muss ich morgen wiederkommen."
"That time is now over, so I must return tomorrow"
Sein Vater und seine Mutter stimmten zu und segneten seine Entscheidung.
His father and mother agreed and blessed his decision.
Sie sagten ihm, er solle ein Geschenk für den König mitbringen.
They told him to carry a gift for the king.
Nach einigem Gespräch entschieden sie sich für Obst als Geschenk.
After some talk, they chose some fruit as a gift.
Die Frucht war am Baum der Unsterblichkeit gewachsen.
The fruit had grown from the Immortality Tree.

Früh am nächsten Morgen ging Suka zum Baum.
Early the next morning, Suka went to the tree.
Und er pflückte eine magisch leuchtende Frucht.
And he plucked a magical glowing fruit.
Er hielt die Frucht sanft und voller Sorgfalt in seinem Schnabel.
He held the fruit gently in his beak, full of care.
Die Frucht war schwer und verlangsamte sein schnelles Flugtempo.
The fruit was heavy and slowed his swift flying pace.
Er konnte die Stadt nicht erreichen, bevor die Nacht hereinbrach.
He could not reach the city before night arrived.
Suka machte unterwegs auf einem Baum Halt, um sich auszuruhen.
Suka stopped to rest in a tree along the way.
Er befürchtete, dass die Frucht herunterfallen könnte, während er schlief.
He feared the fruit might drop while he slept.
Wenn er die Frucht im Schnabel behält, könnte sie herunterfallen.
If he kept the fruit in his beak, it could fall.
Aber er sah ein Loch im Stamm des Baumes.
But he saw a hole in the trunk of the tree.
Er legte die Frucht sicher in den dunklen Baum.
He placed the fruit safely inside the dark tree.
Doch in dem Loch lebte eine giftige schwarze Schlange.
But inside the hole, there lived a poisonous black snake.
In der Nacht biss die Schlange mit Gift in die Frucht.
In the night, the snake bit the fruit with venom.
Und die Frucht wurde mit tödlichem Gift beschmiert.
And the fruit became smeared with deadly poison.
Im Morgengrauen nahm Suka die Frucht wieder in seinen Schnabel.
At dawn Suka took the fruit back in his beak.
Er flog erneut auf seiner Reise zum Königspalast.
He flew again on his journey to the king's palace.

Als er den Palast erreichte, saß der König mit Ministern zusammen.

As he reached the palace the king was sitting with ministers.

Der König war überglücklich, Suka wiederzusehen.

The king was overjoyed to see Suka return once more.

Er bewunderte das schöne, glänzende Fruchtgeschenk sehr.

He greatly admired the beautiful, shining fruit gift.

Es war schön, die Früchte anzuschauen und zu bewundern.

The fruit was lovely to look at and admire.

Es war die edelste Frucht der Erde.

It was the finest fruit found across the earth.

Und jedem, der die Frucht aß, wurde Unsterblichkeit verliehen.

And anyone who ate the fruit was granted immortality.

Der König wollte gerade die schöne Frucht essen.

The king was about to eat the beautiful fruit.

Aber seine Minister warnten ihn, die Frucht könnte vergiftet sein."

But his ministers warned him the fruit might be poisoned"

„Es wäre besser, die Früchte zu probieren, bevor man sie isst"

"It would be better to test the fruit before you eat it"

Er warf die Frucht einer Krähe zu, die auf der Mauer saß.

He threw the fruit to a crow sitting on the wall.

Die Krähe aß von der Frucht und fiel sofort tot um.

The crow ate from the fruit, and dropped dead instantly.

Der König glaubte, Suka habe versucht, ihn zu töten, und wurde wütend.

The king, thinking Suka tried to kill him, grew furious.

Er packte den Vogel und tötete ihn mit bloßen Händen.

He seized the bird and killed him with his bare hands.

Er befahl, den Samen außerhalb der Stadt auszusäen.

He ordered the seed to be planted outside the city.

Aus dem Samen wurde ein Baum mit derselben leuchtenden Frucht.

The seed became a tree with the same glowing fruit.

**Der König befürchtete, dass die Frucht noch mehr Tod
bringen würde.**
The king feared the fruit would bring more death.
Also ließ er den Baum einzäunen und bewachen.
So he had the tree fenced off and guarded.

In dieser Stadt lebte ein alter, armer Brahmane.
There lived in that city an old, poor Brahman man.
**Er und seine Frau überlebten nur dank der Wohltätigkeit
der Stadt.**
He and his wife survived only on the town's charity.
**Eines Tages betrauerte der Brahmane sein langes, elendes
Leben.**
One day the Brahman mourned his long, miserable, life.
**Er sagte: „Anstatt zu betteln, werde ich giftige Früchte
essen."**
He said, "Instead of begging, I will eat poison fruit."
**„Ich werde mein Leben schweigend unter diesem tödlichen
Baum beenden ."**
"I'll end my life beneath that deadly tree in silence."
**Noch in derselben Nacht stand er leise auf und verließ sein
Haus.**
That very night, he rose quietly and left his home.
Seine Frau ahnte es und folgte ihm schweigend.
His wife suspected and followed behind in silence.
**Sie hatte beschlossen, ebenfalls zu sterben, zusammen mit
ihrem traurigen Ehemann.**
She had decided to die too, alongside her sad husband.
Sie liebte ihn sehr und wollte nicht zurückbleiben.
She loved him deeply and didn't wish to stay behind.
**Die Palastwache schlief in dieser Nacht und bemerkte keine
Besucher.**
The palace guard was asleep that night, unaware of visitors.
**Der Brahmane erreichte den Garten und pflückte eine
hängende Frucht.**
The Brahman reached the garden and plucked a hanging fruit.
Er sah sie sich einmal an und aß die ganze Frucht.

He looked at it once and ate the entire fruit.
Seine Frau rief: „Wenn du stirbst, ist mein Leben vorbei.“
His wife cried, "If you die, my life becomes nothing"
„Ich werde jetzt auch hier mit dir essen und sterben“
"I will also eat and die here with you now"
Während sie das sagte, pflückte sie eine Frucht und aß sie.
So saying she plucked a fruit and ate it.
Sie dachten, das Gift würde die ganze Nacht über langsam wirken.
They thought the poison would act slowly through the night.
Also gingen beide nach Hause und legten sich ruhig ins Bett.
So they both went home and quietly lay down in bed.
Sie glaubten, sie würden nie wieder aus dem Schlaf erwachen.
They believed they would never again rise from sleep.
Zu ihrer Überraschung wachten sie voller Leben auf.
To their surprise, they woke up feeling full of life.
Sie waren nicht nur am Leben, sondern auch wieder jung.
Not only were they alive, but they were young again.
Und sie waren stark und hatten neue Energie.
And they were strong and had new found energy.
Die Nachbarn erkannten sie kaum wieder, so verändert sahen sie aus.
Neighbors hardly recognized them, so changed they looked.
Der alte Brahmane war nun gutaussehend und voller Jugend.
The old Brahman was now handsome and full of youth.
Sein graues Haar verschwand und hatte wieder Farbe.
His grey hair vanished, and had colour again.
Seine faltigen Wangen wurden glatt und seine Haut glänzte.
His wrinkled cheeks turned smooth, and his skin shone.
Und was seine Frau betrifft, sie wurde außergewöhnlich schön.
And as for his wife, she became extremely beautiful.
Sie sah so schön aus wie jede Hofdame.
She looked as beautiful as any lady of the court.

Der König hörte von ihrer wundersamen Verwandlung.
The king heard of their miraculous transformation.
Er bat seine Wachen, ihm den Brahmanen zu schicken.
He asked his guards to send the Brahman to him.
Und er fragte den Brahmanen nach der Quelle seiner Jugend.
And he asked the Brahman the source of his youth.
Der Brahmane erzählte dem König jedes Detail der Geschichte.
The Brahman told the king every detail of the story.
Der König weinte dann um seinen armen, treuen Haustiervogel.
The king then wept for his poor, loyal pet bird.
Er bedauerte zutiefst, seinen treuen Vogel getötet zu haben.
He deeply regretted killing his faithful bird.
Und er wünschte, er hätte die Treue des Vogels gekannt.
And he wished he had known the bird's loyalty.
Und so endete die Geschichte des zweiten Prinzen.
And so the second prince's story concluded.
„Vielleicht muss man einem Mann den Kopf abschlagen"
"You might have to cut a man's head off"
„Aber zuerst sollten Sie die Fakten klären"
"But first you should establish the facts"
„Man muss sehen, ob der Mann wirklich treulos ist"
"You must see whether the man is really faithless"
„Ich weiß, Eure Majestät verdächtigt mich letzte Nacht des Bösen."
"I know Your Majesty suspects me of evil last night"
„Bitte erlauben Sie mir, mich zu erklären, bevor Sie mich bestrafen."
"Please allow me to explain myself before punishing me"
„Als ich meinen Rundgang machte, sah ich eine Frau den Palast verlassen"
"While making rounds I saw a woman leave the palace"
„Ich hielt sie an und sie sagte, ihr Name sei Rajlakshmi."
"I stopped her, and she said her name was Rajlakshmi"
„Sie behauptete, die Schutzgöttin des Palastes zu sein"

"She claimed to be the guardian deity of the palace"
„Sie sagte, sie würde gehen, weil der Tod nahe sei."
"She said she was leaving because death was near"
„Der König", sagte sie, „würde später in der Nacht getötet werden."
"The king," she said, "would be killed later that night"
„Ich habe sie angefleht, in den Palast zurückzukehren"
"I begged her to go back into the palace"
„Und ich habe versprochen, mein Bestes zu tun, um dich zu beschützen."
"And I promised to do my best to protect you."
„Ich rannte ohne Verzögerung schnell in das Zimmer Eurer Majestät."
"I ran quickly into Your Majesty's chamber without delay."
„Da sah ich eine Kobra, die dein goldenes Bettgestell umkreiste."
"There I saw a cobra circling your golden bedstead."
„Ich habe gegen die Schlange gekämpft und sie mit meiner Klinge getötet."
"I fought the snake and killed it with my blade."
„Ich habe den Körper in genau hundert Stücke gehackt."
"I chopped the body into many exactly one hundred pieces."
„Ich habe diese Stücke zum Beweis in die Pfanne gelegt."
"I placed those pieces inside the pan for proof."
„Aber als ich die Schlange zerstückelte, passierte etwas."
"But something occurred as I was cutting up the snake."
„Ein Tropfen Blut fiel auf die Brust Ihrer Frau."
"A drop of blood fell onto the breast of your wife."
„Ich befürchtete, ich hätte meinen Vater gerettet, aber meine Stiefmutter getötet."
"I feared I had saved my father, but killed my stepmother."
„ Ich habe meine Zunge sieben Mal fest mit Stoff umwickelt."
"I wrapped my tongue tightly with cloth seven times."
„Dann habe ich den Tropfen giftigen Blutes aufgeleckt."
"Then I licked up the drop of venomous blood."

„Während ich das Blut leckte, wachte meine Stiefmutter auf."

"While I was licking the blood, my stepmother awoke."

„Sie sah mich und öffnete verwirrt die Augen."

"She saw me and opened her eyes with confusion."

„Das ist die Wahrheit über das, was ich letzte Nacht getan habe."

"This is the truth of what I did last night."

„Wenn Eure Majestät es befehlen, dann schlagen Sie mir jetzt den Kopf ab."

"If Your Majesty commands, then cut off my head now."

Der König umarmte seinen Sohn voller Liebe und Freude.

The king, full of love and joy, embraced his son.

Von diesem Moment an liebte er ihn mehr als je zuvor.

From that moment, he loved him more than ever before.